I0831256

TEA
BOOKS

Published worldwide in English by Boldwood Books Ltd
Translation rights arranged through Plima d.o.o.
and The Agency srl di Vicki Satlow

Naslov originala
Jennifer Bohnet
Summer on the French Riviera

Za izdavača
Tea Jovanović / Nenad Mladenović

Glavni i odgovorni urednik
Tea Jovanović

Lektura / Korektura
Agencija Tekstogradnja / Agencija TEA BOOKS

Prelom
Agencija TEA BOOKS

Dizajn korica / Crteži za korice
Debbie Clement Design / Shutterstock

Izdavač
TEA BOOKS d.o.o.
Por. Spasića i Mašere 94
11134 Beograd
Tel. 069 4001965
info@teabooks.rs
www.teabooks.rs

ISBN 978-86-6142-149-5

Dženifer Bonet

LETO NA FRANCUSKOJ RIVIJERI

Sa engleskog prevela
Milica Cvetković

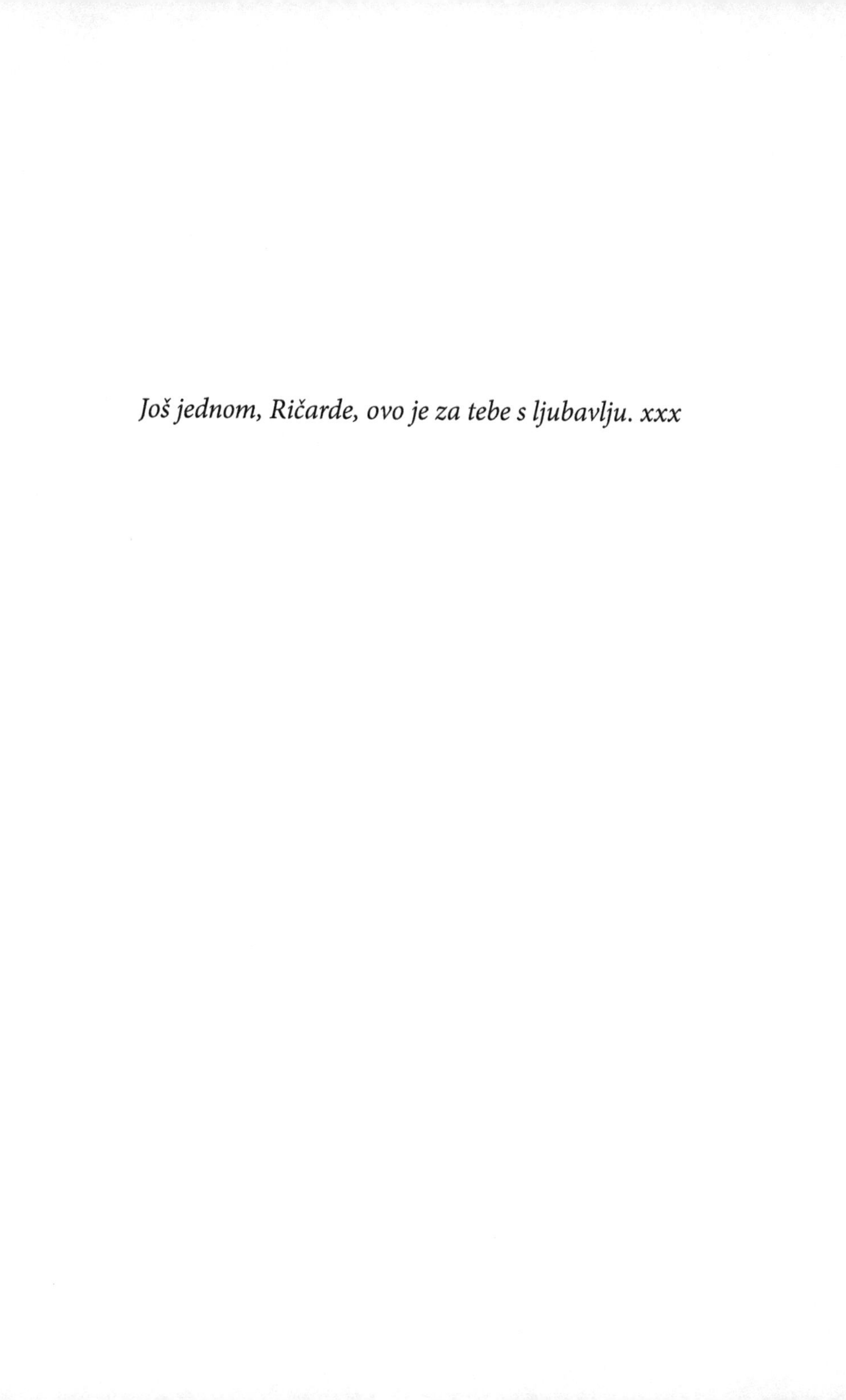

Još jednom, Ričarde, ovo je za tebe s ljubavlju. xxx

Prolog

Gabrijela Žak je bila umornija nego što je htela da prizna. U januaru, februaru i veći deo marta održavao ju je čist adrenalin, dižući joj oslabljen moral kad se kolebala u naporu da organizuje preseljenje u Francusku. Znala je da će se na kraju sve isplatiti, ali prodaja i selidba kuće tek drugi put u životu bile su stresnije nego što je očekivala. Bilo je mnogo gorko-slatkih uspomena iz vremena života u Dartmutu, gradu koji ju je prihvatio kao svoju, života sa Erikom i, kad se rodila Harijet, njihovog srećnog porodičnog života. A onda se, kad je Erik umro, sve promenilo. Što ne znači da se nije radovala povratku u dom iz detinjstva u Antib Žuan le Penu, to svakako jeste. Priliku da se porodica potpuno izmiri, bez novih prekršenih obećanja, treba iskoristiti i ostvariti, ako je ikako moguće. Elodi, njena dvadesetčetvorogodišnja unuka, nosila ju je na talasu svog hiperenergičnog entuzijazma ali i praktično, mada je poslednje nedelje februara čak i ona počela da se koleba.

Od njihovog povratka iz Žuan le Pena, dva dana posle Nove godine, uz odluku da se tamo trajno presele, njih dve su prolazile kroz dug, i sve duži, spisak onog što treba obaviti, koji je Elodi počela da piše za stolom u trpezariji već prvog jutra pošto su stigle kući. Kad god bi štiklirale nešto kao obavljeno, drugi posao bi neizbežno zauzeo to mesto.

– Toliko toga mora da se uradi. Valjda će na kraju sve biti kako treba – uzdahnula je Gabi.

Elodi je pogledala baku. – Jesi li tužna zbog prodaje ove kuće? Mogle bismo samo da je izdamo. Tako bi imala prihod.

Gabi je odmahnula glavom. – Ne. Bolje je preseći sve veze. Bićemo predaleko da bismo pazile na sve, a to bi značilo gnjavažu nalaženja agenta da se brine o svemu – a ja sam trenutno, kao što znaš, prilično protiv agenata. Jedino nisam shvatala šta sve to podrazumeva. Kad smo tvoj deda i ja kupili ovu kuću, sećam se da je sve bilo mnogo jednostavnije, ali opet, u ono vreme i nismo imali toliko stvari.

Uznemiravalo ju je, najblaže rečeno, to što mora temeljno da pregleda sadržaj kuće koja joj je tri decenije bila dom i da podeli neželjene i nepotrebne stvari obližnjim dobrotvornim prodavnicama pre nego što ostatak proglasi za đubre i baci u kantu. Svaka stvar koje bi se dotakla kao da je izazivala Gabi nekom neizrečenom uspomenom i zahtevala pažnju pre nego što je se otarasi.

Elodi je zabrinuto gledala baku. U njenom životu Gabi je, ako ćemo pravo, bila više majka nego baba, jedino konstantno prisustvo od njene četvrte godine, kad ih je Harijet, njena majka, obe napustila i otišla u Australiju. Za Novu godinu Gabi nije slavila samo svoj sedamdeseti rođendan nego i zajedničku odluku da se presele u vilu njenog detinjstva, koju je nasledila od oca Ervea. Tad je Harijetina neočekivana odluka da im se pridruži za Novu godinu u Žuan le Penu kulminirala Gabinim pozivom da se Harijet useli u vilu s njima, pa je Elodi bila ne samo zaprepašćena već i na oprezu zbog majčinog pristanka. Osećala je da će prilagođavanje da s neznankom koja joj je majka živi u istoj kući iziskivati izvesno vreme.

– Jel' ti Harijet rekla datum svog dolaska? – pitala je Elodi. Prvobitan plan je bio da im se Harijet, koja je iznajmila kućicu u predgrađu Bristola, pridruži dve nedelje po povratku iz Francuske i pomogne oko pakovanja. No ona je pozvala Gabi i rekla da će tek krajem meseca moći da dođe, možda i kasnije. Ispostavilo se da može tek kasnije.

– Prekosutra – sad je rekla Gabi.

– Izgleda da ima naviku da otkazuje u poslednji čas – rekla je Elodi uz skeptičan pogled. – Nadajmo se da neće i drugi put otkazati. Pretpostavljam da je mogla i da se predomisli u vezi sa selidbom s nama? – Pogledala je babu.

– Zvaću je ponovo doveče. – Gabi je neprimetno uzdahnula. I ona se brinula da će Harijet opet otkazati, mada je poslednji put kad su razgovarale insistirala da učestvuje u njihovim planovima za zajednički život na Francuskoj rivijeri. Gabi je mogla samo da se nada i moli boga da ova to ozbiljno misli. Da Harijet neće biti opet razlog da se porodica raspadne. Ništa nije više želela nego da njene ćerka i unuka s vremenom uspostave uobičajen odnos majke i ćerke ispunjen ljubavlju. Uostalom, neće ona, Gabrijela Žak, biti tu večno.

1.

Koliko god dobro se organizovalo useljenje u kuću, nešto uvek krene naopako. Nešto se slomi, prazne sobe otkriju očajničku potrebu za krečenjem, kutije se ubace u pogrešnu sobu, dan selidbe uvek zapadne u haotičnu zbrku. Tad se u svesti rodi misao: „zbog čega li sam uopšte i pomislila da je selidba dobra ideja".

Za Harijet Rodžers, dok je stajala u sobi koja će biti njena u *Vili nade*,[1] taj trenutak je nastupio kad su radnici za selidbu otišli i ostavili nju, Gabi i Elodi suočene s gomilom kutija koje će, čim se isprazne, postati brdo za reciklažu. Činjenica da se, za promenu, sunce bilo skrilo iza sivih oblaka uvećala je frustraciju toga dana. Sad kad je bilo već skoro šest sati, sunce je konačno rešilo da obasja to njihovo prvo veče u Antib Žuan le Penu.

Gabi je bila u kuhinji i preturala po kutijama na kojima je crvenim pisalo „kuhinja", i koje su zapravo stigle na pravo odredište. Srećom su električni bokal i mikrotalasna rano iskrsli, uglavnom zato što su, pretpostavljala je Harijet, nosačima bile potrebne obilne količine čaja i keksa kako bi mogli da rade. Elodi je oko podneva odjurila do najbliže *boulangerie*[2] i kupila za sve tek punjene bagete i tart sa zapečenim jabukama.

Harijet je prošla prstima kroz kosu i uzdahnula. Poslednjih nedelju dana je bilo teško. Kad je konačno stigla u Dartmut da pomogne u pakovanju Gabine kuće, posebno joj je Elodi jasno stavila do znanja da ih je izneverila ne došavši ranije, što je doprinelo griži savesti koju je Harijet već osećala. Ispostavilo se da je neizvestan odnos koji je između njih dve počeo da se razvija za Božić i Novu

---

[1] Fr.: *Villa de l'espoir.* (Prim. prev.)

[2] Fr.: pekara. (Prim. prev.)

godinu krhka veza koju treba gajiti a ne zapustiti, kao što se dogodilo ta poslednja dva meseca. Sad kad su se sve tri našle u *Vili nade*, sve Harijetine sumnje su probile branu koju je brižljivo podigla i požurile na površinu.

Kako je mogla da objasni svoj strah i teskobu pri pomisli da se vrati u Dartmut i možda sretne ljude iz svoje prošlosti? Što manje vremena provede tamo manja je mogućnost da se to desi – naročito ako ostane u kući i ne izlazi. Grižu savesti je olakšala tajnim paktom sa sobom da će u Francuskoj raditi izuzetno naporno kako bi pomogla da se vila sredi.

Time što je kasno stigla da pomogne plan joj je gotovo uspeo, ali poslednje večeri je Gabi navalila da ih časti ribom i pomfritom koje će pojesti u Bajardovom zatonu. – Želim da za sve tri stvorim novu srećnu uspomenu na Dartmut – rekla je.

Večernji vazduh krajem marta bio je svež, ali s dobrodošlom primesom proleća i narcisima u žardinjerama na keju. Odšetale su se tihim gradom i kupile večeru u Elodinoj omiljenoj pržionici ribe, pa se uputile u Bajardov zaton. Kupile su čaše vina u pabu *Dartmutski grb*, u zatonu su posedale na klupu okrenutu reci i uživale u ribi i pomfritu.

Dok je jela, Harijet je posmatrala dešavanja na reci. Trajekt s tegljačem nije se mnogo razlikovao od onog uz koji je odrasla, onog u koji je redovno uskakala da ode u Pejnton ili u Torki. Most za ukrcavanje i dalje je zvečao i podrhtavao dok se s treskom spuštao na prilaznu kosinu kad se trajekt približi dovoljno da bezbedno nalegne na nju, pa da mogu da prođu vozila i oni koji na nasipu čekaju da se ukrcaju.

Gabi je prva završila večeru i, gužvajući ambalažu, evocirala je uspomene. – Sećam se kako sam mnogo puta sedela ovde sa Erikom i s vama dvema u različitim vremenima kad ste bile mlađe. A evo nas sad, tri generacije jedne porodice, stvaramo dartmutske uspomene koje ćemo poneti sa sobom u nov život. – Načas se ućutala, pa se okrenula Harijet. – Sećaš li se kad si ovamo dolazila s tatom?

– Naravno. Naša nedeljna jutra bila su nešto posebno. Uzeo bi sebi kriglu piva, meni limunadu i podelili bismo kesu čipsa. – Harijet se nasmešila na to sećanje. – Koliko sam samo puta pokušala da ga nagovorim da i meni kupi čestito piće. Tek kad sam napunila osamnaest godina kupio mi je pivo s limunom. – Zavrtela je glavom. Ako je ikad i saznao za jabukovaču koju su ona i njene drugarice ispijale subotom uveče, nije to pokazivao. Pošto je zgužvala svoju praznu ambalažu, pružila je ruke da uzme Gabinu i Elodinu. – Idem da ih bacim u kantu.

– Dok ti to radiš, ja ću čaše odneti u pab – kazala je Elodi.

Idući prema kanti za otpatke Harijet je prigušila uzdah jer se setila kako se mesecima osećala otupelo kad joj je otac umro, kako nije bila u stanju da savlada bol zbog tog gubitka u životu, ni da se nosi sa ogromnom prazninom koju je on ostavio. Reći da je bila očajna ni izbliza ne opisuje to kako se zaista osećala. Iako je imala skoro dvadeset godina, detinjasto je verovala da će on uvek biti tu, da isleđuje njene momke, da je grdi što je napravila neku glupost, na kraju da je odvede do oltara kad se bude udavala za ljubav svog života i kasnije da cupka unuke na kolenu. On i njena mama bili su savršen par, jin i jang njenog života. Oboje je mnogo volela, te je obećala ocu da će paziti na majku. Bila je svesna da je spektakularno prekršila to obećanje postupcima posle njegove smrti. Srećom, on nikad nije saznao kako se loše ponela, kako je postala promiskuitetna i kako je sebično ostavila dve najvažnije osobe u svom životu i pobegla na drugi kraj sveta.

Sad kad se vratila iz Australije i kad su njih tri opet bile zajedno, nameravala je da učini sve, baš sve što je u njenoj moći da im se obema iskupi. Gabi, koja je njen povratak pozdravila bez ikakvih optužbi koje je možda imala, prihvatila je njen povratak sa istinskom majčinskom ljubavlju. Elodi je, međutim, trebalo vremena da se pomiri s tim da joj se majka vratila u život. Njeno oprezno izmirenje za Božić u Antib Žuan le Penu pokazalo je da posle odsustva od dvadeset godina neće biti lako uspostaviti odnos majke i ćerke, da će na njemu morati da se radi. Moraće uzajamno da grade mostove, da zacele stare rane i rade na uspostavljanju kolebljivog poverenja. Premostiti jaz sa Elodi bio je najveći od nekoliko problema kojima Harijet treba da se pozabavi kako bi povratila samopoštovanje.

– Hati? Jesi li to ti? – Misli joj je prekinuo ženski glas. Obistinio se njen strah da će je neko videti. I naravno, od svih ljudi, to je morala da bude baš njena najbolja drugarica iz Torkija.

– Lizi. Zamisli da tebe sretnem. – Nevoljno je shvatila da se smeši staroj drugarici kad je Lizi počela uzbuđeno da brblja.

– Kako je lepo što te vidim posle toliko godina. Moramo se ispričati. Jesi li se zauvek vratila? – pitala je Lizi.

– I meni je drago što tebe vidim – kazala je Harijet i počela da objašnjava kako se zauvek vratila u Evropu, ali se sprema da se preseli u Francusku, kad ju je uzbuđena Lizi prekinula.

– Sećaš li se moje ćerke Keli? Ne, naravno da se ne sećaš. Bila je beba kad si otišla. Keli, ovo je moja davnašnja najbolja drugarica Harijet, koja je godinama bila u Australiji. – Ne čekajući odgovor, Lizi je nastavila da trtlja. – Tako smo svi ushićeni – mora da se sećaš Džeka Elikota? Amerikanca koji je došao ovamo one godine kad smo pošle na koledž, pre nego što se opet neočekivano vratio u Sjedinjene Države. E pa, Keli se idućeg meseca udaje za njegovog sina, možeš li da poveruješ? Išla je da stažira u Ameriku – ona je dizajner video-igara i izgleda da se tamo to najbolje uči – pa je upoznala Nejtana. Bilo nam je neverovatno kad se ispostavilo da je to Džekov sin. Kako je danas svet mali! Moraš doći na venčanje. Poslaću ti pozivnicu – majka ti i dalje živi na istoj adresi?

– Na istoj – rekla je Harijet, a pomislila kako je to tačno bar do sutra, tako da zapravo i nije laž. Uostalom Gabi je organizovala da joj se pošta prosleđuje u Francusku, tako da će pozivnica ipak stići do nje. Okrenula se prema Keli. – Čestitam.

– Moramo da uhvatimo sledeći trajekt tako da trenutno ne možemo da ćaskamo – nastavila je Lizi. – Ali stvarno je divno iznenađenje što sam naletela na tebe. Na venčanju ćemo se ispričati. Dođi, Keli.

Harijet ih je posmatrala kako odlaze kejom prema trajektu, pa se vratila do Gabi i Elodi.

– Jel' to bila Lizi? – pitala je Gabi.

– Jeste. Uopšte se nije promenila. – Harijet se nasmejala. – Ja nisam uspela da dođem do reči. Zaboravila sam kako je ona brbljiva.

Samo kad hvata dah možeš nešto da kažeš. Dobro, hoćemo li kući, pa da rano legnemo kao što smo sebi obećale? Sutra je naporan dan.

Otišle su iz Bajardovog zatona i krenule kući.

Harijet je zadržala za sebe vest da je pozvana na venčanje i bila srećna što ima odličan izgovor da na njega ne ode. Neće biti u zemlji. To što je neočekivano srela Lizi bilo je lepo, ali i dovoljno. Užasnula ju je pomisao da se na svadbi susretne s gomilom drugih ljudi iz svoje prošlosti.

Čak i dan-dva kasnije, dok je stajala u novoj spavaćoj sobi u vili i prisećala se one večeri, Harijet je osetila kako je polako obuzima talas uzrujanosti. Ljudi dugo pamte sočne tračeve i ogovaranja. Nikad nije smatrala verovatnim da bi pokazali razumevanje i saosećajnost da čuju istinu. Srećom, sad je u Francuskoj, gde niko ne mari za njenu prošlost jer je i ne zna.

Prošlost u kojoj je sebično upropastila vlastiti život ne obraćajući pažnju na to kako njeni postupci utiču na druge. Došlo je vreme da pokuša da se iskupi Gabi i Elodi, i moli boga da joj obe pruže novu priliku koju je u duši odavno želela.

Prišla je francuskom prozoru i otvorila ga, pa raskrililila žaluzine i izašla na balkončić. Njena soba u zadnjem delu vile gledala je na vrt i bazen, koji su vapili za pažnjom i ljubavlju.

Prvih nekoliko nedelja u Francuskoj usredsredila se na to da pokuša da sruši ogradu koju je osećala da je Elodi podigla oko sebe. Istovremeno je pomagala Gabi da sredi vilu pre nego što porazmisli šta će raditi. Nije morala da se zaposli jer joj novac nije predstavljao problem. Todovo životno osiguranje potkrepljeno njegovim ulaganjima predstavljalo je dobrodošlo iznenađenje. Mogla je da živi gde god je htela i da radi manje-više šta god poželi. Svejedno, nije mogla do kraja života da sedi skrštenih ruku. Da li je dovoljno hrabra da se vrati davnašnjem snu i stekne ime kao slikarka i, što je još važnije, da li je na to predugo čekala? Svakako je bar sebi dugovala da to otkrije.

Privukla je kutiju s natpisom „posteljina“, pa izvadila čaršave, jastučnice i navlaku za jorgan. Namestila je i svoj i Gabin krevet pre nego što je sišla da pomogne u onom što je te večeri trebalo uraditi.

Dobro je što joj je krevet spreman da se u njega sruči kad prođe dan. Uostalom, sutra je, kao u otrcanoj frazi, prvi dan ostatka njenog života u Francuskoj. A od tog života je želela da izvuče ono najbolje. Ako nije prekasno, želela je da opet postane član porodice, da izgradi pravi odnos sa Elodi, da se izvini majci za svoje ponašanje. Da zatraži njihov oproštaj za nekadašnje postupke.

Ukoliko se ipak ispostavi da je prekasno da ispravi prošlost i s njima krene napred, otići će i pokušati da prihvati činjenicu da je neke stvari nemoguće ispraviti, i da je pre mnogo godina nepovratno uništila život. No bar će znati da je pokušala.

2.

Usred sveg onog haosa dok je pomagala babi oko selidbe u Francusku, Elodi je pokušavala i da isplanira svoj budući život nezavisne novinarke. Veoma se radovala životu u Francuskoj jer će otići iz ćorsokaka u koji je zapao njen život u Britaniji. Radovala se pisanju o stvarima koje strasno voli.

Kako bi se koncentrisala na nalaženje novih tema za pisanje, od povratka iz Francuske posle nove godine odbila je da radi kao autor reklamnih tekstova za reklamnu agenciju, što joj je bilo glavni izvor prihoda. Nije potpuno zatvorila vrata pisanju reklamnih tekstova, ali objasnila je da joj je potrebno nekoliko nedelja da pomogne babi u selidbi. Potajno se nadala da neće više morati da radi za njih, da će joj članci o novom životu i zanimljivim mestima na Francuskoj rivijeri donositi dovoljno novca. Shvatila je da neće biti lako nametnuti se kao novinar iseljenik koji članke o životu u Francuskoj pokušava da proda medijima u Britaniji. Čak i ljudi koji su već u tome muče se jer štampane novine i časopisi polako nestaju, pa je morala da nađe nove medije i ponudi urednicima nešto drugačije.

Tako je, pomažući Gabi da sve sredi dok su se pripremale da napuste Dartmut, Elodi bila zauzeta predstavljanjem svojih ideja časopisima i novinama o putopisima i stilu života. Filozofski je prihvatila da je teško plasirati se na to tržište, ali nameravala je da dâ sve od sebe i negde se nekako uglavi. Već je obezbedila jednogodišnji ugovor za mesečnu kolumnu od petsto reči na temu „Moj život na Rivijeri“ u *Dartmutskoj hronici*, lokalnim devonskim novinama. Plaćena je bedno, ali biće u lancu drugih novina istog izdavača na južnoj obali, što će obezbediti da se tamo redovno pojavljuje njeno ime. Prva kolumna trebalo je da izađe sledeće nedelje pa je morala da misli na početak pisanja.

Naravno, preseljenje je donelo i nenadani dobitak jer je stekla novog muškarca u životu, Gaza. Osmehnula se kad je pomislila na njega. Od trenutka kad su ih upoznali na božićnom koktelu njegovih roditelja između njih se stvorila povezanost – uprkos njegovoj prijateljici Fioni, koja je u svakoj mogućoj prilici posesivno spuštala ruku na njegovu mišicu. Gaz je uveravao Elodi da njih dvoje nisu zvanično par iako se Fiona trudila da pokaže suprotno, i Elodi mu je poverovala.

Kad je rano tog jutra videla Gaza kako stoji uz svog dedu Filipa i čeka ih na aerodromu da ih odveze do *Vile nade*, srce joj je poskočilo, isto kao i kad ju je poljubio u znak dobrodošlice. Znala je da je i Gabi presrećna što vidi da ih i Filip dočekuje.

Dok je sad nameštala računar na stolu pred prozorom spavaće sobe, Elodi je pogledala napolje na prednju baštu i travnjak u slepoj ulici pa se setila kad je prvi put u decembru bila u vili. Gabi joj je rekla kako je vila porodični dom Žakovih još od kraja devetnaestog veka, kad ju je njen čukundeda sagradio. Projektovana neobično za to vreme, bila je to prostrana zgrada sazidana od lokalnog kamena tople boje, s crepom boje terakote koji je nakon više od veka na suncu izbledeo u svetloružičastu. Elodi se zaljubila u to mesto čim je ugledala vilu, i od trenutka kad je ušla na vrata osećala se kao da je stigla kući.

Elodi se zaprepastila kad je prilikom prve posete saznala da je Gabi postala vlasnica kuće pre deset godina, posle smrti oca od koga se otuđila. Otad je vila izdavana, i Gabi je rekla Elodi da je novac od izdavanja stavljan na štednju, i da će Elodi moći da ga koristi od svog dvadeset petog rođendana.

Međutim, divno iznenađenje kad je saznala za vilu i za ono što je u šali nazivala svojim neočekivanim povereničkim fondom pokopalo je božićno iznenađenje koje prevazilazi sva iznenađenja. Dok je prva vest bila dobra, ispunjena mogućnostima za budućnost, vest o davno izgubljenoj majci koja želi da se vrati u njen život nije bila tako dobrodošla.

Elodi je uzdahnula. Čak ni sad, nekoliko meseci kasnije, nije mogla najiskrenije da kaže da je srećna zbog tog ponovnog ujedinjenja. Naravno, iznete su ponude za komunikaciju, priznato je žaljenje, izražene su nade u budućnost, ali i dalje su odnosi između nje i majke bili neizvesni. Gabi je to nazvala hodanje po jajima.

Harijet je čak izrazila nadu da će vreme koje provode zajedno u Dartmutu dok pakuju kuću pomoći da ona i Elodi upoznaju jedna drugu pre nego što se presele. To se ipak nije dogodilo, zar ne? Harijet se pojavila tek kad je veći deo posla obavljen, pa nije bilo ostalo vremena za nekakvo zbližavanje majke i ćerke. Bilo je baš lepo to što je rekla kako želi da se sjedini s porodicom, ali već se činilo da je to što je sve vreme s njima prevelik zalogaj za nju.

Osim toga, Harijet je Elodi nasamo rekla da životu *en famille* u vili daje probni period od tri meseca. Ako posle tog vremena vidi da to ne funkcioniše, namerava da se iseli. A to je nešto što bi uznemirilo Gabi, posebno ako bi Harijet ne samo napustila vilu već se i iselila iz Francuske. A za to Elodi nije želela da bude odgovorna.

Sećanje na scenu u fri-šopu na aerodromu u Nici, pre povratka u Britaniju, izazvalo joj je ironičan osmeh. Ona je bila ta koja je Harijetin neočekivani dolazak uporedila s božićnim poklonom koji nikad neće zaboraviti. Ipak nije mogla da se ne brine šta će biti ako njihov naprsli odnos zauvek ostane slomljen? Hoće li se sve pretvoriti u onu poslovičnu otrovanu jabuku, pa će odsad svaki Božić biti upamćen po promašaju te godine?

Bilo je mnogo toga što je trebalo pitati, o čemu je trebalo popričati i sa čime se trebalo pomiriti pre nego što bi mogle da nastave. Jednom kad sve činjenice, pogrešno shvaćene stvari, kad sve bude na otvorenom, ko zna hoće li to ispasti dobro ili loše?

Elodi je jeknula. Sad kad su sve zajedno u *Vili nade*, moraće milostivo da prihvati činjenicu da se Harijet vratila u njen i Gabin život, iako je u dubini duše povređena jer ju je majka ostavila pre dvadeset godina.

U glavi joj se motalo mnogo pitanja o prošlosti koja su ostala bez odgovora. Na ta pitanja je samo Harijet mogla da pruži odgovore. Odgovore koje, osećala je to, Harijet nije voljna da otkrije. Gabi bi joj verovatno savetovala da pusti ono što je bilo – nema svrhe izvlačiti prošlost kad su zapravo bitni sadašnjost i budućnost.

Elodi nikako nije želela da stvori situaciju koja bi povredila Gabi, ali znala je da, šta god da bude, ima jedno određeno pitanje na koje svakako namerava da dobije odgovor od Harijet. Ko joj je otac?

A kad bude saznala njegovo ime, još dva pitanja će iziskivati odgovor. Zbog čega njegovo ime nije na njenoj krštenici i, što je još važnije, zbog čega nikad nije bio deo njenog života?

3.

U prizemlju se Gabi rasejano osvrtala i pitala gde li će u toj kuhinji sa ograničenim brojem elemenata staviti sve stvari. Dok je njena majka bila živa, to je bila prava porodična kuhinja – dovoljno prostrana za kredence, dugačak sto od borovine i stolice i veliki starinski šporet s više ringli. Gabi se osmehnula kad se setila dana kad im je stigao prvi frižider. Majka je bila van sebe od oduševljenja dok je smišljala gde u kuhinji da ga postave.

Sada je veliki američki frižider koji su donele sa sobom već uključen, doduše preko adaptera za engleske utikače, na isto to mesto. Na radnoj površini pod prozorom stoje električni bokal, mikrotalasna pećnica i ostaci improvizovanog obroka – sendviči, čips i čaj – koji su danas jele. Vangla u sudoperi bila je puna prljavih šolja i tanjira. Gomile posuđa, pribora za kuvanje, šerpi i escajga poređane su bez ikakvog reda po stolu koji su donele iz Dartmuta. Rasklopljene kartonske kutije naređane su u uglu. Gabi je rešila da im sređivanje kuhinje bude prioritet. Da kuhinju pretvore u srce doma koji ona i njena porodica dele.

Gabi se nasmešila – njena porodica. To što joj je ćerka ponovo ušla u život, zajedno sa Elodi, bilo je nešto o čemu je odavno prestala da mašta. Sad kad se to dogodilo, bila je rešena da učini sve što može da to uspe, pa da Harijet nikad ne poželi opet da ode i, što je važno, da ona i Elodi ostvare pravi odnos majke i ćerke. Proteklih dvadeset godina, dok je sama brinula o Elodi i trudila se da joj bude i majka i baba, nisu bile lake, ali ljubav prema Elodi ju je održavala u teškim trenucima. Ona i Elodi su imale blizak odnos pun ljubavi, ali Gabi je znala da ništa ne može zameniti pravi odnos majke i ćerke, kakav je osećala da i dalje postoji skriven između nje i Harijet. Nekada davno bile su veoma bliske. Gabi je prigušila uzdah. Mogla je samo da se nada i moli da će naprsle porodične veze između njih tri zaceliti u narednim mesecima.

Počela je da skuplja karton. Večeras će jesti napolju tako da za sutra ostavlja sređivanje kuhinje i sklanja karton u garažu. Otvorila je vrata garaže iz predsoblja i ostala na vrhu stepenica koje vode dole pa bacila karton na pod garaže. Setila se kako je lako pasti niz te stepenice, i nipošto nije htela da rizikuje silazak punih ruku. Penjanje praznih ruku biće u redu.

Pošto je sišla, pokupila je karton i poređala ga uza zatvorena vrata garaže, odakle će ih odneti na mesto za reciklažu čim ga pronađu. Zatim se obazrela oko sebe. Mali prozor sa strane imao je spolja gvozdene šipke, a toga se nije sećala odranije. U garaži nije bilo ničega osim velike kutije s tavana kuće u Dartmutu, koje se Gabi setila u poslednjem trenutku i koju je mrzovoljni nosač otišao da spusti odozgo. U sredini zida u dnu bila je drvena stalaža od poda do plafona.

Odsutno je prešla prstom po jednoj od praznih polica i ostavila trag u sloju prašine. Nekada je na njima stajala raznolika zbirka onog što je majka prezrivim tonom proglašavala krajnjim *déchets*.[3] Kantice polupotrošene boje, pištolji za podmazivanje, svećice za kola, ekseri, šrafcigeri, četke i polomljen alat. Kao što je kuhinja bila majčino carstvo, garaža je bila očevo, mada je u ono vreme retko korišćena u pravu svrhu jer je on uvek parkirao na prilazu, ispred dvokrilnih vrata. Tek kad je kupio reno 4L krajem šezdesetih godina, počeo je da ga uteruje u garažu, pa i tad je tamo bilo mnogo kutija punih najnovijih sumnjivih poslovnih mogućnosti koje će mu naići.

Sada, stojeći u onome što je pre mnogo godina bilo njegovo brižljivo čuvano carstvo, Gabi se uzdržala da se ne nasmeje jer je prvi put shvatila nešto. Njen otac Erve bio je francuski pandan Del Boju iz engleske serije *Mućke*, koju je Erik voleo da gleda. Tek sad je shvatila zbog čega nije delila muževljevu ljubav prema toj seriji: u mnogo čemu ju je podsvesno podsećala na oca.

Erve je kuću nasledio od oca, koji je, nastavljajući porodičnu tradiciju uspešnih poslovnih ljudi, ostavio Erveu ne samo tu vilu već i

---

[3] Fr.: rastur, otpad. (Prim. prev.)

pozamašnu sumu u banci. Nažalost, Erve nije išao poslovnim stopama svojih predaka. Umesto toga lepršao je od posla do posla kao pčela oko cveća, krivio svakog osim sebe svaki put kad bi propao. Da je bio samo malo sličniji simpatičnom lupežu kakav je Del Boj, a ne čovek kakav je bio, njen život je mogao biti mnogo drugačiji.

Gurnula je u stranu uspomene na oca. Sve je to bilo previše davno da bi još imalo ikakvog uticaja na njen život. Iako će opet živeti u kući u kojoj se rodila i provela detinjstvo, to je ipak nov početak. Neće dozvoliti davnim uspomenama da izranjaju i sve kvare.

Prelazeći praznim prostorom prema stepenicama pomislila je da nabavi auto. Da li će im trebati? Javni prevoz u Dartmutu je uvek bio nekako nesređen, pa im je automobil bio neophodan. Ovde, na Rivijeri, stalno saobraćaju vozovi i autobusi prema kopnu i duž obale. Harijet i Elodi može zatrebati auto, ali ona je sasvim srećna da uskoči na autobus ili voz ako želi da ide nekud predaleko za pešačenje. Osim toga, Filip ima auto, a znala je da će biti više nego srećan da je poveze kud god poželi.

Gabi se smeškala. Dragi Filip. Oboje su u sedamdesetim godinama, oboje sami, a među njima se stvorila momentalna bliskost od trenutka kad su se upoznali prošlog Božića. Žesika Vensan, vlasnica apartmana koji je Elodi našla da ih iznajme za praznike, pozvala ih je na prazničnu zabavu. Kad su stigle, Žesika je odmah povela Elodi da upozna mlađe goste, među kojima je bio i njen sin Gaz, dok je Mikael, njen muž, poveo Gabi da upozna onog „podlaca“ od njegovog oca. Gabi je otkrila da je Filip, i dalje lep muškarac s više od naznake sličnosti sa Žan-Polom Belmondom, divno društvo te večeri i narednih dana.

Ovog jutra na aerodromu, kad ju je dočekao raširenih ruku i čvrsto stegao, doživela je sveobuhvatan osećaj olakšanja i da je tačno tamo gde želi da bude, i što je još važnije – gde je željena.

Kad je stigla do vrha stepenica i ušla u predsoblje, Harijet je silazila sa sprata.

– Mama, namestila sam ti krevet, tako da ne moraš da brineš o tome ni pre nego što izađemo ni posle. Ima li nečeg zanimljivog tamo dole? – upitala je kad je Gabi zatvorila vrata garaže.

Gabi je odmahnula glavom. – Nema ničeg. Hoćemo li pozvati Elodi da siđe, pa otići da nešto pojedemo? Prilično sam gladna. Rešila sam da zasad ostavim kuhinju.

– Nema potrebe da me zovete, evo me – kazala je Elodi trčeći niza stepenice. – Umirem od gladi i spremna sam da krenemo.

Dvadeset minuta kasnije sedele su za stolom na trotoaru ispred restorana koji su u središtu Antib Žuan le Pena otkrile za Božić. Na stolu je bila boca rozea i hrana koju su naručile od mladog konobara – dagnje i pomfrit za sve tri. Oko njih je brujao razgovor meštana izmešanih s ranim turistima koji uživaju u obroku napolju, na toplom večernjem vazduhu.

Elodi je srećno uzdahnula i podigla čašu. – *Santé*. Za nas i naš novi život.

Sve tri su se kucnule i otpile po gutljaj.

– Prosto mi je neverovatno da smo stigle u Francusku – kazala je Elodi. – Tako se radujem životu ovde.

– Treba mnogo toga sredititi – kazala je Gabi. – Počevši od kuhinje. Prvo treba prekrečiti zidove i treba da nađemo neke kuhinjske elemente ili kredence u koje ćemo poređati stvari. Sâm bog zna gde će sve u međuvremenu da stoji.

– Bez brige – kazala je Harijet osetivši da se Gabi oseća preopterećeno. – Nabaviću sutra boju pa ću početi sa zidovima. Kad oni budu gotovi, možemo smisliti hoćemo li kuhinju po meri ili nešto tradicionalniju – a u tom slučaju ćemo otići u *brocante*,[4] koji je Elodi otkrila za Božić, i videti šta tamo možemo da nađemo. Frižider ćemo napuniti salatama i suhomesnatim proizvodima, a za doručak ćemo jesti kroasane iz najbliže *boulangerie*. Ako nekoliko večeri jedemo napolju, koristimo mikrotalasnu i povremeno nešto naručimo, možemo istrajati nekoliko nedelja bez pravog kuvanja. Kako vam se to čini kao plan?

– Odlično – kazala je Elodi, bar jednom se potpuno složivši s majkom.

---

[4] Fr.: buvlja pijaca, prodavnica tričarija. (Prim. prev.)

4.

Sutradan se Elodi probudila trgnuvši se kad je alarm na telefonu oživeo uz podsticajne zvuke „Marseljeze“. Odlučila je da joj budilnik bude francuska himna, kako bi je podsećao da sad živi u Francuskoj. Kao da bi mogla to da zaboravi.

Ležala je još neko vreme pa odbacila jorgan, ustala i krenula pod tuš u ličnom kupatilu. Pola sata kasnije bila je istuširana, obučena i uputila se prema najbližoj *boulangerie* da kupi baget i kroasane za njihov prvi doručak na terasi koja gleda na bazen.

Za Božić, kad je redovno išla po doručak u pekaru, maršruta joj je bila nekoliko metara duž Promenade,[5] pa bi morala da skrene u jednu od uličica koje vode do centra Žuan le Pena. Pošto je vila smeštena dalje od morske obale, Elodi se u centru Žuana našla za samo nekoliko minuta, a do nje su doprli primamljivi mirisi sveže pečenog hleba iz pekare koju je prepoznala.

I kroasani i baget su bili još topli, pa se Elodi radovala što se setila da ponese platneni ceger. Izašavši iz pekare, zastala je pre nego što je pošla kući. Deo nje je žudeo da procunja *au bord de la mer*,[6] da vidi da li je Gaz rano na plaži, priprema se za dan pun posla s turistima. Gaz je krajem prošle godine, na veliku zabrinutost svojih roditelja, rešio da za njega nisu život i posao u Parizu pa je postao vlasnik preduzeća sa skuterima i paraglajderima za iznajmljivanje u Žuanu. Međutim, Elodi se brinula da mu ne dosađuje ako je u poslu. Kad su ih juče on i Filip odvezli sa aerodroma do vile, rekao je da očekuje isporuku nekih novih dasaka za veslanje.

---

[5] Fr.: *Promenade du soleil.* (Prim. prev.)

[6] Fr.: pored mora. (Prim. prev.)

Elodi je uzdahnula. Bolje da ode pravo kući s doručkom. Možda će kasnije odšetati do plaže.

U vili je Gabi spremala kafu u kuhinji dok je Harijet na terasi nameštala baštenski stočić i stolice koje su donele iz Devona.

Dok je stavljala na sto tanjire s kroasanima, Elodi je pogledala majku. Da li je dobar trenutak da počne da postavlja pitanja? Ili treba to da ostavi za vreme kad se život ovde ustali? Kad je konačno odlučila nešto da kaže i otvorila usta, Gabi se pojavila s kafom i Elodi je znala da je trenutak prošao, da će njena pitanja morati još malo da sačekaju.

Dok su doručkovale sve tri su počele da planiraju dan. Harijet je htela da kupi boju i počne da kreči kuhinjske zidove. Gabi je rekla da će petljati po vili i raspakovati još stvari. Juče je Filip obećao da će skoknuti da joj pomogne ako treba, pa se radovala tome. Elodi je volela kako se Gabino lice ozari pri svakom pomenu Filipa.

– Treba da napravim nekoliko fotki za moju prvu kolumnu u *Hronici* – rekla je Elodi. – I mislila sam da opet pronađem *brocante* i vidim imaju li komodu i možda neki nameštaj za vrt. – Pogledala je Harijet. Morala je da se potrudi. – Hoćemo li zajedno da prošetamo do grada?

– Zašto da ne?

Tako su njih dve pošle u grad čim su doručkovale.

Dok su iz njihove slepe ulice prelazile u veću koja će ih odvesti u centar Žuan le Pena, Elodi je zadovoljno uzdahnula. – Tako sam srećna što je Gabi rešila da dođemo i živimo ovde. – Biće još srećnija kad dobije odgovore na pitanja koja je rešila da postavi Harijet, a sad joj se učinilo da je dobra prilika. – Za Božić si mi rekla da si me volela i kako ti je bilo mrsko što me ostavljaš, ali ipak si se udala za Toda i bez mene otišla u Australiju.

Harijet se uznemirila. Trebalo je da shvati da će Elodi iskoristiti prvu priliku da pita za prošlost, posebno svoju prošlost, samo što ipak to nije očekivala tog jutra.

– Rekla si i da ti nije trebalo mnogo da shvatiš kako si napravila ogromnu grešku. Ali ništa nisi uradila da to promeniš. Da se vratiš. – Nastupila je tišina kad se Elodi zagledala u Harijet.

– Bilo mi je nemoguće da odem – na kraju je rekla Harijet. – Ponos mi nije dozvoljavao da priznam Gabi kako stoje stvari. Nikad joj se Tod nije dopadao, i nekoliko puta me je ubeđivala da se ne udajem za njega. Smatrala je kako, osim što je mnogo stariji, nije pravi muškarac za mene. Rešila sam da moram da izdržim i pokušam sve da izmenim. U suštini sam odlučila da promenim Todovo ponašanje prema meni. Naivno sam verovala da je to stvarno moguće. – Slegnula je ramenima. – Nikad nemoj da veruješ kako je to što nekog voliš dovoljno da ga promeniš. Ljudi moraju da žele da se menjaju. A Tod je voleo da me kontroliše, tako da uopšte nije nameravao da se promeni.

– Ali čak i kad si se prošle godine konačno vratila u Evropu, posle dvadeset godina, nisi nas odmah potražila. Otišla si da živiš u Bristol, i tek posle nekoliko meseci si se javila Gabi. Obećala si i da ćeš pomoći oko pakovanja za selidbu, ali došla si u poslednji čas, pa na kraju nije ni bilo koristi od tebe.

Harijet je snuždeno klimnula glavom na optužujući ton Elodinog glasa. – Znam. Žao mi je. Kad sam se vratila, glupo sam se plašila da me nijedna od vas neće želeti u svom životu. A kad smo se konačno sastale, ovde za Božić i Novu godinu, Gabi me je dočekala raširenih ruku. Ali ti, ti si morala više da se potrudiš, jel' tako?

Elodi je napravila grimasu priznavši da su Harijetine reči tačne. – Da. Bilo mi je teško da ti verujem i prihvatim te onako kako je Gabi to želela od mene.

Harijet ju je pogledala. Neizgovoreno pitanje „i dalje me ne prihvataš sasvim, zar ne?" nekako je bilo tu, pa je Elodi skrenula pogled.

– I meni je bilo teško – tiho je rekla Harijet. – Kad smo se vratile u Britaniju i ja vas ostavila na bristolskom aerodromu, počela sam da se brinem da će sve poći naopako, da je prividan uspeh božićnog okupljanja puka iluzija zbog činjenice da se Božić tradicionalno smatra srećnim razdobljem i ponovo ujedinjenim porodicama. Ubedila sam sebe da će opet sve da se razruši. Zato sam odlagala da vam se pridružim. Ali sad sam ovde.

U tišini koja je nastala posle njenih reči, obe su nastavile da hodaju usporenim korakom, obe duboko zamišljene. Elodi je nešto kasnije prekinula tišinu.

– Da, sad si ovde – ali hoćeš li i ostati? Treba da misliš na Gabi. Ona voli to što sve tri živimo ovde zajedno. Srce bi joj prepuklo da te opet izgubi. Zato te molim da gledaš da ovo uspe zarad nje – godinama je patila zbog tvog odlaska. Ima vremena da se naš odnos sredi, da normalno funkcioniše ako na tome poradimo, samo moraš da mi kažeš istinu. – Elodi je ućutala i pokazala bočnu ulicu. – Nisam sigurna kuda ćeš ti, ali mislim da je *brocante* ovde. Videćemo se posle u vili. Nadam se da ćeš pronaći boju – s tim rečima Elodi je odšetala ulicom.

Harijet je kratko gledala za njom, pa se pribrala i produžila u centar Žuana. Sumnje nije bilo, Elodi će nastaviti da istražuje. Jednoga dana, uskoro, Harijet će morati da sedne s njom i najbolje što ume odgovori na njena pitanja. No, ako postoji ikakva nada da se njih dve povežu u budućnosti, možda je najbolje da ćerki ispriča ulepšanu verziju prošlosti.

5.

Hodajući gradom u potrazi za prodavnicom u kojoj će kupiti boju, Harijet je prošla pored nekoliko umetničkih galerija i zastala da na brzinu pogleda jedan ili dva izloga. More, prizori ulica u starom Antibu, vile iz *belle époque* i portreti lokalnih ličnosti izgleda da su veoma popularni, uz poneko moderno delo očevidno u čast Pablu Pikasu i Marku Šagalu. U jednoj galeriji se prodavao i slikarski pribor. Uza zid su bili poređani štafelaji, a u pisaćem stolu s mnogo plitkih fioka očigledno je bilo tuba uljane boje. Harijet je smislila da se nekog drugog dana vrati i pregleda sve, da kupi blok i olovke, možda i neku četku i uljanu boju za trenutak kad bude spremna da se zapravo lati platna.

Neka žena je otvorila vrata galerije i ušla u nju. Pre nego što ih je zatvorila za sobom, Harijet je omirisala vazduh ispunjen mešavinom boje, terpentina i blagog mirisa preparature kojom se priprema platno pre slikanja. Ti mirisi su je prebacili u one opojne dane rada u ateljeu na vrhu kuće u Dartmutu. Atelje koji joj je s ljubavlju pripremio otac na tavanu, s dva velika krovna prozora koja su taj prostor plavila svetlošću.

Otac se veoma ponosio njenim slikarskim talentom, ubeđen da će ona jednog dana postati svetski poznata. Harijet se uvek blago podsmevala njegovoj ambicioznoj veri u nju. Da je bar i sama tako zdušno verovala u svoj talenat. Osim toga, oduvek je znala kako je teško opstati u umetničkom svetu. Očev odgovor na to bio je da će ona sigurno uspeti samo ako se trudi najbolje što ume, ako bude imala više vere u sebe i, što je najvažnije, ako bude uporna. Umesto toga, ona je odustala čim su se javile teškoće.

Na početku njenog braka s Todom, on je primenjivao suptilan pritisak uz rečenice poput: – Po meni to još nije kako treba, moraš pokušati ponovo. – Ona bi to učinila iznova jednom ili dvaput, ali ubrzo je shvatila da, koliko god puta ponavljala, Tod nije video nikakvo poboljšanje u njenom slikanju.

Pre prve godišnjice braka Tod ju je ubedio da nikad neće biti dovoljno dobra da zarađuje slikanjem. – Ali neka te to ne sprečava. Ukoliko uživaš u tome, svakako nastavi. – A onda bi joj zadavao toliko posla oko svojih potreba da je retko imala vremena i da pomisli na slikanje. Ipak je i dalje slikala. Izgleda da je to njeno slikarstvo bilo dovoljno dobro da okreči zidove njihove kuće. – Mnogo je bolje i jeftinije da ti, dušo, to uradiš – rekao joj je Tod. – A voliš da malaš, tako da je to dobitna kombinacija.

Harijet je izgubila volju da ga ubeđuje kako je malanje zidova nešto potpuno drugo od slikanja. Nesigurno je pitala može li da naslika mural na zidu dnevne sobe. Odgovor je bio konačan: – O, mislim da ne, dušo. Nisi baš Pikaso, jel' tako?

Bilo je glupo s njene strane što mu je dozvolila da joj sroza samopouzdanje, a da to jedva i primeti i ne pobuni se dok nije bilo kasno. Život s Todom je bio lakši kad nije negodovala, a sačuvaj bože da se usudila da se raspravlja s njim.

Dok je stajala tamo i zurila u izlog ništa ne videći, progutala je knedlu. Tod je umro. Ona se vratila u Evropu, i dok živi s majkom i ćerkom, kao što sad živi, hoće li slikati ili neće zavisi isključivo od nje. Nekoliko skica na brzinu za koje je dobila nadahnuće za Božić podstaklo je u njoj plamičak pritajene kreativnosti, koji je nameravala da raspali, da vidi je li strast prema slikarstvu i dalje u njoj bila snažna kao nekad, iako ju je zapustila proteklih dvadeset godina. Da, svakako će se vratiti i kupiti pribor u toj galeriji, ali sad joj je potrebna neka tipa „uradi sam“ prodavnica.

Prodavnica koju je malo kasnije našla ulicu dalje imala je nad vratima tablu da je otvorena pedesetih godina dvadesetog veka. Nad vratima se začulo zvono kad ih je Harijet otvorila i ušla. Prodavnica s prvobitnim policama od tamnog drveta i dalje na svom mestu i s pultom za kojim stoje dva muškarca spremna da usluže kupce mogla je da posluži kao scenografija iz sredine prošlog veka, bila je tako staromodna.

Harijet se obazrela pitajući se gde su sakrivene boje kad je shvatila da tu nema samousluživanja. U toj prodavnici ne možeš da se batrgaš i sâm tražiš nešto. Dok je strpljivo stajala i čekala da je usluže, spazila je plutanu tablu sa zbirkom raznovrsnih vizitkarti i drugih obaveštenja prikačenim za nju. Različite zanatlije nudile su svoje usluge – dekorateri, električari, vodoinstalateri. Na drugim karticama nudili su se informatička pomoć, čistačice za iznajmljene kuće, mačići za udomljavanje, a u gornjem desnom uglu stajala je slika psa s natpisom *très urgent.*[7] Srećom, ispod slike je pisalo na francuskom i na engleskom: „Lulu, tibetanski terijer od dve godine, traži nov dom." Harijet je odmah slikala podatke i broj telefona.

– *Bonjour*, madam – rekao joj je jedan od muškaraca za pultom gledajući je pun iščekivanja.

– *Bonjour* – kazala je Harijet. Shvativši da će se mučiti s francuskim, odlučila se za najjednostavniji put uz najmanje moguće reči. – *Peinture blanche s'il vous plait.*[8]

Deset minuta kasnije Harijet je izašla iz prodavnice stežući dve kante bele boje, dve četke i bocu razređivača. Laknulo joj je kad su četke i razređivač, uz upitni osmeh, stavljene pored kanti s bojom jer je znala da su joj potrebni, ali nije mogla da se seti francuski reči za njih. Dok se vraćala kući Harijet je rešila da se potrudi i učini nešto da poboljša svoj francuski. Znala je da bi joj Gabi rado pomogla u tome.

---

[7] Fr.: veoma hitno. (Prim. prev.)

[8] Fr.: Molim vas belu boju. (Prim. prev.)

6.

Gabi je vadila knjige iz kutije i ređala ih na police u dnevnoj sobi kad se začulo zvono s kapije, a onda i Filipov glas na interfonu.

– Gabrijela, jesi li tu?

Srce joj je poskočilo pa je požurila da pritisne dugme uz ulazna vrata u predsoblju i otvori kapiju. – Filipe, uđi.

Otvorila je vrata i stala na vrh stepeništa da ga dočeka.

– Nisam te očekivala ovako rano... drago mi je što te vidim. – Opet je osetila nežnost pomešanu sa srećom koja ju je zapljusnula kad ju je prethodnog dana na aerodromu privio uza se. Bila je velika sreća što u životu ima tog divnog čoveka.

– I meni je drago što vidim tebe, *ma cherie*[9] – rekao je Filip i nežno je poljubio u obraze pa joj pružio buket cveća: pomešane bele rade, makovi i bele ruže u pupoljku – koji je doneo. – Nadam se da imaš vazu.

– Mnogo je lepo. Hvala ti.

– Tako sam srećan što si ovde. Otkad si otišla meseci su se razvlačili. Vreme sam provodio žaleći što nisi tu. Zabranjujem ti da opet odeš – kazao je Filip. – Osim ako i mene ne povedeš.

Gabi se nasmešila i zavrtela glavom. – Sad kad sam se konačno vratila, nikud više ne idem. Mislim da negde u kuhinji mora biti neka vaza. Jesi li za kafu?

– Jesam, hvala, a onda me upregni da radim. Da ti pomognem da razvrstavaš stvari? Gde su ostale?

– Elodi je otišla u *brocante* da vidi ima li nameštaja za kuhinju, koji treba da kupimo, a i da snimi fotografije za članak koji piše. Harijet je otišla da kupi farbu za kuhinju.

---

[9] Fr.: draga moja. (Prim. prev.)

– Kako stoje stvari među vama? – pitao je Filip zabrinuto.

Kad su se upoznali, Gabi je ispričala Filipu kako je svih onih godina podizala Elodi pošto je Harijet otišla u Australiju, i kako se nada da će se sve srediti među njima kad budu opet živele *en famille*.

– Recimo da je sve malo manje napeto. Biće potrebno izvesno vreme da se prilagodimo zajedničkom životu, ali sigurna sam da ćemo se prilagoditi – rekla je Gabi odlučnim glasom. – Hajde da iznesemo kafu na terasu.

Dok je sedela tamo i slušala hrapavo zrikanje *cigales*[10] u hrastovima i borovima, koji sa tri strane okružuju vrt, Gabi je uzdahnula pogledavši žabokrečinu u bazenu.

– Ne izgleda baš privlačno, jelda? Moram naći nekog ko održava bazene da to sredi. Elodi žudi za plivanjem.

– Daću ti ime dobrog čoveka – kazao je Filip. – Žoel. On je baštovan, ako ti i za to bude potrebna pomoć.

– Hvala ti. Volim da radim u bašti, i zaista se radujem da ovu vratim u nekadašnje stanje. Sećam se ruža koje je *maman* imala na sve strane, plavih žbunova plumbaga i trešnje koja je bila tamo – rekla je Gabi i pokazala desno od bazena. – Nažalost, izgleda da je trešnja sasvim nestala, ali maslina spreda odlično napreduje.

Filip ju je uzeo za ruku i blago upitao: – Kako se osećaš kad ponovo živiš u vili koja čuva tvoje loše uspomene? Teško je, *non*?

Gabi je zavrtela glavom. – Iznenađujuće je dobro. Uspomene su svud oko mene, ali vreme kao da ih je nekako razblažilo. Više me ne drže u ropstvu. Izgleda da sam u stanju da ih posmatram stoički i prihvatam da su deo onog što je oblikovalo mene i moj život. To što smo nas tri ovde predstavlja nov početak za sve. Zamišljeno je pogledala Filipa. Kako je mogla da objasni tu pravu zbrku složenih sećanja iz davnina u svojim mislima – detinjstvo, njena *maman*, najbolja drugarica Kolet, prvi posao, očeva ljutnja na nju. Sve je to sad bilo pomešano s događajima od poslednjih šest meseci, koji su sve promenili i vratili je u Francusku.

– Znači, srećna si što si se vratila? – pitao je Filip.

---

[10] Fr.: zrikavci. (Prim. prev.)

– Da – odgovorila je radosno se smešeći. – Deluje ispravno što smo nas tri ovde zajedno. – Za sebe je prigrlila misao: *A jedna od najboljih strana toga što sam ovde jeste to što imam tebe u životu.*

– Dobro je. – Filip je ustao. – Hajde. Ovde sam da pomognem. Šta bi htela da uradim?

– Ostalo je još nekoliko kutija u dnevnoj sobi, s knjigama i ukrasima – rekla je Gabi. – Hajde da ih raspakujemo.

Sat kasnije police za knjige su bile pune, prostirke krem boje razmotane i stavljene ispred dva dvoseda, sad s pokrivačima i sjajnim jastučićima. Ukrasi i uramljene fotografije stajali su na policama u niši pored kamina, a tri bele porcelanske sove smeštene su pored peći na drva. Vaza s cvećem koje je Filip doneo bila je nasred stočića. Gabi je tiho uzdahnula. Sve je izgledalo ugodno i prijatno.

– Ostalo je još samo ovo – rekla je Gabi i skinula foliju s mehurićima sa uramljene slike. – Mislila sam možda u sredinu dimnjaka?

Filip je od nje uzeo sliku na kojoj sova gleda iz svog gnezda visoko u ambaru, pa je pomno proučavao. – Ovo je prelepo. Jel' Harijetino?

– Jeste. Rođendanski poklon za mene pre nego što je otišla. Volim sove i ne mogu ti opisati šta mi ona znači.

– Moraću da izbušim rupu da je zakačimo – kazao je Filip. – Sledeći put kad dođem doneću bušilicu i tipl. U međuvremenu biće bezbedno da je naslonimo na zid ovde, gde se ne prolazi.

Dok su stajali i gledali rezultat svog napornog rada, Elodi je pozvala i rekla da se vraća kući, pa pitala treba li da kupi malo onog ukusnog *pissaladière*, tarta s crnim lukom, za ručak.

Gabi se okrenula da pita Filipa želi li da ostane na ručku. Kad je klimnuo glavom, rekla je Elodi: – Molim te. I Filip će biti na ručku.

Kad su završile razgovor Filip je uzeo Gabi za ruku. – Sad me provedi kroz vrt. Moraš odlučiti gde će živeti limun. Mikael i Gaz pričaju o tome da ga donesu ovamo pošto ste stigle.

Na Gabino oduševljenje, porodica Vensan joj je za sedamdeseti rođendan pred Novu godinu poklonila limun u prelepoj saksiji i obećala da će se brinuti o njemu dok ona ne bude opet živela u vili.

– Divno napreduje na balkonu – nastavio je Filip. – Ali sad, kad ti živiš ovde, treba da pređe u vrt.

Gabi se osvrnula oko sebe. – Možda je najbolje da ga još nekoliko nedelja ostavimo u saksiji dok ne sredim malo vrt i oslobodim ga korova? Definitivno želim da ga smestim negde gde ću da ga vidim s terase.

– U tom slučaju zašto ne staviš saksiju blizu zadnjeg desnog ugla bazena. Videće se, tamo neće smetati, a prijaće mu sunce kao i nešto hladovine.

– Sjajan predlog. Ako mu se dopadne to mesto, možemo ga tamo i zasaditi, pa s vremenom može zameniti trešnju – kazala je Gabi.

– Pozvaću Mikaela i reći mu da može da donese limun danas posle podne, jel' tako? – pitao je Filip. – Pozvaću i Žoela u tvoje ime, *d'accord*?[11] – Gabi je klimnula glavom.

– Hvala ti. Ah, Elodi se vratila. – Osmehnula se unuci koja im se pridružila u vrtu.

Harijet je stigla ubrzo posle Elodi, pa su svi četvoro uživali u lakom ručku na terasi s klimavim tanjirima u krilu. – Što pre nabavimo pravi sto, to bolje – rekla je Elodi. – Danas u *brocante* sam videla jedan koji bi bio idealan.

Posle ručka Harijet je pripremila zidove za krečenje, Elodi otišla u svoju sobu da pošalje članak uz propratne slike, a Gabi i Filip su raščistili prostor za limun u saksiji dok ne stignu Mikael i Gaz. Gledajući u polje iza prerasle živice Filip je rekao: – Dakle to je zemlja koju je želeo Žan-Frans Mulen. Dokle se ona prostire?

– Nisam sigurna. Mislim da je tek nešto preko hektara – kazala je Gabi. Pominjanje Žan-Fransa Mulena bio je neprijatan podsetnik na susret s tim čovekom za Novu godinu, kad je pokušao da je prevari da mu proda vilu. – Znam da sam tuda presecala kad sam išla na posao u *Provansalu*.

– Ah, hotel *Provansal*. Uskoro se skida zaštitna ograda i čujem da će prvi stanovi već na leto biti na prodaji. Počinje nova era.

Gabi se osmehnula. – Luksuzni stanovi koji će nastaviti da nose glamurozno ime *Provansala*. Moram otići donde i još jednom ga pogledati spolja. Sumnjam da ću ga ikad više videti iznutra. – Znala

---

[11] Fr.: u redu, slažem se, prihvatam. (Prim. prev.)

je da će i sâm pogled na renoviranu spoljašnjost hotela biti dovoljan da vrati gorko-slatke uspomene, što je shvatila za Božić. Uspomene kakav joj je život bio tada, dok je radila u *Provansalu*, kad je mislila da je zaljubljena, kad je zatrudnela, kad joj se svet srušio, kad je napustila dom... Odgurnula je ta sećanja. Ovoga puta je za njih spremna. Pozabaviće se svakom lošom uspomenom koja se nezvano pojavi i odgurnuti je. Živeti ovde, u ovoj fazi života, biće sasvim drugačije od onoga što je bilo ranije.

Mikael i Gaz su upravo tad stigli i smestili veliku saksiju od terakote na raščišćeno mesto, a zatim prihvatili ponuđenu kafu.

Elodi je čula da stižu Gaz i njegov otac, pa je hitro sačuvala i poslala završen tekst uredniku pre nego što je strčala dole u kuhinju, gde je Gaz brisao ruke pošto je sprao zemlju s njih. Brzo se okrenuo i zagrlio je. Tako sam srećan što si došla da živiš ovde. Nedostajala si mi – pa ju je nežno poljubio. – Dobro došla u nov život u Žuanu.

Elodi je zadovoljno uzdahnula. – Neverovatno mi je da se ovo konačno dogodilo. Moram da se uštinem da proverim da li zaista živim ovde.

– Kako je Harijet?

Elodi je slegnula ramenima. – Nepouzdana kao i uvek. Ne verujem da zaista želi da živi u vili s nama. Znam da je rano, ali očekujem da se iseli krajem leta. – Ne želeći da priča o majci koja je bila samo nekoliko metara dalje, Elodi je promenila temu. – A ti? Kako ide nov posao? Ili je prerano da se vidi? Jesu li stigle nove daske za veslanje?

– *Oui*, stigle su. Sve teče glatko s ranim turistima, zapravo tek ulazimo u štos – rekao je Gaz. – Uskrs će biti prvi pravi test. Tad će moći da se proceni, ali izgleda dobro. Moraš doći dole. Častiću te vožnjom paraglajderom.

Tek kasno posle podne trojica Vensanovih su otišli pošto su popili kafu i pomogli ženama da pomere nešto od nameštaja.

Harijetin predlog da spremi večeru dočekan je sa oduševljenjem. Rano te večeri jele su u vrtu opet s tanjirima u krilu.

– Filip nam je našao čoveka za bazen – rekla je Gabi služeći se bagetom da upije preostali sos iz tanjira. – Žoela. Doći će sutra ujutru između dva posla da sipa neke hemikalije u bazen a onda će ponovo doći za dan-dva da ispere filtere. Što znači da još nekoliko dana nećemo moći da plivamo.

– Sjajno. Jedva čekam da zaplivam – kazala je Elodi i pogledala bazen pred njima s vodom zelenom kao grašak.

– Osim što održava bazene, Žoel je i baštovan. Svakako nam je potreban za bazen, ali za baštu? Hoćemo li uspeti same? – Gabi je bacila pogled na Harijet. – Volim da radim u bašti i sećam se da si mi ti pomagala.

Harijet se nasmešila. – Zaista uživam u baštovanstvu. Nisam stručna, ali ću ti rado pomoći.

– Pomoći ću i ja – kazala je Elodi. – Samo što ne mogu da obećam da ću biti od velike koristi. Poznajem maslačak kad naletim na njega, ali osim toga – slegnula je ramenima. – U koliko sati dolazi Žoel? Nadala sam se da ću vas obe odvući u *brocante*. Mislim da bi za bazen trebalo da nabavimo nekoliko stvari.

– Žoel stiže između devet i deset – rekla je Gabi.

– Želim sutra da završim krečenje kuhinjskih zidova – rekla je Harijet. – Rado ću ostati zbog momka za bazen dok vas dve idete u *brocante*. Znam da ćete zajedno dobro izabrati. Oh, upravo sam se setila. – Izvadila je telefon iz džepa. – Dok sam jutros kupovala farbu, videla sam ovo. – Pružila je telefon Elodi.

Elodi je kratko pogledala pa digla pogled u majku. – Kako si mogla da je zaboraviš? Prelepa je. Jesi li već zvala? Nisi? Molim te zovi odmah. – Pružila je telefon Gabi. – To je ženka prikladna za kuću i savršena za nas – objasnila je. – A rekle smo da ćemo nabaviti psa kad se preselimo ovamo, jelda jesmo?

– Rekle smo – složila se Gabi i vratila telefon Harijet. – I moram se složiti da izgleda prelepo na slici, ali to je velika odgovornost. No nas tri bismo mogle da uspemo. A imaće mnogo prostora za trčanje, vrt je sasvim bezbedan.

Elodi se zadovoljno nasmejala. – To je sređeno. Jedva čekam da je vidim i dovedem kući.

7.

Sutradan posle doručka Elodi i Gabi su otišle u *brocante*, ostavivši Harijet da kreči i čeka Žoela. Sunce je sijalo na azurnoplavom nebu bez oblaka a Elodi je takoreći skakutala od sreće. Sve u Žuan le Penu joj se dopadalo – miris Mediterana u vazduhu, uske ulice, jedinstvene radnje, meštani koji žure stežući kutije s kolačima iz *patisserie*[12] i veselo dovikujući *bonjour* prijateljima u prolazu.

– Neko je srećan što je ovde – osmehnula se Gabi s ljubavlju.

– Još kako – kazala je Elodi. – Ne mogu da verujem da zapravo živim ovde – da će mi sve ovo postati blisko i da ću ga nazivati domom. Mora da si i ti srećna. Jelda jesi? – hitro je dodala.

Gabi je klimnula glavom. – Da, srećna sam. – Nije rekla da je njena lična sreća obojena brigom zbog prošlosti. Prekasno je za takve misli. – Mada nisam sigurna i za Harijet. Bila je tiha kad smo pošle.

Elodi je slegnula ramenima. – Da budem iskrena, nisam primetila.

Gabi je uzdahnula. – Mislim da joj, kad je otišla iz Australije, uopšte nije padalo na pamet da živi u Francuskoj – rekla je. – Glavni cilj joj je bio da se vrati kući u Britaniju. Kad smo odlučile da se preselimo ovamo, možda je osetila obavezu da pođe s nama a da ne želi to zaista.

– Ako joj se ne dopada, uvek može da ode – rekla je Elodi. – Niko je ne primorava da ostane, ali nadam se da će ostati.

Gabi je srce bilo puno zbog tih Elodinih reči, ali odmah se steglo zbog sledećih.

– Imam nekoliko pitanja na koja želim odgovore pre nego što ona opet nestane. Za početak sam rešena da saznam ime svog oca. – Elodi

[12] Fr.: poslastičarnica. (Prim. prev.)

je najednom zastala i zgrabila Gabi za mišicu. – Znaš li ti ko je? Mislim, nikad mi nisi pominjala ko je to, a ja te nikad zapravo nisam pitala, jer nisam želela da te uznemirim pominjući to. Da li ti je rekla?

Gabi je sklopila oči i duboko udahnula. Identitet Elodinog oca jedna je od stvari koje su je najviše pogodile, i to kako je Harijet odbijala da kaže ko je. Govorila je da on ne mora da zna, a i da se to uopšte ne tiče njene majke. Silno je želela da joj se Harijet poveri, ali Harijet nikad s njom nije pričala o Elodinom ocu. – Ne, ne znam ime tvog oca. A ne znam ni razlog zbog kog je Harijet odbijala njemu da kaže za tebe – rekla je Gabi kad su stigle do raskrsnice s glavnom ulicom i Elodi pritisnula dugme za pešake na semaforu.

U tišini su strpljivo čekale da saobraćaj stane i da zeleni čovečuljak pokaže da je za njih bezbedno da pređu ulicu. Pošto su prešle, uputile su se prolazom ispod luka i našle se u otvorenom dvorištu u kom je smešten *brocante*.

– Ti pak možeš nešto meni da kažeš – tiho je rekla Gabi dok su hodale. – Zašto si najednom rešila da otkriješ ko ti je otac? Poslednji put da se sećam kako si to pitala bilo je kad si imala pet-šest godina i potresla se zbog nečeg što se dogodilo u školi.

Elodi je duboko udahnula. – Zato što je sad Harijet opet u našem životu i imam priliku da saznam celu priču o tome šta se dogodilo pre svih ovih godina. Hoću da znam istinu o tome kako sam došla na svet. Koliko dugo su bili zajedno – ako su uopšte bili zajedno. Jesu li bili zaljubljeni? Ličim li na njega? Jesam li nasledila neki njegov talenat? Neku njegovu naviku? Šta još ona zna o njemu?

– Nažalost, ja ne znam odgovor ni na jedno od tih pitanja, ali ponekad je bolje prošlost ostaviti na miru – rekla je Gabi. Nije imala vremena više ništa da kaže jer su stale ispred *brocante*. Pricvetni listovi bugenvilije koja se penje uz pročelje zgrade polako su dobijali bogatu crvenkastoljubičastu boju. Još nekoliko nedelja i taj zid će biti prekriven veličanstvenom bojom biljke. Uza zid je i dalje bio naslonjen starinski bicikl koji su videle u decembru. Viseće grimizne i bele muškatle pune pupoljaka spremnih da se rascvetaju zamenile su zumbule u korpama od pruća.

Gabi se osmehnula kad je ponovo pogledala jarko obojeni bicikl za koji je, kad ga je prvi put videla oko Božića, bila ubeđena da je stari Koletin. Kao deca, ona i Kolet su bile bliske drugarice, a kad su zašle u tinejdžersko doba bile su nerazdvojne, poput sestara. Dok je stajala tamo i sanjarila o tom vremenu, jedna posebna uspomena javila joj se u glavi.

Njih dve su često vozile bicikl duž rta Antiba prema plaži Garup, i obe iz sveg glasa pevale „Les bicyclettes de Belsize", hit Mirej Matje s kraja šezdesetih. Bile su ubeđene da će celog života ostati najbolje drugarice i zauvek biti tu jedna za drugu. Da će se i njihova deca družiti baš kao njih dve. Da se među njima ništa neće promeniti. Kako su samo bile naivne. Za svega nekoliko godina čitav Gabin svet se srušio, a Kolet je nestala otišavši u Ameriku, i porodični je *brocante*, iako i dalje u poslu, vodio neki stranac. Bilo je dobro što još radi posle svih tih godina. Da je samo i dalje pripadao Koletinoj porodici, Gabi bi možda mogla da dođe do nje, ali izgleda da to nažalost nije bilo moguće.

Vrata prodavnice bila su podglavljena velikom sjajnom crno-belom keramičkom mačkom. Elodi i Gabi su ušle pa uzvratile istom merom na vedro *bonjour* mlade žene za stolom koji je služio kao pult.

Elodi je povela babu uskim prolazom između komoda, stolica i stolova pa je zaustavila ispred velikog kredenca. – Šta misliš? Mogle bismo, ili pre Harijet bi mogla da napravi nešto od ovoga. Šabi šik ili tako već nešto.

– Ne misliš da je prevelik za kuhinju? – Glavom joj je prošla misao da li bi Harijet smetalo da dobije zadatak da ga osveži, ali nije je izgovorila.

Elodi je zavrtela glavom. – Ne. Juče sam premerila. Stao bi savršeno uza zadnji zid, pored frižidera. U njega bi mnogo toga stalo. – Pošla je malo dalje uskim prolazom. – A vidi ovo. Evo savršenog stola za našu terasu.

Dugački drveni sto odgore je imao privlačan mozaik morskog pejzaža s delfinima, ribama, krabama, koralima, olupinom, pa čak i davljenikom koji se probija ka površini.

– Zar nije divan? Možemo za njega da posadimo desetoro ljudi kad priređujemo zabave uz bazen.

Gabi se nasmejala. Elodin entuzijazam bio je zarazan. – Već planiraš zabave uz bazen, a tek smo stigle i nikog ne poznajemo.

– Poznajemo Vensanove. A u nekom trenutku moramo da priredimo zabavu za naselje. Njih četvoro i nas tri, to je već sedmoro, tako da nam treba samo još troje da se popuni sto.

– S radošću bih neke večeri bila osma osoba za stolom – začuo se tih glas iza njih. – *Bonjour*, Gabrijela. *Ca fait longtemps.*[13]

Elodi je posmatrala kako se Gabino lice skamenilo od zaprepašćenja i celo telo ukrutilo pre nego što se polako okrenula i pogledala stariju gospođu koja je ono izgovorila. – Kolet? – pitala je jedva nešto jače nego šapatom.

– *Oui.*

Zbunjena, Elodi je gledala kako te dve žene gotovo padaju jedna drugoj u zagrljaj i uglas brzo pričaju na francuskom, koji se Elodi nije ni trudila da dešifruje i razume. Obema ženama su suze lile niz lice i obe su uzalud pokušavale da ih obuzdaju dok su iz njih sve to vreme izvirale reči oduševljenja. Elodi je prepoznala da je Kolet žena koja je dan ranije, kad je došla da razgleda, radila s kupcima, isto kao i za Božić.

– Čekam te otkad je tvoja unuka kupila pepeljaru iz hotela *Provansal* za rođendan „Gabi, svojoj baki koja je radila tamo pre mnogo godina“ – rekla je Kolet na engleskom kad se konačno odmakla držeći Gabi za ruke. – Znala sam da je za tebe, a kad sam čula da nameravaš da se vratiš bila sam mnogo srećna. I sad si ovde.

– I sad sam ovde – ponovila je opijena Gabi. – Neverovatno mi je da si ovde i da vodiš *brocante*. Na vizitkarti koju si dala Elodi uz pepeljaru iz hotela bilo je drugo ime. Da sam shvatila, još za Novu godinu bih ti zalupala na vrata. Mislila sam da su tvoji roditelji prodali prodavnicu. Kad si se vratila? Ostaješ li? Imam tako mnogo pitanja.

Kolet se nasmejala. – Imamo mnogo toga da pričamo, da saznamo jedna o drugoj. Doći ćeš sutra? Ručaćemo i pričati jedna drugoj svoje tajne kao što smo radile kad smo bile mlade. Imam i ja pitanja za tebe.

Gabi je klimnula glavom. – Naravno da ću doći. Videćemo se sutra.

---

[13] Fr.: Mnogo je prošlo. (Prim. prev.)

8.

Kad su majka i Elodi otišle, Harijet je nastavila da kreči kuhinju. Preko noći su se osušila dva zida koja je prethodnog dana okrečila, i izgledala su svežije. Tog jutra su joj ostala dva kraća zida – jedan s prozorom okrenutim ka prednjoj bašti i drugi koji deli kuhinju od predsoblja.

Harijet je pevušila za sebe usredsređena na pažljivo bojenje oko prozora i uživala u tišini nastaloj zato što je potpuno sama u vili pa pustila da joj misli odlutaju do Gabi. Mora da je njoj neobično što je u kući svog detinjstva. Kući u koju se nije vraćala više od četrdeset godina i u kojoj poslednje godine nisu bile baš najsrećnije. Harijet se nadala da će nove porodične uspomene koje su njih tri bile uverene da će stvoriti narednih nekoliko nedelja i meseci zadržati one užasne zakopane duboko u Gabinu podsvest.

Samo što se odmakla da proveri ivicu prozora, zazvonio je interfon s kapije. – Zdravo, Harijet, ja sam, Žesika. Žoel je sa mnom.

Harijet je upoznala Žesiku Vensan, Mikaelovu suprugu, za Novu godinu kad se pridružila Gabi i Elodi u stanu koji su iznajmile od Vensanovih. Sprijateljile su se, pa se Harijet radovala što će je bolje upoznati.

Brzo je pritisnula dugme za manju, pešačku stranu kapije pa stala na otvorena vrata da ih dočeka.

Žoel se predstavio i otišao pravo u vrt da počne da radi na bazenu.

Žesika je mahnula Harijet malom kartonskom kutijom. – Htela sam da ti poželim dobrodošlicu u Žuan le Pen. Može li kafa? Donela sam kolače. O, slikaš? Miriše boja. Mogu li da vidim?

– Krečim zid u kuhinji, ne stvaram remek-delo – rekla je Harijet smejući se. – Uvek se radujem pauzi za kafu i kolače. A i skoro sam završila.

– Gde su ostale?

– Otišle u *brocante*. Elodi je juče tamo videla nekoliko stvari za koje misli da su nam potrebne – kazala je Harijet i proverila koliko vode ima u aparatu pre nego što je pritisnula dugme.

Odnele su u dnevnu sobu kafu i kolačiće s jagodama koje je Žesika donela.

– Ovo je divna soba – rekla je Žesika. – Ponekad zažalim što se nismo opredelili za kuću umesto za stan. – Pogled joj je privukla slika sove naslonjena na zid. – Ova slika je prelepa. Jel' jedna od tvojih?

Harijet je klimnula glavom. – Jedna od prvih. Sad kad je pogledam vidim sve amaterske greške koje sam napravila. – Nije mogla da kaže Žesiki kako ju je dirnulo kad je otkrila da je majka tolike godine čuvala tu sliku, i da sad planira da je okači na počasnom mestu, na dimnjaku iznad kamina. Kad je Gabi to pomenula, Harijet je neočekivano zastala knedla u grlu.

– E pa, ja samo vidim lepu sliku – kazala je Žesika i još jednom zagledala sliku pre nego što se okrenula prema Harijet. – Uzgred, stalno te hvalim i pričam kako si talentovana, i znam da Igo želi da vidi tvoje radove što pre.

– Igo? – Harijet ju je zbunjeno pogledala.

– Prijatelj iz umetničke galerije o kome sam ti pričala za Božić. Prijatelj koji će ti prirediti izložbu.

– Nisam mislila da govoriš ozbiljno – priznala je Harijet. – Uostalom, mislila sam da je prijatelj kog si pominjala Hari. Jel' to neko drugi?

Žesika je uzdahnula. – Jesam li rekla Hari? Za to je kriva izmaglica mog mozga u menopauzi. Nekih dana se ne sećam ni vlastitog imena. Imam prijatelja koji se zove Hari i divan je, možda bi trebalo i s njim da te upoznam. Svejedno, Igo je zaista raspoložen da vidi neke tvoje radove, tako da se nadam da si nešto radila? – Žesika je ućutala kad se Harijet ugrizla za usnu. – Nisi nijednu uradila, jel' tako? Oh, Harijet. Slikaj po platnu, ne po zidovima.

– Žao mi je. Jednostavno nisam bila u pravom raspoloženju, a i treba da se smestimo ovde – slegnula je ramenima. – Naletela sam na divnu galeriju u gradu u kojoj se prodaje slikarski pribor pa sam sebi obećala da ću otići i razgledati kad sledeći put odem u grad.

– Pa i to je, valjda, nešto – rekla je Žesika. – Samo da znaš da ću te gnjaviti svakom prilikom da počneš da skiciraš i slikaš. Tako si talentovana.

Harijet joj se sramežljivo osmehnula. – Zaista želim da se okušam – rekla je. – Ali u gradu sam videla baš dobre slike. Ovde ima mnogo talentovanijih ljudi nego što sam ja.

– Koješta, što bi rekao moj stari tata – bio je Žesikin odgovor. – Jednako si dobra, ako ne i bolja od većine.

Harijet je slegnula ramenima. Jedno je ponovo slikati, a nešto sasvim drugo pokazivati svoje napore, naročito nekom ko se profesionalno interesuje. Nije bila sigurna da ima dovoljno hrabrosti da načini taj korak. A što se tiče izložbe, ni u ludilu. Mnogo vremena treba da bi ona bila spremna za takvo eksponiranje, a možda nikad i ne bude.

9.

Sutradan ujutro Gabi je zastala pod lukom ispred dvorišta *brocantea* i proučavala prizor pred sobom. Za nju je to mesto bilo kao druga kuća. Katkad i više od toga. Utočište iz kog je nevoljno odlazila kad god bi joj *tante*[14] Mari, Koletina majka, nežno nagovestila da je vreme da ide kući. Dve majke su i same bile prijateljice kao njihove ćerke, i među njima nije bilo tajni. Da nije bilo griže savesti zbog toga što je potrebna svojoj majci, Gabi bi mnogo puta s radošću pobegla da živi s Kolet.

Pored prodavnice kuća s crvenim crepom, maslinastozelenim žaluzinama, žbunovima lijandera sa obe strane otvorenih ulaznih vrata izgledala je zapuštenije nego što je pamtila. Možda kad je bila mlađa nije primećivala naprsline u farbi. Možda je to znak ekonomske krize koju su proživljavali.

– *Coucou* – doviknula je Gabi ulazeći u kuću.

– Izvoli. U kuhinji sam – javila se Kolet.

Kuhinja koju je Gabi pamtila sad je bila drugačija. Zidovi su bili pokriveni pločicama lepih provansalskih boja, lagana savremena kuhinja rađena po meri zauzela je mesto tamnih ormarića i kredenca, šporet firme *Korni* zamenio je stari na drva, a u uglu je stajao veliki kombinovani frižider. Od kuhinje koju je znala pre mnogo godina ostali su samo hrastov sto i stolice u sredini prostorije.

– Ovo se promenilo – rekla je Gabi. – Zavidim ti na šporetu. Nadam se da ću nabaviti sličan, samo što neću raditi elemente po meri. Mora da misliš da smo *insensé*[15] zato što se trudimo da ponovo stvorimo tradicionalnu kuhinju u *Vili nade*.

---

[14] Fr.: tetka, teta. (Prim. prev.)

[15] Fr.: nerazumne, lude. (Prim. prev.)

Kolet je zavrtela glavom. – Ova kuhinja je mamin izbor. Da budem iskrena, osim savremenog šporeta, nedostaje mi stara kuhinja. Bila je ugodna. Volela bih da se što više ljudi opredeljuje za starinske stvari. Danas se ljudi bez premišljanja voze obalom do *Ikee*. Zaboravljaju da mi i postojimo. – Slegnula je ramenima. – *C'est la vie*. Kafa?

Gabi je stavila papirnu kesu na sto. – Nadam se da su ti palmice i dalje omiljene. – Gledala je kako Kolet sipa kafu u italijanski aparat za espreso, spaja dva dela i spušta ih na šporet, nešto što je Gabi viđala da teta Mari radi stotinama puta u istoj toj kuhinji. Obe njihove majke su, baš kao i sve druge dobre francuske domaćice, tradicionalno nosile cvetnu kecelju koja pokriva odeću ispod. Toga dana je Kolet vezala grimiznu plastičnu kecelju sa slikom Ajfelove kule, ali je svejedno potpuno ličila na majku. Načinom na koji je stajala, hitrim pokretima ruku, osmehom kad se okrenula prema Gabi. – Kafa će biti gotova za tri minuta.

Gledajući Kolet kako sprema kafu Gabi se zapitala da li i sama liči na svoju majku sad kad je ostarila. Kad je pre mnogo godina otišla, majku je doživljavala kao već staru, a ona je zapravo imala tek četrdeset i nešto godina. Tek kad je i sama postala starija shvatila je kako je njena majka morala imati težak život. Otac nije bio lak čovek.

Kad su nekoliko minuta kasnije sele iza kućice, u zatvoreno dvorište puno saksija s muškatlama, lavandom i razgranatim lijanderom, Gabi je pogledala Kolet.

– Dakle, kad si se vratila ovamo? I zbog čega?

– Pre petnaest godina. Nisam imala određen razlog, naprosto se život udružio protiv mene, kao što ponekad biva. Udala sam se, razvela, postala samohrana majka. Pretpostavljam da moj sin Hadson mora biti istih godina kao tvoja ćerka, a moja unuka Lijana ima dvadeset dve, tu je kao Elodi. – Kolet je uzela palmicu i zagrizla je. – Mmm. A niko, baš niko ih ne pravi kao mi Francuzi. Eto još jednog razloga da se vratim kući.

– Juče si upoznala Lijanu. Ona mi pomaže ovde. Hadson radi u Nici, pa preko dana nije često ovde, ali uskoro ćeš ga upoznati.

– Oboje su došli s tobom?

Kolet je klimnula glavom. – Nisu imali razloga da ne dođu.

– Tvoj bivši je u Americi? Zar ne želi da ih viđa?

– *Oui*, ali nije u Americi. Otišla sam čak u Sjedinjene Države i udala se za Francuza. U Marselju je i oni ga posećuju. Ponekad i on dolazi ovamo. U današnje vreme je odnos posle razvoda civilizovan, *non*? – Kolet je zastala i zamišljeno pogledala Gabi. – Ti si na kraju imala srećan brak?

Gabi je klimnula glavom. – Ubrzo pošto sam stigla u Englesku izgubila sam bebu zbog koje sam morala da odem odavde. – Ućutala je setivši se kako su teške te godine bile. – Ali nekoliko godina kasnije upoznala sam Erika, udala se i rodila Harijet. I sve dok on nije umro život je bio lep. Kajanja su, ipak, očigledno ostala. – Zastala je. – No na kraju naučiš da živiš s njima i ne dozvoliš da te ona definišu.

Kolet se složila klimanjem glavom. – Oko godinu dana pre svoje smrti, tvoj *papa* je dolazio nekoliko puta kod mene – tiho je rekla. – Tad fizički više nije bio čovek kog si upamtila, a promenio se i na drugi način. Posebno otkad je tvoja mama umrla. I dalje je umeo da bude težak, ali se sve u svemu lakše s njim izlazilo na kraj.

– Šta je hteo od tebe? – Gabi je ljubopitljivo pogledala Kolet.

– Prilikom jedne od tih poseta pitao me je da li sam te ikad ponovo videla, pa da ti kažem kako mu je žao. Kad sam mu rekla da ti to sâm kaže, odmarširao je mrmljajući kako ne vidi sebe na putu za Englesku i, osim toga, njemu je svejedno šta ćeš naslediti kad on umre.

– Baš čudno – rekla je Gabi. – *Notaires* su sve za mene sredili i nisu naišli ni na kakav problem. Sve se prilično jednostavno završilo. Bila je tu samo vila i nekoliko hiljada evra u banci. Nešto više pošto je kuća raščišćena. Većina novca je otišla na namirivanja notara i na porez. – Gabi je ispila kafu. – Neverovatno mi je da su posle toliko godina s njegovih usana prešle reči „žao mi je“. Misliš li da je iskreno žalio?

Kolet je slegnula ramenima. – Nešto je svakako imao na umu, grizla ga je savest *peut-être*?[16]

– Malo je zakasnio s tim – žalosno je rekla Gabi.

---

[16] Fr.: može biti, možda. (Prim. prev.)

10.

Dok je Gabi bila s Kolet u *brocante*, Harijet i Elodi su išle Žuan le Penom prema adresi koju su Harijet dali kad je telefonirala povodom psa. Dok su hodale, Elodi se igrala zamišlju da nekako pokuša da otvori majku u vezi s prošlošću, ali Harijet je koračala brzo pa je razgovor bio otežan. Elodi je uzdahnula. Jednog dana će biti pravi čas.

Avenija Nikole Osela s velikim supermarketom bila je prometna, ali brzo su našle kuću koju su tražile pa je Elodi zazvonila.

Harijet se nasmejala kad je istog trena lavež ispunio vazduh. – Dobar lavež.

Vrata je otvorila žena izmučenog izgleda. – Došle ste zbog Lulu? Uđite. Ja sam Šeli.

Lulu je prestala da laje pa ih je zagledala pre nego što je oprezno prišla da onjuši ruku koju joj je Elodi pružila.

– Dopada mi se njeno ime – rekla je Elodi. – I mnogo je lepa. Sviđaju mi se te boje kafe i krema. A rep savijen na leđima, tako je sladak.

– Zašto joj tražite nov dom? – pitala je Harijet.

– Ona je pas moje majke, koja ide u starački dom u kome, nažalost, ne dozvoljavaju ljubimce. Mama očajnički želi da pronađem pogodnu kuću u kojoj će ostati zauvek. Nekoliko njih je reklo da bi je uzelo, ali – Šeli je slegnula ramenima – nisu mi se činili pogodnim.

– Zar ne možete vi da je zadržite? – pitala je Elodi. – Da ostane u porodici.

– Radim kao stručnjak za rešavanje problema za putničku firmu. Naprečac mogu da me pošalju bilo gde. A ni moj muž nije uvek ovde.

Harijet i Elodi su slušale kako im Šeli objašnjava da rasni tibetanski terijeri vole društvo, da su nepoverljivi prema neznancima, ali ako ostanu predugo sami ne prestaju da laju.

– Kad vas jednom upozna, Lulu je fantastičan psić. A iako ima gustu dlaku koja mora redovno da se četka, ne linja se.

– E pa nas tri živimo zajedno tako da praktično možemo garantovati da će neko uvek biti uz nju da joj pravi društvo – rekla je Harijet pa se sagnula i nežno pomilovala Lulu po glavi. – Kakve dugačke, mekane uši.

– Molim vas, možemo li da je uzmemo? – pitala je Elodi. – Obe obećavamo da ćemo se zaista lepo brinuti o njoj. Slaćemo vašoj majci slike ako to poželi.

– Ona bi to mnogo volela. – Šeli je posmatrala kako Lulu pokušava da se popne Elodi na kolena kad se ova sagla. – Izgleda da joj se dopadaš, ni prema kome ko je dolazio nije se tako ponašala. U redu, vaša je.

Četvrt sata kasnije sva zvanična papirologija, zajedno s Luluinim pasošem, potpisana je i predata. Luluine igračke, hrana i jastuk na kom je volela da spava *ako ne spava nekom u krevetu*, kako je smejući se rekla Šeli, smešteni su u veliku kesu pa je Šeli zakačila povodac za Luluinu ogrlicu. Pre nego što ga je predala Elodi čvrsto je zagrlila Lulu. – Budi dobra, medena.

Dok su išle prema *Vili nade* Lulu je veselo kaskala pored Elodi.

– Ne mogu da verujem da imamo psa – rekla je Elodi. – Već dugo želim da ga imam, a Lulu je tako lepa.

– Nadajmo se da će se prilagoditi nama – rekla je Harijet. – Srećom, sterilisana je pa nećemo imati muke sa štencima.

– Meni je žao zbog toga. Imala bi divne štence – zamišljeno je rekla Elodi.

Kad se Gabi vratila u vilu posle ručka s Kolet, i sama je napravila gužvu oko Lulu pa su njih tri ostatak dana provele igrajući se s prinovom, četkajući je i pomažući joj da istraži nov dom i smesti se u njemu.

Lulu je prvu noć u vili zanemarila svoj jastuk i provela ju je u Elodinom krevetu. Iako omanji pas, zauzimala je mnogo prostora. Elodi je pokušala jednom ili dvaput da je namami s kreveta na njen jastuk, ali Lulu se nije micala. Na kraju se Elodi predala pa je savila noge oko psa i tako su ostale cele noći.

11.

Dani su počeli da se nižu po ustaljenom redosledu. Pošto je Žoel besprekorno očistio bazen i vratio ga u funkcionalno stanje, Elodi je svakog jutra pre doručka plivala pedeset dužina pod budnim okom Lulu s terase. Rešila je da nadoknadi sate provedene pred računarom time što će ući u formu. Posle tuširanja je izvodila Lulu u prvu dnevnu šetnju do *boulangerie*. Lulu nije bilo dozvoljeno da siđe na plažu, ali Elodi i Gaz su uglavnom svakog jutra kupovali kafu i pili je na Promenadi pre nego što Gaz poljubi Elodi na rastanku, pa ona i Lulu otrče kući s kroasanima za doručak.

Kad je stigao nameštaj koji su kupile u *brocante*, Harijet je počela da sređuje kredenac. Sto s mozaikom je oprala, žičanom četkom iščetkala metalne noge i premazala ih pre nego što su ga postavile na terasu uza zbirku raznorodnih stolica. Iščetkala je i ležaljke i premazala ih debelim slojem restauratorskog ulja pa ih poređala pored bazena da se suše.

– Sad su im potrebni jastučići – rekla je Gabi. – Mislim da treba da odem do hipermarketa *Karfur* kod Nice. Pitaću Filipa može li da me odveze jedno poslepodne.

Elodi i Harijet su se navikle na Filipovo prisustvo u vili. On i Gabi su bili zajedno skoro svaki dan, često su posle podne šetali Lulu po obližnjoj šumi, a on je postao njihov lični „momak za sve", koji im je menjao sijalice, kačio slike, postavljao police, i već im je postao veoma drag.

Bila je subota pre podne, a njih tri su sedele na terasi i pile kafu kad su čule da se zaustavlja kombi i ubrzo odlazi.

– *La poste* – rekla je Elodi, pa skočila da ode da pokupi poštu. Otvorila je sandučе pričvršćeno za stub kapije, izvadila velik beo koverat formata A4, sa adresom ispisanom njenim rukopisom i osmehnula se. To je prosleđena pošta iz Dartmuta. Odnela ju je na terasu. – Gledajte, imamo prvu poštu prosleđenu iz Britanije. – Otvorila je koverat pa je na sto na terasi palo desetak manjih koverata. Hitro ih je razvrstala. Pet karti s natpisom „srećno u novom domu" za Gabi, tri slične za nju i veći, četvrtast beli koverat za Harijet.

Harijet je uzdahnula. Tačno je znala šta je to i pre nego što je izvadila čvrst karton sa ugraviranim zlatnim slovima. Potajno se nadala da će Lizi zaboraviti.

– Izgleda zanimljivo – primetila je Gabi.

– To je pozivnica za venčanje Lizine ćerke – kazala je Harijet. – Rekla je da će mi je poslati. Mada naravno neću otići.

– Zašto da ne? – pitala je Gabi. – Sigurno ćeš sresti mnogo starih prijatelja. Od Nice do Bristola je kratak let.

Harijet je slegnula ramenima. Problem i jeste bio u susretu sa starim prijateljima. – Predugo sam bila daleko. Verovatno više nemam ništa zajedničko ni sa kim od njih. Svakako smo se svi promenili.

Gabi ju je zamišljeno pogledala ali ništa nije rekla jer je Harijet ustala, pokupila šoljice od kafe s namerom da izbegne taj razgovor.

Kasnije tog prepodneva sela je za sto na terasi da napiše kratku zahvalnicu za poziv na venčanje. Oklevala je pišući datum. Da li je nepristojno da ne stavi adresu pri vrhu? Po bontonu bi svakako trebalo? Nije želela da je stavi kako je Lizi ne bi dala drugima, takozvanim starim prijateljima. Na kraju je u gornjem desnom uglu napisala Antib Žuan le Pen, Francuska. U gradu od šezdeset četiri hiljade stanovnika čak i da Lizi skoči u avion da je potraži, nije verovatno da bi je našla bez mnogo muke.

Harijet je zahvalila Lizi na pozivu i izvinila se što ne može da ga prihvati jer se preselila i sad živi u Francuskoj. Napisala je rečenicu-dve sa željama Keli i Nejtanu za sreću u budućnosti pa se potpisala i stavila pismo u koverat te napisala adresu. Poslaće ga kad pođe u grad da se nađe sa Žesikom.

Brižljivo se obukla pre nego što je krenula s Lulu. Za taj dan je bilo planirano da je Žesika konačno upozna sa Igoom i njegovom umetničkom galerijom, pa je želela da ostavi dobar utisak. Nije želela da on pomisli kako je jadna sredovečna žena s grandioznim mišljenjem o svom talentu. Ipak, nije želela ni da ode predaleko na drugu stranu, i predstavi se kao skromna slikarka zahvalna na pažnji. Mada danas ne bi mogla sebe da nazove slikarkom. Doslovno su prošle godine kako nije spustila četkicu na platno.

Na kraju se odlučila za najudobnije farmerke, uz majicu kratkih rukava i nove *konvers* patike. Kosu koja je vapila za šišanjem jednostavno je savila u punđu i zakačila štipaljkom. Izgled je upotpunila *malberi* naočarima za sunce sa četvrtastim ramom, i bila je spremna.

Lulu je veselo kaskala pored nje dok su išle gradom. Narednog dana počinje produženi vikend za Uskrs, koji ove godine pada kasno, skoro na kraju aprila pa su izlozi bili puni čokolada, uskršnjih zečića i pufnastih žutih pilića. Izlog *chocolatiera* je bio posebno primamljiv. Posle sastanka sa Igoom, na putu kući možda će svratiti i uraditi nešto što dugo nije: kupiti majci i ćerki po uskršnje jaje.

Žesika ju je čekala ispred galerije pa posle dizanja galame oko Lulu, maženja i izjave da je zaista lep pas, povela je Harijet unutra.

Igo je bio iznenađenje. Očekivala je da bude ili boemski tip ili uspešan biznismen u odelu. Dok je išla prema njemu svrstala ga je negde u sredinu između ta dva. Visok, izbrijane glave, u tamnoplavom šortsu šivenom po meri, beloj majici i bosonog, pre je ličio na člana posade neke od skupih jahti usidrenih u marini. Ne, ne na člana posade. Na kapetana jahte. Taj čovek je zračio izgledom koji iziskuje ne samo pažnju već i uvažavanje.

Igo joj je čvrsto stegao ruku. – Najzad je Žesika održala obećanje i upoznala nas – rekao je pa uputio Harijet osmeh koji mu je obasjao lice, zbog kog bi nekoliko godina ranije njeno srce ubrzano zakucalo. – Insistira da treba da te angažujem u galeriji pre nego što propustim priliku decenije.

– Pošto ste vas dvoje prijatelji sigurno znaš kako ona preteruje – rekla je Harijet i zavrtela glavom ka Žesiki. – Godinama nisam istinski slikala. Još ništa nemam da ti pokažem.

– Još? – Igo je s nadom ponovio tu reč. – Meni to znači da ćeš uskoro početi.

– Možda, ali ti ovde imaš već nekoliko ozbiljno dobrih slikara. – Harijet je pokazala oko sebe. – Ovaj mi se mnogo dopada – pa je prišla i stala ispred mrtve prirode u ulju. Bila je obeležena sa *Komunikacija. Freja Džekman.*

– Freja je udata za mog najboljeg druga Markusa. Upoznaću vas. Dopašće ti se. Uvek je dobro kad imaš prijatelja na istoj talasnoj dužini s kojim ćeš pričati o poslu.

– Hvala ti. – Harijet tako dugo nije razgovarala o svom poslu ni sa kim da nije bila sigurna ni kako se to radi, ni da li bi to više umela.

– Voleo bih da vas obe odvedem na ručak – rekao je Igo. – No nažalost danas nemam osoblja. U današnje vreme kao da niko ne želi da radi. Ne očekujem da imaš još mnogo prijatelja koji bi želeli stalan honorarni posao? – pitao je Žesiku koja je odmahnula glavom.

– Žao mi je, nemam.

– Ne tražim honorarni posao, ali mogla bih da budem član tvog osoblja za slučaj nužde – tiho je rekla Harijet iznenadivši čak i sebe tim rečima. – Ako to može da pomogne. Moj francuski nije sjajan, ali budem li ga koristila, samo ću ga popraviti. Mi smo se sad manje-više propisno smestile u *Vili nade* – slegnula je ramenima. – Čak i ako ponovo počnem redovno da slikam – dobro, kad počnem – brzo je dodala kad je videla Žesikino i Igoovo lice – na poziv pola sata unapred mogu da budem ovde. Možda ću morati da povedem psa, ali ona nije problem.

– Ako si ozbiljna, daj mi broj telefona i sigurno ću te pozvati sledeći put kad imam problem sa osobljem. Hvala. – Igo je ukucao njen broj u svoj telefon. –Uskoro ću se javiti.

– Očekuješ li problem? – pitala je Harijet.

Igo se nasmešio. – Ubeđen sam da će uskoro nastati, ali pre nego što se to desi, želim da te izvedem na večeru.

Iznenađeno *oh* sletelo je s Harijetinih usana kad se upiljila u njega, ali pre nego što je išta rekla Igo joj se opet osmehnuo.

– *A bientôt.*[17] – Zatim se okrenuo da pozdravi klijenta koji je strpljivo čekao, i ostavio zbunjenu Harijet da gleda Žesiku kako joj se široko osmehuje.

– Mislim da se dopadaš Igou. Hajde, idemo na onu kafu.

Krenula je za Žesikom prema vratima pa se okrenula da još jednom pogleda Igoa, koji se, videvši da se ona okreće, nasmešio i digao ruku u znak pozdrava.

Kad se napolju pridružila Žesiki, Harijet je shvatila da joj srce zaista brže kuca i osetila se pomalo usplahireno pri pomisli da će je Igo izvesti na večeru.

Elodi je razmišljala da li da ode na plivanje rano te večeri kad joj je zazujao mobilni s porukom od Gaza.

Ako možeš da stigneš ovamo za deset minuta, mogli bismo da se provozamo paraglajderom kao što sam obećao!

Elodi je otkucala:

Krećem

Zatim je otrčala na sprat jedva zastavši da kaže Gabi kuda ide.

Gaz i Mikael su bili spremni i čekali je kad je stigla na pristan.

– *Papa* će pilotirati čamcem kako bih ja mogao da idem s tobom – objasnio je Gaz pošto ju je cmoknuo.

Mikael ju je pozdravio zagrljajem. – Kako ste se smestile u *Vili nade*? Filip kaže da ste srećne što ste ovde.

– Filip je u pravu – odgovorila je Elodi smejući se. – Znam da ja jesam.

Gaz je pružio Elodi prsluk za spasavanje, pa i sâm navukao jedan. Pošto su sve pričvrstili i proverili, ušli su u čamac i prešli na platformu krme. Tamo su zakačili dvostruke kaiševe koji su s

---

[17] Fr.: Do skorog viđenja. (Prim. prev.)

prednje strane imali sajlu za vuču, a čiji se drugi kraj pružao napred do čekrka koji će im omogućiti da se podignu i na kraju da se spuste na čamac.

Mikael je upalio motor, odvezao kanap sidrišta s pristana pa odgurnuo čamac pre nego što je pomerio gas na *napred* i lagano ga pokrenuo kroz vodu prema otvorenom moru. Ručicu gasa je gurnuo još više, pa su ubrzali, a padobran iza njih se napunio vazduhom ali se još nije dovoljno zategao da ih podigne s platforme. Još brže, i počeli su da se dižu. Bili su sve više i više iznad mora, a čamac se udaljavao na olabavljenom kablu.

– Opa! – Elodi je jedino to uspela da izgovori dok su se dizali uvis. – Ovo je fenomenalno. – Samo nekoliko minuta kasnije gledala je obalu, a Gaz ju je držao za ruku i pokazivao joj zanimljivosti.

– *Provansal* se lako vidi. Ako pogledaš desno odande i kreneš dalje, videćeš svetionik na rtu.

Mikael je okrenuo čamac tako da se prizor pod njima promenio i videlo se ostrvo Sveta Margerit s tvrđavom, a zatim je polako promenio kurs i opet su videli obalu Rivijere. Pet minuta kasnije Mikael je u čamcu usporio, a oni su počeli da gube visinu i spuštaju se sve niže i niže dok im stopala nisu uronila u more, a voda im ubrzo doprla do ispod kolena.

– *Papa* – doviknuo je Gaz. – Dosta je.

Mikael se nasmejao pa opet dao gas i povukao ih sve dok se nisu ponovo našli na platformi čamca.

– Bilo je fenomenalno – kazala je Elodi. – Kladim se da će vaši izleti paraglajderom biti hit ovog leta. Hvala vam što ste me provozali. Možemo li jednom opet da idemo? Imam potrebu za uzbudljivijim stvarima u ovom divnom novom životu.

12.

Na Veliki petak ujutro, Gabi je krenula u *brocante* pošto je Elodi i Harijet rekla da će provesti s Kolet sat ili dva. Kasnije će im reći gde su bile.

Kolet je bila spremna i čekala ju je pa su zajedno otišle do obližnje cvećare i kupile dva buketa ljiljana, koje je Gabi specijalno naručila za taj dan, pre nego što su stale u red za autobus da ih odveze na groblje na vrhu Antiba.

Gabi je znala da bi je Filip rado tog jutra odvezao u tu misiju, ali u tu prvu posetu želela je da ode s Kolet, iz jednog prostog ali sramnog razloga. Nije se sećala rasporeda na groblju ni tačnog mesta groba porodice Žak.

Njih dve su ćutke išle grobljem. Kolet je prva prekinula tišinu pokazavši gde treba da skrenu na drugu stazu.

– Otkad sam se vratila kući, svakog prvog novembra, na Sve svete, stavljala sam saksije s ciklamama na grob svoje i tvoje porodice – rekla je.

– To je tako lepo od tebe – rekla je Gabi, pa osetila da joj naviru suze i prigušila jecaj.

Sećala se kako je oko Svih svetih bila naročito tužna onih prvih godina u Engleskoj, kad joj je mnogo nedostajala kuća. Praznik Svi sveti je oduvek bio važan porodični dan u francuskom kalendaru, kad su vrtni centri i cvećare po celoj Francuskoj bili preplavljeni saksijama ciklama ili hrizantema, a porodice putovale sa svih strana kući da odaju poštu svojim bližnjima i sete ih se.

Prvi put kad joj je neko od engleskih prijatelja veselo pružio buket hrizantema i rekao: – Ove su iz moje bašte, zar nisu divne

– promrmljala je hvala, prikrila da je uznemirena, a cveće iznela na zadnja vrata.

Kasnije joj je Erik blago objasnio kako u Engleskoj ljudi vole hrizanteme i vole da ih gaje u bašti i drže u vazi.

– Ali to je grobljansko cveće – negodovala je Gabi.

Erik je zavrteo glavom. – Samo u Francuskoj. Ovde je to samo lepo cveće.

Koletin glas ju je vratio u sadašnjost. – Tetka Tereza je bila veoma ljubazna prema meni. Ona i moja *maman* su bile kao sestre. – Stala je ispred jednostavnog spomenika od granita s humkom ispred. – Evo nas. Otići ću da odam poštu svojim roditeljima, koji nisu daleko odavde.

Gabi joj je pružila buket ljiljana. – Ne zaboravi njih. Nije vreme za ciklame ni hrizanteme, inače bih njih kupila.

Kolet je uzela cveće uz osmeh. – Ostani koliko god želiš, ili koliko ti je potrebno, važi?

Gabi je klimnula glavom pa se sagnula i spustila buket ljiljana na spomenik. Stajala je pognute glave i zatvorenih očiju, pa od srca roditeljima rekla: – Izvinite. Znam da sam vas oboje izneverila, i to nikako ne mogu da promenim. Time što kažem da si mi uvek u mislima, *maman*, ne nadoknađujem to što sam te ostavila kad sam ti bila potrebna. Nikad neće prestati da me grize savest. Trebalo je zbog tebe da ostanem. Volela sam te tad, i volim te sad.

Gabi je još neko vreme ostala tako, zatvorenih očiju i sa suzama koje su joj tekle niz obraze, pa je podigla glavu i otvorila oči dok je po džepu suknje tražila maramicu. Pošto je osušila oči, osvrnula se da nađe Kolet. Pet minuta kasnije, njih dve su izašle s groblja.

Kad je stigla kući, posle kafe na brzinu s Kolet, Gabi je zatekla Harijet u bazenu u energičnom kraulu, i Lulu kako je posmatra s bezbedne udaljenosti na ivici terase. Gabi je sela na jednu od tek tapaciranih ležaljki, a Lulu je odmah ustala i prišla joj. Mazila je psa i gledala Harijet kako pliva još nekoliko dužina. Kad je Harijet izašla iz bazena i uzela peškir, zazvonio joj je telefon.

– Igo, drago mi je što te čujem.

Usledila je tišina od tridesetak sekundi dok je pomno slušala.

– Nije nikakav problem. Biću tu za pola sata. – Okrenula se Gabi kad je završila razgovor. – Igo želi da mu pomažem u galeriji nekoliko sati danas i sutra. Hoćeš li sad ostati kod kuće da praviš društvo Lulu? Ili da je povedem sa sobom?

– Ne brini se za Lulu, ne nameravam nikuda više danas da idem. Očekujem da će Filip uskoro doći, pa ćemo je kasnije povesti u šetnju.

– Hvala. – Harijet je otišla da se istušira i obuče. Deset minuta kasnije je doviknula da će se videti kasnije, i otišla.

13.

Kad je Harijet stigla u galeriju, tamo su već bila dva posetioca, a Igo je stajao za pultom sa osmehom dobrodošlice.

– Ne mogu ti dovoljno zahvaliti za ispomoć – rekao je. – Nadam se da nisi morala da otkažeš neke porodične planove? – Dok je Harijet je odmahivala glavom, dodao je: – Dobro je. A sad da te malo uputim u stvari pre nego što te bacim u vatru.

Harijet je oduvek brzo učila, pa je začas savladala kasu, kroz koju je sve prolazilo, i aparat za kartice.

– Nema uplata karticom preko sto evra dok ne proveriš sa mnom – objasnio je Igo. – Već nekoliko puta sam imao slučaj kradenih kartica. Većinu kupaca slika poznajem lično, ali lepo odeveni turisti nisu uvek onakvi kakvim se predstavljaju. Pariski lopovi i sami provode *les vacances*[18] na jugu Francuske.

U galeriji su se prodavale najrazličitije razglednice, posteri, slike starih Antiba, uramljene reprodukcije, i sve je to donosilo, kako je Igo opisivao, „novac za kiriju koju finansiraju turisti“. Naravno bilo je tu i originalnih slika i reprodukcija ograničenih izdanja, te pribora za slikanje kao što su vodene i uljane boje, blokovi za skiciranje, papir, a nudila se i „usluga uramljivanja i zatezanja“ platna. Igo je rekao Harijet kako će posetioci za Uskrs biti uglavnom turisti željni da kupe fotografije i razglednice za suvenir.

U jedan sat je Igo okrenuo tablu na vratima na *Zatvoreno* i skoknuo do susednog kafea po dve salate u bagetu, dva tarta s malinama i dva hladna piva s niskim sadržajem alkohola.

– Lakše je jesti ovde – rekao je. – U gradu će danas u vreme ručka biti krcato. Radije bih proveo sat vremena ovde i upoznao te

[18] Fr.: odmor. (Prim. prev.)

bolje. Dođi. – Na drugom kraju male ostave otvorio je vrata zadnjeg dvorišta koje su gotovo ispunili sto i dve stolice od kovanog gvožđa. Zid malog dvorišta pokrivala je bledoružičasta bugenvilija koja se izvijala prema azurnom nebu i suncu. Do njih su dopirali tihi zvuci ljudi i saobraćaja, prigušeni debelim zidovima zgrada u uskim uličicama starog grada. – Svi sendviči sa salatom su rasprodati, zato biraj piletinu ili tunjevinu – rekao je i pružio komade bageta. – O, nisam se setio da pitam – da nisi vegetarijanka ili veganka?

Harijet se nasmejala njegovom užasnutom izrazu lica. – Ne, nisam. Molim sendvič s piletinom – rekla je, pa su seli za stočić i zajedno uživali u ručku.

– Mnogo sam ti zahvalan što možeš da mi pomažeš danas i sutra – rekao je Igo dok su završavali jelo. – Zaista sam nameravao da te izvedem na večeru kako bismo se bolje upoznali pre nego što te zamolim da radiš. To je bilo pre nego što mi je devojka koja je radila vikendom jutros u sedam poslala poruku da ima posao na jednom od onih jahta-pabova. Bilo joj je žao što me ostavlja na cedilu prometnog vikenda, ali bila je to mogućnost koju nije mogla da odbije. Trenutno je na putu za Korziku. – Igo je slegnuo ramenima. – To me ljuti, ali verovatno bih u njenim godinama učinio isto. Zapravo, mislim da sam zaista i učinio nešto slično da bih jedne zime otišao u Sent Moric na skijanje.

– Očigledno si imao drugačije detinjstvo od mog – rekla je Harijet. – Najbliže što sam u detinjstvu prišla skijaškom spustu bila je vežba na suvom u Plimutu, mada sam kasnije išla nekoliko puta na Plave planine.

– E, ja tamo nikad nisam bio – kazao je Igo i otkinuo komad bageta. – Moraću ove zime da te odvedem na skijanje na Izoli 2000. To je najbliže skijalište, na oko sat od Nice – dodao je kad je video njen zbunjen pogled. – Da li su ti Plave planine i Australija pružali inspiraciju za slikanje?

Harijet ga je pogledala i zapitala se koliko toga može s njim da podeli o vremenu provedenom u Australiji. Dopadao joj se Igo, i bilo joj je važno da se postara da od početka njihovog prijateljstva on zna istinu o njenoj prošlosti.

– Jedva da sam slikala dok sam bila tamo – konačno je rekla. – Bilo je teško. Moj muž Tod nije smatrao moje slike dovoljno dobrim da bi se prodavale, pa je za njega bilo gubljenje vremena i to što pokušavam. – Odvrnula je poklopac na pivu i otpila gutljaj. – Shvatam da ovo zvuči jadno, ali u ono vreme mi se činilo da je jedino moguće da ne slikam. Učinilo je život lakšim.

– Nije jadno, nije lako odustati od nečeg što voliš – tiho je rekao Igo.

Harijet se na te reči malčice osmehnula. – Ispostavilo se da je mnogo lakše prestati nego početi ponovo. Poslednjih meseci sam nacrtala nekoliko skica olovkom, ali zapravo ne slikam. – Popila je pivo i bacila pogled na Igoa sa željom da razgovor preusmeri sa sebe. – A šta je s tobom? Ti si vlasnik galerije slika, jesi li i ti prikraćeni slikar?

Igo je zavrteo glavom. – Nisam. Doduše volim slikarstvo. Volim i marketing i poslovanje. Zato sam diplomirao istoriju umetnosti s krajnjim ciljem da iskombinujem te veštine i otvorim galeriju kako bih promovisao manje poznate slikare, ali i učestvovao u većem slikarskom svetu. I uspeo sam, evo me ovde.

– Tek tako? – zbunjeno je pitala Harijet. – Nekako sumnjam u to.

Igo joj se pokajnički osmehnuo. – U pravu si. Bilo je potrebno nekoliko godina i usput mnogo uzrujavanja, kao i neverovatno mnogo posla, ali iskreno volim ovo što radim. To ne može reći mnogo ljudi. – Odgurnuo je stolicu i ustao.

Kad je Harijet pružila ruku da uzme prazne pivske flaše, Igo je spustio šaku na nju i izazvao neočekivanu jezu u njenim prstima.

– Veruješ li da se ljudi pojavljuju u tvom životu s nekim razlogom? Ja to osećam u vezi s tobom, i zaista se radujem što ćemo se upoznati. Mislim da ćemo biti dobri prijatelji. – Oči su mu blistale dok joj se smešio, pa mu je bez oklevanja uzvratila zadovoljnim osmehom. – Hajde, pre otvaranja imamo vremena da ti pokažem radove nekih od mojih omiljenih slikara.

Harijet je pošla za njim nazad u galeriju neobično srećna.

* * *

Elodi se radovala što će veče na Veliki petak provesti s Gazom. Vožnja paraglajderom koju su nedavno podelili bila je divno uzbudljiva, a to veče su planirali da nešto pojedu i popiju pa da bar tri sata provedu zajedno. Možda čak sednu na Gazov skuter i odu obalom u Kan.

Kad je stigla na plažu, Gaz i Mikael su bili zauzeti obezbeđivanjem svega za noć, pa im je pomogla da smeste preostale daske za veslanje u kavez spreman da ga odvuku s plaže.

Gaz je zaključao i poslednji katanac pa se uspravio. – *Merci, papa. Tout sécurisé maintenant.*[19]

– Volim da pomognem – kazao je Mikael pa se okrenuo i oprostio od Elodi. – Jedva čekamo da ti, Gabi i Harijet dođete kod nas u nedelju na ručak. Filip insistira da ispeče jagnje za sve nas. Žesika je vrlo srećna što će on to uraditi.

Pošto je Mikael otišao, Gaz je pogledao Elodi. – Večeras sam, bojim se, pomalo kao skitnica s plaže. Nisam siguran da sam dovoljno uredan za neki restoran. Zaboravio sam da mi treba vremena da odem kući i presvučem se.

– Meni izgledaš sasvim lepo – rekla je Elodi. – Ali ako tebi smeta, kako bi bilo da naprosto uzmemo picu i piće i ostanemo na plaži?

– Zvuči kao dobar plan. Dođi – rekao je Gaz, pa su držeći se za ruke polako pošli prema piceriji s peći na drva.

Pola sata kasnije, pošto su našli ušuškano mesto, sedeli su leđima oslonjeni na valobran, zadovoljno žvakali picu i gledali kako Sredozemno more zaliva obalu, a sunce obasjava Il de Leren u zalivu.

– Kako ide tebi i Harijet? – pitao je Gaz.

Elodi je slegnula ramenima. – Otprilike isto. Ona zna da želim odgovore na sva svoja pitanja, ali neće sesti sa mnom da priča o prošlosti. Brinem se da će se prosto dići i opet nestati. Ako to uradi, šta je tu je, ali Gabi bi bila očajna kad bi se to desilo.

– Verovatno joj nije lako da se seća vremena kad je postala majka bez partnera koji bi joj pomogao. A mora da postoji prava tuga koju je osećala zato što te je ostavila s Gabi – zamišljeno je nastavio Gaz.

---

[19] Fr.: Hvala, tata. Sad je sve obezbeđeno. (Prim. prev.)

– Sve to kapiram, stvarno. A i priznala je da je napravila veliku grešku kad me je ostavila. Ali kad bi mi samo rekla ime mog oca, gde su se upoznali, jesu li bili u pravoj vezi, zna li on za mene? U suštini, samo to želim da znam. Neću odjuriti da ga nađem. Ne vidim svrhu.

– Razgovaraj s njom, reci joj to. Možda se plaši da se ne povežeš s nekim koga ona ne želi ponovo u svom životu.

– Pretpostavljam da je to moguće. Ali kad bi mi samo rekla nekoliko činjenica koje želim da znam, onda bismo mogle da se smirimo bez tajni i živimo srećno zajedno *en famille*, kao što Gabi želi.

Gaz ju je zagrlio i privukao sebi. – Siguran sam da će se na kraju sve srediti, ali trenutno pogledaj desno. Sunce zalazi iza planine Esterel.

Elodi je okrenula glavu upravo kad je sunce na zalasku obojilo planinu u crveno, a nebo iznad nje postalo mešavina krvavocrvenih, ljubičastih i ljubičasto-crvenih pruga. Bio je to zalazak kakav dotad nije videla, čak ni za Božić nijedan nije bio takav. Dok je sedela u Gazovom zagrljaju, primala i uzvraćala nežne poljupce, Elodi je znala da će joj to romantično veče na plaži zauvek ostati u sećanju.

14.

Na Uskrs ujutro Elodi je na putu do *boulangerie* svratila u *chocolatier* da preuzme tri uskršnja jajeta koja je naručila. Po jedno za Gabi, Harijet i Gaza. Znala je da će Gabi pripremiti jedno za nju, ali nije očekivala to i od Harijet i Gaza. U pekari je umesto uobičajenih kroasana kupila brioš sa suvim grožđem. Propustila je tradicionalne vruće zemičke s krstom za Veliki petak, pa se nadala da će prepečene kriške brioša premazane maslacem sa cimetom koji je pripremila poslužiti kao svojevrsna zakasnela zamena.

Vrativši se u vilu, spustila je uskršnja jaja na sto na terasi, a ostalo odnela u kuhinju da pripremi brioš. Kad je iznela tanjir pun toplog prepečenog brioša na terasu iznenadila se što su Gabi i Harijet dodale još jaja na sto.

– Srećan Uskrs – rekle su joj dok je spuštala tanjir na sto.

– Srećan i vama, i hvala za jaja – rekla je Elodi. – Nadam se da vam se dopada moja zamena za vruće zemičke s krstom.

– Drugačije je, ali dobro – rekla je Gabi. – Čudno je kako ti neke stvari nedostaju, zar ne? Kad sam otišla u Englesku nikad nisam čula za vruće zemičke s krstom, jednostavno ih ne prave u Francuskoj, ali i meni su ove godine nedostajale. Dogodine ću možda pokušati da ih sama napravim – ili ću zamoliti Filipa da ih napravi – dodala je smejući se. – Sigurna sam da on kao od šale može da napravi desetak zemički s krstom.

– Mmm, ovo je zaista preukusno – rekla je Harijet i pružila ruku da uzme drugo parče.

Posle doručka, njih tri su provele opušteno prepodne svaka u svom poslu, a zatim su se spremile za ručak s Vensanovima. Dok su išle Žuanom prema Promenadi grad je bio tih, ali kad su prišle

Pined Gouldu[20] tamo je više ljudi uživalo u suncu i išlo prema restoranima i barovima.

– Možemo li da se prošetamo malo Bulevarom Eduara Boduena pre nego što odemo do Vensanovih? – pitala je Gabi. – Htela bih da vidim dokle se od Božića stiglo s renoviranjem hotela *Provansal*. Sumnjam da može mnogo toga da se vidi.

Privremena ograda je i dalje stajala oko mesta izvođenja radova, koje je tog dana bilo pusto jer niko na njemu nije radio, ali svakako je bilo napretka. Sve je bilo urednije, sveže okrečeno oko tek postavljenih prozora na nekoliko spratova, a mogao se videti i primamljiv prizor početka radova na uređenju okoline.

– Bar je zasad zgrada zbrinuta – rekla je Gabi. – Imaće nov život umesto da je ostave da trune još četrdeset godina. – Pogledala je još jednom čuvenu zgradu još zaklonjenu ciradom i pokrivenu skelom, pa je odagnala uspomenu na to kako je nekad upečatljiva bila, pre nego što je ostavljena da propada.

– Hajde – rekla je Harijet. – Ako ne budemo pazile, zakasnićemo. Zar Žesika nije rekla pola jedan-jedan, što je skoro već sad.

Žesika i Mikael su ih zajedno čekali kad su se vrata lifta otvorila pred penthausom, i sa oduševljenjem prihvatili uskršnja jaja i vino koje su njih tri donele.

– Filip je danas na dužnosti u kuhinji i uverava me da je sve po planu. – Žesika je pogledala Elodi. – Gaz se nada da će stići na vreme za ručak. Ali, pre svega, Mikael je organizovao aperitiv na balkonu. – Kad je pružila Harijet čašu s penušavim *crémant* vinom, upitala je: – Nego, jesi li uživala radeći sa sjajnim Igoom?

– Bilo je dobro – kazala je Harijet. – Bilo je mnogo posla, ali ne i previše da se ne bi postiglo. Pozvao me je da budem njegova stalna devojka za subotu.

– Jesi li pristala?

– Rekla sam mu da ću razmisliti o tome. – Otpila je gutljaj pića. U stvari ništa drugo nije ni radila već je razmišljala o njegovom

[20] Park u Žuan le Penu poznat po džez-festivalu. (Prim. prev.)

predlogu. I dalje nije mogla da odluči da li da pristane. Između njih dvoje se takoreći odmah javilo uzajamno poverenje i uživala je da radi s njim. Oboje su delili interesovanje za slikarstvo i osećala je da bi on bio dobar prijatelj. No da li bi, kad se bolje upoznaju, poželeo to da pretvori u nešto više od prijateljstva? U nešto za šta nije ni bila sigurna da je već spremna. Zamišljeno je otpila vino. Možda je previše učitavala u tu vezu koja se među njima tako lako razvijala.

Nešto kasnije je Filip pozvao iz kuhinje: – *À table*[21] – pa ih je Žesika sve povela u trpezariju. Filip je izneo pečenu jagnjetinu i spustio je na sto pa počeo da je seče taman kad je Gaz stigao.

– Svima se izvinjavam – rekao je i spustio se na praznu stolicu pored Elodi. – Jedem i opet odlazim. Danas svi žele da iznajme dasku za veslanje. *Désolé.*[22]

Posle jagnjetine usledio je lagan sufle od malina, nad kojim su svi uzdisali i mljackali dok su ga jeli jer je bio divan.

Kasnije su svi podigli čaše i nazdravili Filipu izjavivši da je to bio najbolji uskršnji ručak svih vremena. Kad je spustio čašu na sto Gaz se nagnuo prema Elodi. – Izvini, moram da idem. Možeš li da dođeš na plažu kad pođeš kući? Treba da razgovaram s tobom o nečemu.

Elodi ga je zabrinuto pogledala, ali se umirila zbog osmeha koji joj je uputio i reči: – Ne brini, ništa nije ozbiljno, samo nešto što treba da znaš.

– Dobro. Videćemo se kasnije na plaži – obećala je Elodi.

Tek kasno posle podne njih tri su se oprostile od Vensanovih, zahvalivši na svemu, posebno Filipu na divnom ručku i prijatnom druženju. Kad su se spustile na Promenadu Elodi je rekla Gabi i Harijet da će se kasnije videti u vili i pošla prema pristanu na plaži.

Gaz ju je video da stiže, pa joj je pošao plažom u susret i dočekao je zagrljajem i poljupcem. Elodi ga je začuđeno pogledala. – Hajde sad pričaj.

– Reč je o Fioni – kazao je Gaz pošto je duboko udahnuo. Elodi je osetila da joj se srce steže.

---

[21] Fr.: Za sto. (Prim. prev.)

[22] Fr.: mnogo mi je žao. (Prim. prev.)

– Šta je s njom?

– Bila je ovde rano jutros, i pozvala me na uskršnju zabavu sutra uveče.

Elodi je ćutala i čekala da Gaz nastavi.

– Naravno, odbio sam poziv i opet joj rekao da smo ti i ja sad zajedno. Na kraju je odjurila. Morao sam da ti kažem za slučaj da ona... – slegnuo je ramenima. – Znaš kakva je.

– Znam – klimnula je glavom Elodi. – Hvala što si mi to rekao. – Tad ga je poljubila umirena saznanjem da se Fiona neće isprečiti između njih.

15.

Posle Uskrsa život se u *Vili nade* vratio normalnom rasporedu koji se prethodnih nedelja polako uspostavljao. Njih tri su uglavnom radile svaka svoje, ali su se nalazile za ručak ili večeru. Elodi, ona praktična, našla je lep kalendar sa sjajnim fotografijama Provanse i primorskih Alpa pa ga okačila u kuhinji. Pošto su njih tri delile domaćičke dužnosti, insistirala je da imaju nekakav podsetnik, čak i raspored na zidu. – Znate, imamo, recimo, dan za izbacivanje đubreta, kupovinu namirnica, kupatilo, kuhinju, hranjenje Lulu, šetanje Lulu, spremanje večere. I kad je čiji red za određenu obavezu.

Kuhinja je i dalje bila mešavina svega i svačega, ali je počasno mesto u njoj zauzimao kredenac na kom je Harijet izvela svoju umetničku magiju. Sad je bio krem boje sa iscrtanom girlandom zelenih maslinovih listića uz gornju ivicu i niz stranice, police su bile pune posuđa, a ormarić u dnu ispunjen kuhinjskim priborom. Filip je doneo tešku pepeljaru iz hotela *Provansal*, koju je Gabi ostavila kod njega na čuvanju u januaru, kad joj ju je Elodi poklonila za sedamdeseti rođendan. Stavile su je na počasno mesto posred otvorene radne površine kredenca, pa je napunile ključevima i daljinskim upravljačima za kapiju.

Pošto je shvatila da joj se dopada zamisao da ima nešto čime će ispuniti vreme i što će obezbediti ustrojstvo njene sedmice, Harijet je pristala da bude Igoova subotnja pomoćnica preko leta, kao i deo osoblja u slučaju potrebe preko nedelje. Na svoje iznenađenje, otkrila je da zapravo uživa da radi u galeriji, da uči o slikama koje Igo izlaže i sreće se s posetiocima. Subotnja pauza za ručak, kad su ona i Igo zajedno jeli, uvek ju je iznenađivala zbog toga što je prebrzo prolazila. Njih dvoje su se mnogo smejali i razgovori im nikad nisu bili dosadni. Bilo je zabavno polako se upoznavati, pa je Harijet počela da ceni Igoovo prijateljstvo. Izlazak na večeru još se nije desio, ali Igo ju je uveravao da će to biti uskoro. – U međuvremenu, uživam u zajedničkim ručkovima – rekao je.

Jednog jutra sredinom maja, kad se vratila iz šetnje s Lulu, žuti kombi s natpisom *La Poste* stajao je pred vilom, a poštar joj je uz veselo *bonjour* dao paket prosleđene pošte.

Kad je Harijet ušla u kuću, Gabi je bila u kuhinji i kuvala kafu pa je podigla svoju šolju. – Pridružićeš mi se?

– Da, molim – odgovorila je Harijet i sagnula se da otkači Lulin povodac. – Stiglo je još pošte.

– Hajde da je iznesemo na terasu. Otvoriću je dok pijemo kafu.

Dok je Harijet srkala kafu, Gabi je pregledala sadržaj paketa.

– Ovoga puta izgleda da je sve za Elodi, rekla bih u vezi s poslom. O, ima jedno pismo za tebe – pa je pružila Harijet mrk koverat s rukom ispisanom adresom i markom poništenom u Torbeju.

Harijet se namrštila. Rukopis joj nije bio poznat. Nije ličio na Lizin. A i venčanje mora da je prošlo. Lizi je jedina iz prošlosti koja je znala da se vratila iz Australije i da živi u Francuskoj. Harijet je uvukla prst pod zakrilce i otvorila koverat. Iz njega je ispala fotografija, a Harijet je spazila potpis na kraju pisma koje je išlo uz nju. Pismo je brzo gurnula natrag u koverat. Svesna toga da je Gabi posmatra, Harijet je pružila fotografiju. – Dan venčanja Lizine ćerke.

– Lizi izgleda dobro za majku devojke koja se udaje, a ćerka joj je lepa nevesta – kazala je Gabi pa je vratila sliku. – Lepo od Lizi što ti je poslala sliku. Zar nećeš pročitati pismo?

– Kasnije ću – rekla je Harijet i stavila i fotografiju ponovo u koverat uz pismo. Htela je da bude sama dok ga čita. – Uzgred, danas izgledaš veoma privlačno. Izlaziš?

– Filip me vodi u Kan. Konačno sam tamo pronašla prodavnicu koja prodaje *korni* šporete. – Gabi se zadovoljno osmehnula Harijet. To što je rekla Kolet da u kuhinji želi isključivo *korni* šporet podstaklo ju je da ga i potraži. Biće to savršen šporet za kuhinju u vili.

– Gde je Elodi danas?

– Otišla je da intervjuiše par iseljenika za ženski časopis.

Gabi je pogledala Harijet. – Imaš li ti nešto planirano za danas?

Harijet je zavrtela glavom. – Baš i nemam. – Neodređen plan da ode na plivanje pa da vidi želi li Žesika da odu na kafu odbacila je kad je stigla pošta.

– Divan bistar dan danas. Moguće da je dobar za slikanje – kazala je Gabi tiho. – Stalno obećavaš da ćeš početi opet da slikaš, ali dosad nisam videla neku potvrdu za to.

– Ovde smo jedva pet minuta – negodovala je Harijet. – Obećavam da ću, sad kad smo se smestile, uskoro zaista početi. Treba ipak da skupim samopouzdanje pre nego što zaronim u uljane boje. Da počnem prvo s nekoliko pastela ili tako nečim. – Harijet je slegnula ramenima.

– Imaćeš nekoliko sati kuću samo za sebe, pa možeš da skiciraš i počneš s potragom za samopouzdanjem. – Gabi je prekinulo zvono s kapije. – A, stigao je Filip. Ovaj razgovor ćemo kasnije nastaviti.

Pošto je Gabi otišla, Harijet je ostala zamišljena na terasi. Znala je da je majka u pravu. Krajnje je vreme da počne opet da slika. Igo je uporno zadirkuje kako i dalje čeka da mu ona nešto pokaže, ali tog trenutka je izgleda bila sposobna samo za nekoliko linija olovkom, što je, ubeđivala je sebe, bolje nego da ne radi ništa.

Kad je pružila ruku da uzme pismo, zazvonio joj je mobilni. Igo.

– Da li ti čitaš misli? – pitala je smejući se. – Upravo sam mislila na to kako me gnjaviš da nešto naslikam, i ti se javljaš.

– Ne zovem te zbog toga – rekao je Igo. – Ali drago mi je da bar misliš na slikanje. Zapravo zovem da vidim jesi li večeras slobodna da idemo na večeru?

– Da, jesam. – Harijet je odgovorila bez razmišljanja. Dopadao joj se Igo i uživala je u njegovom društvu, pa će večera s njim biti zabavna.

– Dobro. Doći ću po tebe u pola osam.

– Hvala, Igo. Videćemo se tad. – Pritisnula je taster da završi razgovor pa uzela koverat. Zurila je u njega nekoliko sekundi žaleći što ne može da ga ignoriše, da ga baci nepročitanog, no polako je izvukla njegovu sadržinu i stavila fotografiju na sto pa odvila pismo.

Kad je videla fotografiju s venčanja, Gabi je pretpostavila da ju je Lizi poslala, a Harijet je nije razuverila jer nije želela da odgovara na pitanja koja bi usledila. Kad je počela da čita pismo mučila se da umiri paniku koja je pretila da je preplavi.

Draga Harijet,

Lizi mi je dala staru adresu tvoje majke u Dartmutu, pa se nadam da će ti ovo pismo biti prosleđeno. Lizi mi kaže da sad živiš u Francuskoj s majkom i ćerkom.

Oduševio sam se kad sam od Lizi čuo da si se vratila u Evropu i nadao sam se da ću te videti na Nejtanovom i Kelinom venčanju. Veoma sam razočaran što se to nije dogodilo. Ove godine, u narednih nekoliko meseci, nameravam da posetim Francusku – možda bismo mogli da se nađemo negde gde ti je zgodno? Ako se ispostavi da je to nemoguće, možemo li bar povremeno da se dopisujemo, možda čak i da se vidimo preko zuma, da se opet upoznamo i saznamo kako je ono drugo živelo od našeg poslednjeg viđenja?

Radujem se što sam opet u kontaktu s tobom i nadam se da ćemo se sresti u ne tako dalekoj budućnosti.

Tvoj prijatelj,
Džek Elikot

Harijet je nezadovoljno uzdahnula kad je spustila pismo na sto i podigla fotografiju da je propisno prouči. Porodična grupa na stepenicama koje vode do crkvenog trema, svi sa srećnim osmesima na licu. Mlada zrači; Lizi, tipična majka neveste s velikim šeširom; Džon, njen suprug, elegantan u fraku, deblji i ćelaviji nego kad ga je Harijet viđala. Levo od lepog mladoženje stoji visoka, elegantna žena, sa ukrasom za kosu zakačenim sa strane, verovatno njegova majka. A pored nje je muškarac koji upotpunjuje porodičnu grupu – Džek Elikot. I dalje lep kao i uvek, i očigledno uspešan porodičan čovek.

Harijet je zažmurila u naporu da odagna od sebe svet, fotografiju, pismo, Džeka. Ne dolazi u obzir da se nađe s njim u Francuskoj. Njihovo prijateljstvo je ostalo u prošlosti, i nema svrhe pokušavati da se oživi u sadašnjosti. Suviše toga se desilo otkad su se poslednji put videli, mora da se zajedničko tlo između njih poremetilo. Ona nije ista osoba koja je tad bila, a sasvim je sigurna da Džek ima vrlo malo toga zajedničkog sa čovekom kakav je bio pre tako mnogo godina.

Njoj je sad samo budućnost bila važna. U vezi s prošlošću, jedino joj je bilo stalo da se potrudi da ukloni jaz prema Elodi. To je najvažnije; na to treba da se usredsredi. Njena budućnost ne obuhvata obnovu prijateljstva s Džekom Elikotom.

Harijet je pocepala i pismo i fotografiju na komadiće pa ustala. Nema potrebe da ih čuva. Spustila se do živice u dnu vrta gde je Žoel smestio metalnu kantu za kompost, pa je podigla poklopac i posula komadiće preko poslednjeg taloga kafe. Džek zna da ona živi u Francuskoj, ali srećom nema njenu adresu. Jednostavno će zanemariti njegovo pismo, pa će Džek svakako shvatiti da ne želi da razgovara s njim o tome kako im je tekao život pošto su pošli svako svojim putem. U stvari, nije želela da razgovara s njim nikada više.

16.

Zbog gustog saobraćaja uz more putovali su polako do Kana, ali ni Gabi ni Filipu to nije smetalo. Gabi je naročito bila više nego srećna da gleda pejzaž kraj kojeg su prolazili i pusti Filipa da se udubi u vožnju.

Sâm Kan, kad su ušli u grad, bio je krcat vozilima i ljudima, a nekoliko ulica bilo je zatvoreno tablama *Route barrée.*[23] Tek kad su prošli pored *Palate festivala* shvatili su zbog čega je tako. Te nedelje se održavao filmski festival, kao i uvek sredinom maja, a bio je najveći događaj u kalendaru toga grada.

– Zanima me hoćemo li videti neku zvezdu koju prepoznajemo – kazala je Gabi. – Moram priznati da ne znam mnogo ovih mlađih, savremenih zvezda, ali volela bih da vidim Ričarda Gira ili Klinta Istvuda. To bi mi ulepšalo dan – dodala je vragolasto se osmehnuvši Filipu.

Trebalo im je dvadeset minuta da nađu parking nekoliko spratova pod zemljom u podzemnoj garaži nedaleko od centra grada.

– Treba li nam mapa? Znaš li gde je prodavnica? – pitala je Gabi kad su izašli iz garaže na zakrčenu ulicu.

– Ne treba nam mapa. Znam tu radnju – kazao je Filip, pa je nekoliko minuta kasnije otvorio vrata prodavnice i propustio Gabi.

– *Bonjour*, mesje Vensan. Madam. Dobro ste? Dugo vas nismo videli. Uživate u penziji? – Muškarac koji ih je dočekao očigledno je bio vlasnik. Oduševljeno se rukovao s Filipom dok mu je on objašnjavao šta traže.

Dok ih je posmatrala, Gabi je shvatila da je trebalo da zna kako je Filipu svakako poznata ta dobro snabdevena prodavnica za

[23] Fr.: zatvoren put. (Prim. prev.)

kuhinjsku opremu. Svojevremeno je bio poznat kuvar u Britaniji, a i u Francuskoj, pisao je knjige i pojavljivao se u televizijskim emisijama.

– Trenutno na lageru imamo samo jedan *korni* šporet – rekao je čovek okrenuvši se Gabi. – Ako vam se dopadne, možemo vam ga isporučiti sledeće nedelje. Ako želite drugi model – slegnuo je ramenima – malo ćete čekati.

Poveo ih je u prostoriju u dnu prodavnice kojom je dominirao blistav šporet krem boje s mesinganim ivicama. Dok ga je Gabi bez reči posmatrala i u mislima ga već smeštala u svoju kuhinju, Filip je otvarao vrata rerne i pokazivao na ringle raspitujući se za mogućnosti šporeta.

Na kraju se sa osmehom okrenuo prema Gabi. – Ako baš želiš *korni* šporet, trebalo bi da kupiš ovaj. Savršen je za tvoje potrebe.

Gabi nije trebao dodatni podsticaj, pa se okrenula vlasniku prodavnice. – Želela bih da ga kupim.

Pošto su izašli iz prodavnice ispunjeni uzbuđenjem zbog kupovine šporeta, Filip je insistirao da to proslave odlaskom na ručak.

– Znam dobro mesto kraj stare luke – rekao je.

Petnaest minuta kasnije odveli su ih do poslednjeg slobodnog stola sa savršenim pogledom na prolaznike i usidrene čamce. Naručili su čašu rozea za Gabi i bezalkoholno pivo za Filipa, pa pogledali u jelovnik pre nego što su se oboje odlučili za dnevni meni.

Dok je tako sedela, pijuckala vino i gledala ljude, Gabi je zadovoljno uzdahnula. Da joj je neko prošle godine u isto vreme rekao da će ponovo živeti u Francuskoj, ne bi mu poverovala, ali eto, tako je. Prerano je bilo da to nazove jednom od najboljih odluka koje je donela, ali poslednjih nekoliko nedelja sve se slegalo na svoje mesto na veoma lep način. Trenutak je bio pravi za povratak. To što živi pod istim krovom sa ćerkom i unukom bilo je ostvarenje sna, iako se ispod površine često osećala napetost između Harijet i Elodi, čime će u nekom trenutku morati da se pozabave. To što je Elodi nju pitala za ime svog oca pokazalo je da želi da zna istinu o prošlosti. Koliko će sačekati pre nego što opet spopadne Harijet pitanjima na koja njena majka nije sklona da odgovori.

Gabi je zamišljeno otpila još jedan gutljaj vina. Ponekad istina o prošlost samo potpiri nevolju i nova loša osećanja. Mogla je samo da se moli da će u tom času prevladati zdrav razum.

– Gabrijela – u misli joj je prodro Filipov glas. – Pre neki dan sam čuo novosti o hotelu *Provansal*. Priča se da će organizovati otvaranje čim se dovrši renoviranje i pre nego što se stanovi rasprodaju. To je prilika da meštani pogledaju. Neće se naplaćivati, ali treba se prijaviti. Da li bi volela da ideš?

– Mnogo bih to volela – odmah je rekla Gabi i odbacila brige. – Bilo bi divno videti unutrašnjost stare zgrade. To bi meni vratilo mnogo uspomena – tiho je dodala.

– Čim bude moguće prijaviću nas za razgledanje – rekao je Filip. – Evo i našeg ručka.

Harijet je bila spremna i čekala je Igoa kad se pojavio te večeri. Pošto nije znala kuda namerava da je vodi, obukla je svoju omiljenu svetloplavu haljinu u vintidž stilu sa ovalnim izrezom i malo proširene suknje. Znala je da joj ona lepo stoji, i u njoj se u svim prilikama osećala ugodno. Sandale sa ortopedskom petom činile su je nešto višom, a i udobne su ako krenu u šetnju pre ili posle večere.

Igo je stigao nešto ranije pa ga je povela na terasu i predstavila ga Gabi i Elodi pre nego što su pošli u restoran.

Dok su na izlasku prolazili dnevnom sobom, Igo je zastao i zagledao se u sliku sove koja je sad visila na počasnom mestu na dimnjaku.

– Jel' ovo jedna od tvojih?

Harijet je klimnula glavom. – Jedna od ranih. Mama voli sove. Naslikala sam joj je pre... pre nego što sam otišla.

– Divno je urađena. Zaista bi trebalo opet da počneš da slikaš – rekao je Igo, taktično zanemarivši njene reči o razlogu zbog kog ju je naslikala.

Kad su izašli na kapiju i ona se automatski zatvorila za njima, Igo je pritisnuo daljinski na ključu, i na parkiranom srebrnom poršeu kajen otvorila su se suvozačka vrata.

– Opa, kakav auto – rekla je Harijet pa najgracioznije što je mogla sela u luksuzni automobil.

– Najveće povlađivanje i grešno zadovoljstvo – rekao je Igo i zatvorio vrata pa otišao na vozačku stranu. – Smislio sam da večeras odemo u Mužen. Jesi li već bila tamo?

– Ne.

– Meni je to jedno od omiljenih mesta. Puno je restorana i galerija, pa se nadam da će se i tebi dopasti.

Dok su se do nedalekog Mužena vozili kroz prirodu iznad Kana, Igo joj je pričao malo o srednjovekovnom selu na brdu, o tome kako je okruženo šumom i kako je u novije vreme postalo gastronomski centar. Dok su prilazili selu i pre nego što je Igo parkirao, Harijet je opčinio već prvi pogled na mesto, i bila je uzbuđena što će ga istražiti.

Hodajući uskim starim ulicama, još užim zbog saksija s maslinama i žardinjera sa živopisnim cvećem ispred starih kuća, zastajala je da pogleda izloge zatvorenih galerija sa izloženim slikama i skulpturama. Nekoliko galerija još je bilo otvoreno te mirisne mediteranske večeri, pa su ljudi koristili mirnije vreme da razgledaju i počaste se slikom ili skulpturom.

– Moraću da se vratim po danu – rekla je Harijet. – Mesto je divno za istraživanje.

Uske ulice su vodile do kamenih stepenica nakrcanih saksijama visećih crvenih muškatli, a od njih do novih uskih ulica s mnogim zanimljivim kutkom na sve strane i konačno do restorana u kom im je Igo rezervisao sto.

Stolovi i stolice su poređani na širokom prostoru ispred restorana, a oko njih još saksija s maslinama i sijaličice razapete između visokih stabala eukaliptusa koji su okruživali prostor za jelo. Odveli su ih do stola za dvoje s divnim pogledom na prirodu.

Dok su pijuckali pino noar pošto su naručili hranu – *maigret du canard* za Harijet i *steak au poivre*[24] za Igoa – Harijet se osvrnula na ostale goste. Za dugačkim stolom s jedne strane očigledno se

---

[24] Fr.: pačji file, biftek sa sosom od bibera. (Prim. prev.)

odvijala porodična proslava s više generacija. U čelu stola bilo je nekoliko balona s helijumom, i na svim je pisalo sedamdeset tri, a bili su vezani za stolicu sedokosog muškarca. Čestitke i uvijeni pokloni bili su poređani na stočiću pored njega, a stolom su se razlegali smeh i veseo razgovor.

Harijet je osetila poznat bol u srcu. Bol za velikom porodicom koju nikad neće imati; bol za porodicom koju je razorila. A svesna da je za sve ona bila kriva.

U tom trenutku je stigao konobar s hranom i dve čaše crvenog vina.

– Piće časti slavljenički sto – rekao je smešeći se. – Naručuju svakom piće da nazdrave s njima. Žele da im oprostite ako su previše bučni.

– Naravno – rekao je Igo i podigao čašu prema slavljeniku, a Harijet je učinila isto. Zajedno su doviknuli: *Bon anniversaire et merci.*[25]

– Baš lepo od njih – rekla je i spustila čašu pa uzela escajg. – Ovo izgleda preukusno.

Dok su jeli ćaskali su na uopštene teme, a kad je stigao desert upustili su se u šaljivu raspravu o tome ko je bolji slikar Matis ili Pikaso.

Pao je mrak i svetla su treperila daleko u kopnu i dole prema moru kad su Igo i Harijet pošli iz restorana i uglas doviknuli *Bonne nuit* porodici čije je slavlje još bilo u punom jeku.

Četvrt sata kasnije Igo je zaustavio kola na parkiralištu ispred vile i Harijet se okrenula prema njemu. Dok je otkopčavala pojas nagnula se prema njemu i nežno ga poljubila u obraz. – Hvala ti na divnoj večeri. Bilo mi je divno i zaljubila sam se u Mužen.

– Nadam se da će ovo biti prva od mnogih večeri – rekao je Igo. – Iako više voliš Matisa od Pikasa.

---

[25] Fr.: Srećan rođendan i hvala. (Prim. prev.)

17.

Elodi je, između ostalih novina u životu, pravo uživanje bilo da se švrćka, otkriva divote Rivijere i upoznaje nove ljude. Ljude poput iseljeničkog para koji je dan ranije intervjuisala. Taj par je delovao presrećno u stanu koji gleda na Sredozemno more, a jedina mana tog novog života, kako je žena rekla, bilo je to što im nedostaje porodica. – Divno je kad nam dođu u posetu, te se nadamo da ih ubedimo da nam se trajno pridruže – rekla je. – Nije u redu da se porodice razdvajaju.

Dan kasnije te reči su i dalje odzvanjale Elodi u glavi dok se vraćala kući po Promenadi pošto je na brzinu popila kafu s Gazom u pauzi između mušterija. Tad je naletela na Harijet kako šeta Lulu. Psetance je oduševljeno pozdravilo Elodi, a Harijet je uhvatila korak s njom pri povratku u vilu.

Ne zastavši da razmisli o trenutku u kom se sprema nešto da kaže, Elodi je duboko udahnula pa pogledala Harijet i iznenada rekla: – Treba da ti postavim dva pitanja koja se spremam da postavim otkad si se opet pojavila u mom životu. Jednom si mi rekla kako želiš da znam istinu o prošlosti, ali prošli su svi ovi meseci a još nisi razgovarala sa mnom ni o čemu. Pitam se hoćeš li ikad prestati da izbegavaš odgovor na ova dva pitanja: Zašto na mojoj krštenici nema imena oca? Zašto je njegov identitet tako velika tajna? – Elodi je znala da zvuči kao razmaženo derle, a griža savesti zbog toga iracionalno je uvećala gnev koji je osećala.

Harijet je kratko zažmurila. Pitanja nisu bila neočekivana, ali trenutak jeste. Odlagala je razgovor o prošlosti sa Elodi, međutim ako treba da ona i Elodi izgrade kakav-takav odnos, ne sme da laže o tim suštinskim pitanjima. Nije bilo druge do da Elodi pruži istinit odgovor na prvo pitanje, ali znala je da se Elodi neće tu zaustaviti, da će buškati dalje. Zato što istina ništa neće promeniti, i ona i dalje neće imati ime koje želi.

Harijet je duboko udahnula.

– Ne možeš prijaviti ime čoveka kao oca bebe ukoliko on nije prisutan, a ja sam u matičnu službu otišla sama – rekla je Harijet i čekala sledeće neizbežno pitanje.

– Zašto on nije išao s tobom?

– Zato što nije znao.

– Nije znao da ideš u matičnu službu, ili uopšte nije znao za mene? – upitala je Elodi pa stala ispred Harijet i zaustavila je.

– I jedno i drugo. – Harijet je obišla Elodi i nastavila da hoda. Nije to bio razgovor koji je želela da vodi tog časa, i svakako ne u javnosti.

– Jednom mi je Gabi rekla da si pomahnitala kad je deda Erik umro. Da li te je zbog toga sramota da kažeš ime mog oca? Jel' on bio deo toga? – Elodi je govorila sve glasnije, i Harijet je primetila gnev dok ju je ćerka sustizala. – Ne znači da hoću da se upoznam s njim, ako te to brine. Neću. Samo želim da znam njegovo ime, kako ste se upoznali, šta si osećala prema njemu. I ne razumem zašto nećeš da mi pričaš o njemu. Zar nemam prava da znam ko mi je otac? – Elodi je opet stala pred Harijet, preprečila joj put i primorala je da se zaustavi. – Ili je velika tajna zato što naprosto ne znaš ko mi je otac?

– Prestani da vičeš na mene. Odbijam s tobom da razgovaram o tome na ulici – rekla je Harijet. – Drugi put ćemo pričati o tome – kad budeš mirna i ponašaš se kao odrasla osoba. Evo, uzmi Lulu – ugurala je povodac Elodi u ruku. – Moram malo da ostanem sama.

Elodi je opsovala sebi u bradu dok je zurila za Harijet koja se okrenula i odjurila. Sama je za to kriva. Bila je budala što je bez upozorenja počela da postavlja pitanja, i Harijet je u pravu. Ponela se kao dete. Pogrešno vreme, pogrešno mesto. Samo što Harijet ne treba da misli da će ona prestati da je ispituje. Čemu život *en famille* ako ne zna istinu o svojoj rođenoj porodici?

* * *

Harijet je nekoliko puta duboko udahnula dok se žustro udaljavala od Elodi. Bila je besna na sebe što je dozvolila da je Elodina pitanja tako pogode. Pitanja za koja je znala da neće nestati. Pitanja na koja je znala da mora da odgovori ako misli da njih dve ostvare smislen odnos. Ipak ju je zaprepastila Elodina žestina kad je nabacila da Harijet ne može da joj kaže ko joj je otac zato što ni sama ne zna. Zato što je uistinu prošla kroz nekontrolisano razdoblje s previše pića, pušenja i, tačno je, neobaveznih veza sve do onog dana kad ju je Lizi iskritikovala zbog ponašanja.

Ona i Lizi su bile u Lizinoj spavaćoj sobi i spremale se za subotnji izlazak s društvom u Torki kad se Lizi okrenula prema njoj.

– Hati, obećavaš li da ćeš se večeras lepo ponašati? Da nećeš suviše piti niti otići s bilo kim i...

Harijet se kao i obično kratko nasmejala. – Onda i nema koristi od izlaska u klub? Večeras ćemo se zabaviti, zabaviti, zabaviti.

Lizi je uzdahnula. – Hati, ljudi su počeli da pričaju o tebi. Nadenuli su ti pogrdna imena. Poslednjih nekoliko meseci stekla si reputaciju da si laka, da si droca. Mrsko mi je što ti ja ovo govorim, ali piješ i ponašaš se nekontrolisano. – Zastala je. – Promenila si se iz drugarice koju poznajem u neznanku s kojom, iskreno govoreći, počinjem da ne želim da se družim, pa čak ni da me u poslednje vreme povezuju s tobom. Ovo je poslednje subotnje veče da izlazim s tobom ako se ne budeš ponašala kako treba.

Harijet je želela da odbaci njene opaske, ali srušila se na krevet i nije mogla da zaustavi suze. Lizine reči su se probile do nje i naterale je da se dobro zagleda. Zar ljudi zaista to misle o njoj? Njena mama bi se užasnula i potresla da čuje šta ljudi govore. Isto tako bi i tata, da je živ, mrzeo što ona tako živi i što o njoj tako govore.

Harijet je prigušila jecaj. U dubini duše je mrzela osobu u koju se bila pretvorila, ali vrtlog tuge za ocem povukao ju je tako brzo dole da je jedva i primetila šta joj se dešava. Razdrmali su je Lizine reči i prezir u njenom glasu. Od te večeri samo je želela da bude devojka kakva je ranije bila, devojka koja sebe poštuje, koja želi da se otac ponosi njom a majka zbog nje bude srećna.

Bilo je teško, izuzetno teško, ali uz Lizinu pomoć postepeno je uspela sve da promeni. Ostavila je pušenje, prestala mnogo da pije, nije izlazila na sastanke kamoli spavala s kim stigne, pa je polako vratila život u normalan kolosek.

Nekoliko meseci posle te sudbonosne večeri, kad ju je Lizi naterala da se suoči sa istinom o svom ponašanju, upoznala je Džeka Elikota.

U *Dartington holu*, srednjovekovnoj zgradi od nacionalnog značaja kod Totnesa, a danas čuvenom kulturnom centru okruženom hektarima divnih pejzažnih vrtova i terena, održavala se retrospektivna izložba slikara i ilustratora knjiga E. H. Šeparda. Harijet je stajala u galeriji i upijala pojedinosti njegovih skica za *Vetar u vrbaku*, pa prešla da pogleda originalne crteže *Vinija Pua*, kad je čula iza sebe američki izgovor.

– Bokte, voleo sam ove knjige kad sam bio klinac.

– I ja, ali on je učinio mnogo toga više. Pogledaj ove skice koje je napravio u Drugom svetskom ratu – rekla je Harijet i pomerila se ulevo. – Bio je tako talentovan. Slike, crtaći, ilustracije knjiga, sve je to radio. Sredinom veka, on je bio pravi pionir. Volela bih da imam samo polovinu njegovog dara. – Okrenula se da vidi kome se obraća i shvatila da stoji pored visokog muškarca otprilike istih godina kao ona i sa osmehom koji razoružava.

– Zdravo, ja sam Džek.

Harijet je progutala knedlu i klimnula glavom. – Zdravo.

Džek ju je upitno pogledao. – A ti si?

– Ja? Oh, ja sam Harijet, društvo me obično zove Hati.

– Hati, jesi li ti slikarka? Obučena si kao da jesi. – Džek joj je uputio još jedan osmeh koji razoružava. – Veoma živopisno.

Harijet je pogledala svoju iznošenu haljinu i preko nje omiljeni vezeni mantil od brokata, pa mu uzvratila osmeh. – Shvatiću to kao kompliment, i sigurna sam da si to mislio. Da, ja sam slikarka – trenutno amater, ali nadam se da ću postati profesionalac. Ti?

Džek je zavrteo glavom. – Ne, ne bih umeo nešto da naslikam ni da mi život od toga zavisi, ali divim se ljudima koji to umeju. Pričaj mi još o ovom gospodinu Šepardu.

– Pa, danas ga ljudi znaju uglavnom po ilustracijama za *Vinija* i *Vrbak*, ali uradio je mnogo više od toga. Vidi ovaj crtež u tušu

Prizori bitke i krkljanca. To je nacrtao kad je imao devet godina. Devet! – Harijet je zavrtela glavom. – Rođen je u viktorijansko doba, ali je utro put savremenom slikarstvu.

Sledećih deset minuta Džek ju je pratio po izložbi, a ona mu je u kratkim crtama iznela rezime života gospodina Šeparda, kako ga je Džek nazvao.

Kad su stigli ponovo do ulaza Harijet ga je pogledala. – Izvini ako sam se raspričala.

Džek je odmahnuo glavom. – Kad se vratim kući gledaću ove knjige drugačijim očima. Mogu li sad da te častim kafom? Video sam tu negde napolju kafe.

– To bi bilo sjajno, hvala.

Iz galerije su izašli zajedno, našli kafe i narednih sat vremena sve vreme pričali uz kafu i kolače. Harijet je saznala da je Džek u šestonedeljnom obilasku Evrope zahvaljujući ocu, a kao nagradu za diplomu iz menadžmenta.

– Loše je to što, kad se vratim kući, moram da se zaposlim u porodičnoj firmi.

– A to je?

– Koža – oprema za putovanja, prtljag i ručne torbe. Imamo prodavnice po čitavoj Americi.

Po tome kako je Džek pričao o životu i porodici u Americi, Harijet je naslutila da potiče iz bogate porodice s dobrim vezama. Čitav svet daleko od njenih korena u radničkoj klasi.

Rekla je Džeku da je na prvoj godini likovne akademije i da živi s Lizi u Torkiju pa mu je ispričala kako joj nedostaje otac, nakon njegove iznenadne smrti pre manje od godinu dana, zbog čega joj se svet okrenuo naglavačke. O tome nikad ni sa kim drugim nije pričala. Shvatila je kako se to dogodilo zato što je Džek umeo da sluša, i kad je pitao mogu li da ostanu u kontaktu, rado je to prihvatila.

Narednih nekoliko nedelja viđali su se često koliko su mogli, postajući sve bliskiji, ali ni jedno ni drugo se nisu usuđivali da pomenu veliku prepreku između njih – Atlantski okean. Harijet je čeznula da Džeka predstavi Gabi, ali je zazirala od toga da joj prizna šta oseća prema Džeku. Kad bi njih dvoje postali pravi par, verovatno bi otišla da živi u Sjedinjenim Državama. Harijet nije mogla ni da zamisli da ostavi majku samu.

Jedne večeri, dok su išli prema bioskopu u Torkiju, Džek je rekao kako ima nešto da joj kaže. – Moji roditelji su još otkad sam bio sasvim mali želeli da se oženim ćerkom njihovih najboljih prijatelja. – Na te reči je Harijetino raspoloženje potonulo. Da li joj on mesec dana pred povratak u Ameriku govori to da bi je pripremio za neizbežno razdvajanje? I to taman kad je konačno skupila hrabrost da ga predstavi Gabi.

– Želiš li i dalje da ovog vikenda dođeš u Dartmut i upoznaš moju majku?

– Naravno da želim – odmah je rekao Džek. A od njegovih sledećih umirujućih reči srce joj je opet zaigralo. Imao je ozbiljne namere prema njoj.

– Nikad nisam imao nameru da ih poslušam, a sad, kad sam tebe upoznao, konačno će morati da prihvate ono što će se dogoditi.

No Džek i Gabi se nisu upoznali. Sutradan je usledio hitan telefonski poziv, zato što mu se otac razboleo, i pre nego što je Harijet imala vremena sve da shvati – on je otišao.

Slali su imejlove jedno drugom, ali razdaljina i porodične obaveze su njega zadržale uposlenog s druge strane Atlantika bez mogućnosti da se u skorijoj budućnosti ponovo nađu.

Džek je otišao otprilike mesec dana pre nego što je Harijet shvatila da je trudna, i život joj se opet sasvim promenio. Očigledno je tačno znala ko je bebin otac, ali nije bilo svrhe njemu to da javlja. Mogućnost da se Džek vrati izgledala je tako daleka, bio je prezauzet vođenjem porodične firme pošto mu je otac imao srčani udar. Koliko god da je želela da mu kaže, to bi samo dodalo nove probleme i činilo joj se kao nepravedno opterećenje za njega. Nikad nije bilo verovatno da bi je njegovi roditelji dočekali raširenih ruku, ako su nameravali da ga ožene devojkom koju su sami odabrali. Činjenica da je ona trudna samo bi doprinela njihovoj odbojnosti prema njoj.

Posle nedelju-dve konačno je ubedila sebe da je najbolje da potpuno prekine s njim. Radije će biti samohrana majka nego da nametne očinstvo čoveku koji sad živi hiljadama kilometara daleko i ima dovoljno nepremostivih problema.

Sa suzama koje su joj lile niz lice, Harijet je napisala oproštajno pismo u kom je rekla da je upoznala nekog posle njegovog odlaska i da je između njih sve gotovo. Kad je pismo upalo u poštansko sanduče okrenula se i pošla kući da kaže majci kako joj je neočekivana sudbina da bude samohrana majka i da će Gabi uskoro postati baba. Koliko god ju je Lizi ispitivala ko je otac, nikom neće reći njegovo ime, kao što nije nameravala nikad ni njemu da kaže. Ni tad niti ikad.

Harijet je, duboko u mislima, i ne gledajući prošla slepu ulicu. Bila je i dalje suviše uzdrmana da bi otišla kući i suočila se s Gabi ili Elodi. Posle dvadeset četiri godine, tajna koju je rešila nikad nikome da ne oda sad je bila izvučena ispred svih njenih problema jer Elodi zahteva da sazna očevo ime.

Da li bi saznavanje imena išta promenilo za Elodi? Njoj to ime ništa ne bi značilo, Harijet bi mogla i da izmisli neko ime, i Elodi to nikad ne bi saznala. Odgovori na pitanja koja bi usledila mogli su biti neodređeni. Možda bi trebalo to da uradi. Da kaže izmišljeno ime i bude neodređena u pojedinostima. Ipak, znala je da ne može to da učini. Rekla je već Elodi da će joj jednog dana kazati istinu. A to i hoće, i pored toga što daje sve od sebe da taj dan što duže odgodi. Niko ne zna koliko se kaje zbog nekadašnjeg ponašanja. Elodi je u pravu kad ju je optužila da se stidi sebe i toga kako se ponašala onih groznih meseci posle očeve smrti. Priča o tom razdoblju činila joj se prljavom i njeno potezanje bilo je veoma bolno. Činjenica da se izvukla iz provalije u koju je potonula pre nego što je upoznala Džeka ne znači da je zaboravila to vreme. Jedno je da kaže Elodi očevo ime, a nešto sasvim drugo da se seća teškog vremena koje je prethodilo tom susretu.

Poslednjih nekoliko nedelja s puno posla zbog preseljenja u Francusku, useljenja u vilu, ukrašavanja kuhinje i davanja kredencu šabi šik izgled, pomaganja da se Lulu navikne na njih, rada sa Igoom – sve se zaverilo da joj telo i um drži zauzetim, ne dajući joj vremena da razmišlja o prošlosti. No sad kad se sve staložilo, misli su joj bile slobodne da se vrate u ono vreme kad joj je srce bilo slomljeno, na mesto na koje ne želi da se vrati. Morala je da pronađe nešto i da ih priguši.

U danima pre nego što je upoznala Toda slikanje joj je bilo utočište od stvarnog života. Izgubiti se u stvaranju apstraktnih slika ili mešanju tačne nijanse zelene za lišće hrasta za pejzaž koji je pokušavala da naslika na platnu uvek je bilo umirujuće i osvežavajuće tih davnih dana. To joj je nedostajalo. Pravdala se Gabi, Žesiki pa i Igou da nije spremna da uzme četkicu, što više nije bilo baš tačno. Sa iznenadnom jasnoćom je shvatila da je spremna, da joj zapravo očajnički treba ono neuhvatljivo osećanje kad se potpuno izgubi u stvaranju onog što slika. Neodređeno osećanje da nije sasvim tu kad se nevoljno vrati svakodnevnom svetu i svojim problemima. Slikanje ništa neće razrešiti nit će učiniti da nestanu Elodina pitanja, ali to što će opet početi da slika biće ogroman korak napred u nalaženju stare sebe.

Kad je stigla do Avenije admirala Kurbea, Harijet je zastala i zagledala se u voz koji polako ide prugom i prelazi preko nadvožnjaka. Geometrijski ukrasi u stilu art dekoa i cvetni dizajn na potpornim stubovima, velikim slovima ispisano „Žuan le Pen“ preko vrha davali su nadvožnjaku izvesnu sopstvenu treperavu i izazovnu energiju. Kad je voz nestao prugom, Harijet je duboko udahnula.

Art deko ju je oduvek očaravao, ali nikad nije zapravo slikala u tom stilu. Mogao bi to biti izazov koji joj je potreban – da pokuša da ovlada drugačijom tehnikom. Pogledavši još jednom ukrase na nadvožnjaku, Harijet je uzdrhtala od uzbuđenja pa se okrenula i pošla kući.

Možda je prekasno, možda je njen talenat usahnuo i umro. Svejedno je donela odluku. Opet će početi da slika.

18.

Kad je stigla kući, Elodi je laknulo jer je Gabi i dalje bila napolju s Filipom, što je značilo da ne mora da se suoči s njom dok još cepti zbog sukoba s majkom. Pustila je Lulu s povoca i, nadajući se da će joj nekoliko dužina u bazenu pomoći da se smiri, brzo se presvukla. Petnaest minuta kasnije, pošto je preplivala dvadeset dužina žustrim, silovitim kraulom, izašla je iz bazena osećajući se beskrajno bolje.

Istuširala se, obukla u sobi, pa pokušala da odagna iz glave sve misli o Harijet i njenim tajnama, i uključila računar da napiše članak o paru iseljenika. Dok se računar palio, Elodi je zamišljeno gledala kroz prozor. Nije joj uspelo da dobije odgovore od majke, to je izvesno. Harijet je još ranije rekla da će joj jednog dana reći istinu, tako da Elodi nije imala izbora nego da čeka taj dan.

Iz misli ju je trglo zvrckanje nekoliko imejlova, pa je pogledala na ekran. U jednom je bilo odbijanje, u drugom je izraženo neizvesno interesovanje za članak koji je poslala jednim od nacionalnih novina, a zbog trećeg je Elodi srce poskočilo od oduševljenja.

Dole se začuo tresak vrata. Elodi je otvorila vrata sobe.

– Gabi?

– Stigli smo.

Elodi je strčala s nadom da ono „mi“ znači i Filip a ne Harijet, pa je odahnula ugledavši njega. – Nacionalne novine su mi ponudile ugovor za sedmičnu kolumnu o životnom stilu za nedeljno izdanje – možete li da verujete? Žele da je nazovu „Engleskinja u inostranstvu“.

– Sjajna novost – rekla je Gabi. – Odlično. A moja novost je da sam kupila šporet, što je isto tako sjajno. Dopremiće ga sledeće nedelje. Kuhinja će konačno biti potpuno funkcionalna.

– Otrčaću do plaže da kažem Gazu – rekla je Elodi.

Skinula je teksas jaknu s kuke u predsoblju, pa se okrenula prema Gabi. – Trebalo bi verovatno da te upozorim. Uznemirila sam Harijet svojim pitanjima, pa je šiznula. Da sam na tvom mestu držala bih se podalje od nje kad se vrati. Vidimo se kasnije.

Gabi je uzdahnula kad su se vrata zatvorila za Elodi. – Nisam sigurna šta ću s njih dve. Da im zveknem glavu o glavu?

– Moraš da čekaš i veruješ – kazao je Filip. – Sve će se s vremenom srediti.

Gabi je laknulo kad se Harijet vratila kući i više nije šizela, kako je to Elodi opisala. Zapravo je izgledala sasvim srećno. Doduše, skoro odmah je nestala gore, u svojoj sobi.

Gabi i Filip su bili u bazenu kad se Harijet ponovo pojavila stiskajući svoj stari štafelaj koji je poslednjih dvadeset godina proveo na tavanu kuće u Dartmutu i za koji je Gabi insistirala – da, naravno da ide u Francusku – kad su se selile i od njihovog dolaska je stajao u ćošku Harijetine sobe, gde je skupljao prašinu.

– Ne smeta ti da postavim štafelaj u ćošku verande? Tamo je dobro svetlo, a pokriveno je da bih imala malo hlada – doviknula je Harijet Gabi. – Sutra ću u galeriji kupiti nešto materijala.

– Postavi štafelaj gde god želiš – odgovorila je Gabi. Okrenula se Filipu i tiho rekla: – Konačno. Tako sam se bojala da više nikad neće slikati. Bila bi to prevelika šteta.

Kasnije iste večeri, pošto je Filip otišao, a Elodi još bila negde s Gazom, Harijet je nasula sebi i Gabi pred spavanje po čašu rozea pa su sedele na terasi i zajedno posmatrale kako se mesec diže. Harijet je zahvalno njuškala i duboko udisala miris noćnog jasmina koji je rastao u bočnoj živici.

Gabi ju je pogledala i zastala pre nego što je progovorila. – Žao mi je što te je Elodi danas uznemirila svojim pitanjima. Želiš li da razgovaraš o tome?

Harijet se dvoumila. Želi li o tome da razgovara s Gabi? Možda da zatraži njen savet? Ili bi razgovor o tome samo poslužio da se prodube njene brige? S druge strane, možda bi joj razgovor s Gabi pomogao da razbistri misli.

– Uhvatila se za svoje pravo da sazna ko joj je otac – polako je rekla Harijet. – Danas me je optužila da i ne znam ko je on. Što me je neočekivano pogodilo. – Sklopila je oči i uzdahnula. – Obećala sam da ću uskoro razgovarati s njom, a ona tvrdi da ga neće tražiti, ali šta ako se predomisli kad čuje njegovo ime? A ako uspe da ga nađe, šta će onda biti? Da li će on poželeti da glumi srećnu porodicu?

– Možda on ne bude ni želeo da je upozna nakon svih ovih godina. Da li... – Gabi je oklevala. – Da li si njemu ikad rekla za Elodi?

– Nisam. – Harijet je odmahnula glavom. – Rešila sam da je za njega bolje da ne zna. Nit sam ikad nekom drugom rekla ko je Elodin otac. Znam da si bila uznemirena što tebi nisam rekla, ali uvrtela sam sebi u glavu da je najbolji način da se s tim nosim taj da nikom ne kažem. Ako niko ne zna, niko ne može ni da vrši pritisak na mene, ili nesvesno na njega, ako mu izleti neka pojedinosti. To je pilo vodu dvadeset četiri godine. – Harijet slegnu ramenima.

Harijet je uzela čašu i otpila gutljaj, pa je vratila na sto i bacila pogled na majku.

– Brinem se zbog još nečega. Sećaš li se pisma i slike za koje si mislila da su od Lizi? E pa, nisu od nje. – Harijet je duboko udahnula. – Od jednog starog prijatelja su. Bio je na venčanju i želi da ponovo uspostavi kontakt sa mnom.

Gabi je brižno klimnula glavom. – Jel' to neko koga si dobro poznavala?

Harijet je napola slegnula ramenima. Još nije bila spremna da naglas izgovori Džekovo ime.

– Dobro je u životu uz nove prijatelje imati i stare – rekla je Gabi.

– Da. Samo što ne znači da konkretno ovo prijateljstvo želim da obnovim. Ili da želim tog prijatelja ponovo u životu. Za mene je život u Francuskoj potpuno nov početak. Nadala sam se da će prošlost ostati – u prošlosti. O, zašto život mora da bude ovako komplikovan!

Gabi je pijuckala vino i osećala da joj Harijet ne govori sve, pa se pitala kako da joj odgovori. Znala je da nije trenutak za staru izreke „Kako seješ tako i žanješ". Umesto toga, odlučila se za taktičniji pristup: – Pokušaj da se ne brineš mnogo, sve će to izaći pranjem, kao što je govorila moja majka. Život se postara da se sve raščivija.

A hoće li se raščivijati onako kako Harijet želi, pokazaće vreme.

19.

Igo je znatiželjno pogledao Harijet kad se sutradan pojavila na poslu.

– Jesi li dobro? Danas je kod tebe nešto drugačije – reče pa je, sad već po običaju, poljubi u obraze.

– Dobro mi je. U stvari i više nego dobro. Juče sam donela jednu odluku. Potrebno mi je da slikam. U vili sam postavila štafelaj i danas treba da kupim platno, papir, četkice, pastele, vodene boje i nekoliko uljanih. Dobijam li popust za zaposlene? – Bezobrazno mu se osmehnula.

– Dvadeset pet posto – rekao je Igo. – Konačno ćeš opet da slikaš?

Harijet je klimnula glavom. – Bar ću pokušati. Popust je baš velikodušan.

Igo je slegnuo ramenima i odmahnuo rukom na tu opasku.

Bližilo se vreme ručku kad je u galeriji zavladao dovoljan mir da Harijet prikupi neke stvari ispod pulta spremne za Igoa, da sve sabere i kaže joj koliko je dužna.

Dok je on to radio, Harijet je otišla u kafe po njihov ručak, pa su se smestili zajedno za sto u dvorištu. Igoov telefon je zvrcnuo porukom, a on ju je brzo pročitao pa uzeo baget sa sirom i šunkom.

– Osećaš li neizdrž da počneš večeras da slikaš? – upitao ju je.

– Pa, subota je, a moj društveni rokovnik je u najmanju ruku prazan. Zašto da ne?

– Ona poruka od malopre je kasni poziv od starog drugara koji u Monaku drži brod. Ovo je vikend Gran prija, i on večeras priređuje zabavu. Trebalo bi da bude veoma zabavno. Molim te pođi sa mnom. – Igo ju je pogledao pun iščekivanja.

Harijet se premišljala. Dugo se trudila da izbegava zabave. Nije s lakoćom ćaskala i brzo je naučila da je bolje da ćuti i pazi šta će reći pred mužem ako se nekom i obrati. Tod se uvek žalio kako mu ona ubija svako uživanje zato što je „tako nekomunikativna i ćutljiva". Kad bi se vratili kući, sve je secirao i osuđivao njeno ponašanje, bilo ono dobro ili loše. Poslednjih nekoliko godina ono je neizbežno bilo loše, nikada dobro. I naravno, uveravao ju je da sve radi samo za njeno dobro, pomaže joj da popravi društvene veštine, a zapravo ih je delotvorno ubijao, doduše, to je shvatila tek kad je bilo prekasno.

– Nisam za ćaskanje – rekla je. – Ni za upoznavanje s neznancima na gomili. Tod je uvek tvrdio kako odajem utisak da sam nepristupačna i da to odbija ljude. Ne bih da ti pokvarim zadovoljstvo.

Igo ju je pogledao zapanjeno. – Harijet Rodžers, nikad nisam čuo neko ovakvo sranje. – U očajanju je zatresao glavom. – Izvini, retko psujem, ali ovo je potpuno besmisleno. Šta misliš da ovde radiš s kupcima? Po ceo dan ćaskaš.

– To je drugačije – negodovala je Harijet. – Najčešće samo uzimam njihov novac i ubacujem ga u kasu. Ponekad oni pričaju koliko vole Antib Žuan le Pen, ili komentarišu kako je toplo, a ja se složim. Zapravo tek uvežbavam francuski. – Ućutala je i pogledala Igoa. On je zavrteo glavom i smešio joj se.

– A šta je to, molim te, ako nije ćaskanje? Za večeras ti obećavam mnogo zanimljivije ćaskanje. Dogovoreno je. Doći ću po tebe u pola osam, važi? Obuj nešto udobno, u Monaku će biti krcato pa ćemo verovatno morati da se parkiramo podalje od luke. Igo je spustio poludovršen baget i uzdahnuo pa ozbiljno pogledao Harijet. – Izvini. Nisam hteo da zvučim kao siledžija. Zaista bih voleo da pođeš sa mnom na zabavu, ali ako ne želiš, ne moraš. – Pogledao ju je upitno.

– Uopšte nisi zvučao kao siledžija, a veruj mi da znam kako to zvuči. Volela bih da pođem s tobom na zabavu – tiho je rekla. – Čekaću te u pola osam u udobnoj obući.

Kad je Harijet sišla da pričeka Igoa, Gabi i Filip su sedeli uz bazen i uživali u vinu pre nego što kasnije izađu na večeru. Harijet se smešila dok ih je kratko posmatrala pre nego što ju je Gabi spazila. Govor tela im je bio opušten dok su čavrljali i smejali se, pokazivao kako su se već zbližili, izgledali su kao par koji se godinama poznaje, a ne koji se tek sprijateljio. Njena majka je zaslužila sreću u toj fazi života.

– Nisam sigurna kad ću se vratiti – rekla je Harijet kad ju je Gabi pogledala. – Ne znam koliko zabave u Monaku na brodu traju.

– Bio sam na nekoliko takvih, i razlikuju se – rekao je Filip. – Ali zabave za nedelju Gran prija uvek odišu posebnom atmosferom. Ipak, ne očekuj da ćeš večeras videti mnogo vozača Formule jedan. Većina će ih biti u svojim matičnim kućama ili u hotelskim apartmanima i psihički se pripremati za sutrašnju trku.

U tom trenutku se začulo zvono s kapije. – Videćemo se ujutro, mama. Uživajte u večeri.

– Lepo se provedi – doviknula je Gabi dok je Harijet odlazila.

Igo je nasmešen stajao uz automobil i pridržavao joj suvozačka vrata, pa je poljubio u obraz pre nego što je sela.

Nekoliko trenutaka kasnije bili su na putu prema A8 i prvom naplatnom punktu s redovima vozila u skoro svim trakama. Igo jedva da je usporio kad je izabrao praznu traku s leve strane i pošao prema rampi koja se, na Harijetino zaprepašćenje, podigla neposredno pre nego što su u nju udarili. Provezli su se bez plaćanja putarine. Pogledala je Igoa, koji se široko osmehivao.

– Ovo je bilo u najmanju ruku zastrašujuće. Radiš li to svim putnicima?

– Ne, naročito ne majci.

– Kako to uopšte funkcioniše?

Igo se smešio i pokazao joj karticu visoko na vetrobranu iza retrovizora. – Novac mi je već verovatno skinut s računa – rekao je.

Bio je dobar vozač i očigledno je uživao u vožnji, pa je auto gutao kilometre. Bilo je još nekoliko naplatnih rampi pre nego što su stigli do izlaza za Monako i Igo ih je sve prolazio na isti način, uz osmeh od uha do uha. Harijet, pošto je sad znala, samo je svaki put zavrtela glavom. – Pravo si dete. Očekujem da nas žandarmi pojure.

Pošto su stigli u Monako, Igou je bilo potrebno dvadeset minuta da pronađe mesto na parkiralištu blizu kazina. Dok su silazili prema moru, Harijet je prvi put pošteno zagledala luku krcatu luksuznim jahtama, brojne privremene garaže timova Formule jedan, sa svom tehničkom opremom duž boksa i rešetkastu šaru starta obeleženog na glavnoj ulici. Igo joj je usput objašnjavao sve o barikadama na sve strane. Kako je svake godine potrebno mesec dana da se Monako pripremi za Gran pri, i to samo što se tiče ulica. S obzirom na to da se trka odvija ulicama, presudno je obezbediti sigurnost ne samo vozača već i publike.

Prošli su pored nekoliko velikih televizijskih ekrana, jednog uz Kapelu Svete Devote, prvom uglu trke blizu starta, na kome je za kišnih godina nekoliko vozača doživelo nesreću. A na sve strane je bilo simbola Gran prija. Grimizne zastave *Ferarija* vijorile su se u punom sjaju. Šarl le Klerk, *Ferarijev* vozač rođen i odrastao u Monaku, smešio se s postera zakačenih za prozore i majica koje su nosile tinejdžerke. Restorani su bili krcati, ljudi su ležerno šetkali okolo u firmiranoj odeći i s nakitom neprocenjive vrednosti, i uživali u jedinstvenoj atmosferi zabave koju stvara Gran pri u Monaku.

Dok je upijala visokooktansku atmosferu oko sebe, Harijet je znala da te večeri mala kneževina Monako zaista zadovoljava reputaciju najzanosnijeg raskošnog mesta na Rivijeri. U okolini luke bilo je bučno. Oko svih brodova ukotvljenih u luci čuli su se muzika, smeh, ćaskanje, prasci pampura šampanjca.

– A, evo *Moje ludorije* – rekao je Igo i stao uz mostić koji vodi do jednog od brodova.

Moja ludorija, blistav motorni jedrenjak uglačan do visokog sjaja bio je ukotvljen između dve isto tako sjajne jahte, na kojima je takođe vladalo raspoloženje zabave. Na palubi krme sedela je grupa ljudi, a jedan čovek je skočio kad ih je ugledao.

Igo je uhvatio Harijet za ruku dok su stajali pred mostićem. – Ne zaboravi da smo ovde da bismo se lepo proveli. A moji prijatelji nit ujedaju nit osuđuju.

– Igo! Došao si. Ukrcavajte se – pa je spustio lanac sa znakom *Zabranjen ulaz* da se popnu i skinu obuću.

Igo je brzo upoznao Harijet sa Žistenom i njegovom suprugom Žini. Žisten joj je pružio čašu šampanjca i bombardovao je imenima ljudi s broda. Harijet je znala da nema nade da zapamti ko je ko, ali smeškala se i klimala glavom svima.

Veče je bilo divno, mirno i bistro. Sedeći na palubi *Moje ludorije* i pijuckajući šampanjac, Harijet se prilično jako uštinula dok je iza nje mrak padao na kneževinu, a svetla se palila po obali. Bila je na jahti u Monaku među ljudima koji su očigledno pripadali onom što je Tod uvek opisivao kao *prva liga*. Ljudima kakve je on uvek želeo da ima oko sebe. Ljudima koje nije želeo da ona upoznaje zato što bi ga sigurno izneverila. Ljutito je odagnala misao o Todu. Igo očito nije imao takvih strahova i bio je više nego srećan što sedi tu s njom, i stara se da njoj bude dobro.

Otkrila je da joj ćaskanje ipak ide sasvim dobro, mada je to ćaskanje bilo drugačije. Igoovi prijatelji su se zanimali za nju, hteli su da je uključe u razgovor. Svi su bili prijateljski nastrojeni, pa su razgovori na mešavini francuskog i engleskog tekli glatko. Njih nekoliko je bilo u Australiji pa su pričali o mestima koja je i ona znala. Jedini trenutak kad je osetila da joj se malčice vezao jezik bio je kad je na piće svratio Mark Veber, penzionisani vozač Formule jedan. Često ga je gledala kako se trka na televiziji, a sad se s njim upoznala i lično.

Jahta se blago njihala od talasa koje brodovi prave kad ulaze u luku i izlaze iz nje, njegovi tamnoplavi bokobrani tiho su škripali tarući se o korita brodova sa obe strane. Na jahti ukotvljenoj dva mesta od njih odvijala se zabava bogatih Amerikanaca, i kako je veče odmicalo buka s nje bivala je sve glasnija.

Prošla je ponoć kad je Igo predložio da krenu pa su se oprostili od Žistena i Žini. Na Harijetino iznenađenje, na rastanku su je i Žisten i Žini zagrlili.

– Uskoro će te Igo dovesti na večeru – rekla je Žini. – Moći ćemo bolje da se upoznamo bez ove svetine.

Kad su krenuli Igo je načas zastao da se pozdravi s prijateljem na američkom brodu, pa su nastavili da idu do auta.

Igo je za povratak u Antib odabrao put Donji Korniš. – Ovim putem moram da vozim sporije, što znači da ću biti malo duže u tvom društvu jer ne želim da se ovo veče završi – rekao je i kratko pogledao Harijet. – Nadam se da si i ti uživala večeras kao ja.

Harijet je klimnula glavom. – Jesam, mada moram priznati da je katkad sve delovalo nadrealno. Jahte, ljudi, svetla, sve.

Kad je Igo konačno parkirao pred vilom, obišao je oko kola da joj otvori vrata. – Hajde, ispratiću te do kapije – rekao je i uzeo je za ruku.

Harijet je pritisnula daljinski da otvori kapijicu pa se okrenula da zahvali Igou pre nego što uđe.

– Harijet, zaista bih voleo da te poljubim za laku noć, mogu li?

– I ja bih to volela. – Osmehnula se i malo zabacila glavu.

Igoov poljubac bio je kratak ali lep. Harijet je osetila da se on uzdržava, da ne želi da je požuruje, na čemu mu je bila zahvalna.

Na njegovo tiho *laku noć* kad se odmakao, odgovorila je isto tako tihim *laku noć*.

20.

Sutradan je Harijet ustala kasno, a kad je sredinom prepodneva sišla da se pridruži majci i ćerci na kafi i dalje su joj oči bile mutne. Laknulo joj je kad je videla da Elodi izgleda opušteno i da ne namerava ponovo da pokrene prethodni razgovor i postavlja ista pitanja.

– Nema više kroasana, ali kao nedeljnu poslasticu imamo *pain au raisin*[26] – rekla je Elodi i gurnula tanjir prema njoj. – Sinoć je bila dobra žurka?

– Nikad nisam bila ni na čemu sličnom – priznala je Harijet. – I Monako je nešto sasvim drugo. – Otpila je malo kafe i osetila kako je obamrlost napušta, pa je uzela pecivo i zagrizla ga.

– Kad smo kod žurki – kazala je Elodi – još ništa nismo preduzele u organizaciji zabave za naselje. Moramo to uskoro da uradimo.

– Jel' neophodno da pravimo zabavu? – upitala je Gabi.

– Svakako – rekla je Elodi. – Moramo proslaviti preseljenje ovamo.

– Poznajemo li dovoljno ljudi da ih pozovemo? – pitala je Harijet.

– Iznenadila bi se. – Elodi je počela da nabraja na prste. – Četvoro Vensanovih, Kolet i Lijana, Žoel i Karla, njegova partnerka, Igo – jesi li sinoć upoznala još nekog koga bi volela da pozoveš? – pitala je okrenuvši se Harijet koja je odmahnula glavom. – Ne baš.

– Ivandanj je za samo tri nedelje, mogle bismo tad da je priredimo. To nam daje vremena da upoznamo još ponekog i sve organizujemo.

– Samo da to ne pretvoriš u maskenbal – rekla je Gabi.

– E to je dobra ideja. – Elodi se nasmejala pa izvadila telefon da pogleda kalendar. – Ivandanj ove godine pada usred nedelje, pa šta

[26] Fr.: puž pecivo sa suvim grožđem. (Prim. prev.)

mislite o suboti pre toga? Imamo dve nedelje da se organizujemo. Sasvim dovoljno.

Harijet je uspela da kaže samo *ne* na ideju o maskenbalu kad joj je ostale reči prigušilo neprekidno trubljenje mnogih automobila. – Šta je sad ovo?

– Liči na venčanje – rekla je Gabi. – Biće da su na putu za svetkovinu.

– Ooo, kako je to uzbudljivo. Obožavam venčanja – rekla je Elodi i skočila. – Idem da pogledam. – Pa je otrčala kroz kuću i do kapije.

Starinski beli kabriolet predvodio je kolonu automobila oko travnatog kružnog skvera. Nasmejani mlada i mladoženja mahali su razdragano, a nekoliko ljudi je na njih bacalo ružine latice. U sledećem automobilu su se tri deveruše tinejdžerke uglas kikotale. A sve vreme su vozači u pratnji trubili. Sve je bilo gotovo za pet minuta kad je kolona izašla iz slepe ulice i krenula glavnim putem.

Elodi se vratila u vilu i ponovo sela s Gabi i Harijet na terasi.

– Mlada je izgledala tako srećno – rekla je spustivši se na stolicu. – I mladoženja isto. Kad sam bila mala mnogo sam želela da budem deveruša, ali nikad me niko nije zvao. – Malo je poćutala sećajući se kako su ona i njene školske drugarice Karol i Bet obećale da će jedna drugoj biti deveruše kad bude zatrebalo. Karol se za Božić verila, ali hoće li se setiti obećanja koje su njih tri dale sad kad Elodi živi u Francuskoj?

– To nije istina. Bila si deveruša – rekla je Harijet.

Elodi ju je pogledala. – Ne, nisam. Sećala bih se. Uostalom, otkud ti znaš? Godinama te nije bilo. O, izvini – dodala je. – Pretpostavljam da bi ti Gabi verovatno pisala i rekla, ali nisam bila.

– Ne, nije mi pisala – kazala je Harijet. – Zato što sam ja bila mlada. Bila si moja deveruša kad sam se udala za Toda.

Naprasna, moćna tišina koja ih je obavila na Harijetine reči u Elodinoj glavi se rasprsla kao teška migrena. Upiljila se u majku. Pola minuta je vladala tišina, a onda je Elodi progovorila. – Bila sam tvoja deveruša? Pa zašto me onda ti i Tod niste poveli sa sobom u Australiju?

Harijet je zatvorila oči. Zašto li se upustila u razgovor o deverušama? Na ovo pitanje nije ništa lakše odgovoriti nego na ona druga koja je Elodi postavljala.

– Zato što on nije hteo da podiže tuđe dete – tiho je rekla. – I zapravo nije voleo decu, nikad nije želeo da ih ima.

Gabi je ustala. – Harijet, treba da mi pomogneš da uzmem nešto iz garaže. Elodi, molim te sačekaj ovde.

Elodi je slegnula ramenima. – Svejedno mi je. – U glavi su joj brujale Harijetine reči dok je pokušavala da izvuče sećanje za koje je bila ubeđena da ne postoji. Znala je da je imala četiri godine kad je Harijet otišla, a drugi ljudi pamte događaje iz tog uzrasta. Kako to da ih ona ne pamti? Harijet uopšte nije bilo u njenim uspomenama iz detinjstva. U svim najranijim uspomenama zadržala je Gabi, ne majku. Gabi, koja je strpljivo čeka pored tobogana u parku dok se Elodi penje stalno iznova. Gabi, koja je grli kad padne i ogrebe kolena. Gabi, koja je mazi na krilu i čita joj priče. Gabi, koja je obećala da je nikada neće napustiti.

Mora da je imala oko šest godina kad je videla svatove kako poziraju za slikanje pred Crkvom Svetog spasa. Mlada je bila u beloj haljini s mnogo slojeva i Elodi je izgledala kao Pepeljuga kad je pošla na bal. Dvoje dece otprilike Elodinih godina stajalo je ispred mlade. Dečak je imao odelo kao što nose odrasli, ali je devojčica, oh, zbog njene haljine je Elodi uzdahnula. Bila je to minijaturna svetloružičasta verzija mladine venčanice, s nešto manje slojeva. Tog časa se u Elodi rodila želja da bude deveruša. Želela je da nosi takvu haljinu. Samo plavu, jer nije baš volela ružičastu. Taj trenutak joj je ostao u sasvim jasnom sećanju.

Međutim, ispostavilo se da je ipak bila deveruša dve godine ranije, i to rođenoj majci. Tog događaja se uopšte nije sećala. Čak ni toga da je na sebi imala kitnjastu haljinu, a mora da ju je nosila? Kitnjaste haljine su preduslov da se bude deveruša.

Elodi je obavila ruke oko grudi i zažmurila. Ako je bila tamo kad joj se majka udavala za Toda, kako je mogla da zaboravi tako značajan događaj? Događaj koji će imati ogroman uticaj na njen život. Mora da je negde u njenom mozgu ostalo usađeno nekakvo sećanje.

Otvorila je oči kad su se Harijet i Gabi vratile. Harijet je nosila zatvorenu kutiju iz garaže pa ju je spustila na zemlju pored Gabine stolice.

– Mislim da je vreme da otpakujemo ovu kutiju – rekla je Gabi.

– Zašto? Šta je u njoj? – grubo je pitala Elodi, i spustila ruke.

– Mnogo uspomena – tihim glasom je rekla Gabi, pa se sagnula i otvorila krila kutije. – Uspomena o kojima treba da razgovaramo.

Vadila je stvari iz kutije i ređala ih po stolu. Fascikle, skicen-blokovi, fotografije, loše oblikovane keramičke posude, album sa slikama, stare rođendanske čestitke s dečjim rukopisom, knjige Beatriks Poter, primerak *Gordosti i predrasude* i nekoliko knjiga Inid Blajton, koje su pripadale Harijet i koje je Gabi čitala Elodi.

Harijet je pružila ruku i uzela fasciklu sa svojim imenom. – Sačuvala si moje ocene – rekla je prebirajući po papirima.

– Naravno. Elodine su isto ovde negde. Aha, ovo sam tražila. – Gabi je s dna kutije podigla belu pamučnu vreću vezanu na vrhu, pa ju je otvorila. Elodi i Harijet su u tišini pratile kako iz vreće pažljivo vadi nešto pljosnato, uvijeno u tanak papir. Nežno je razvila papir i otkrila dečju letnju haljinu. Bila je ružičasta s belim radama.

Elodi je uzdahnula. – Sećam se te haljine. Zašto li si je sačuvala? Mogu li da je pogledam?

Gabi nije odgovorila na to pitanje već je klimnula glavom i pružila haljinu Elodi pa se mašila albuma sa stola.

Elodi je sedela i opipavala haljinu dok joj je u glavi ponovo zatutnjalo jer je u njenom mozgu iz magle izronilo jedno sećanje. Neodređeno se sećala da je Gabi kupila tu haljinu za neku prigodu i rekla joj onog dana kad ju je obukla da zaista mora da bude dobra devojčica zarad svoje mame. Zašto, zašto je to tako poseban dan? Odgovor nije stizao. Što se više trudila, glava ju je više bolela.

Gabin glas joj je prekinuo misli. – Nikad nismo bili porodica koja se mnogo slika, ni nalik ljudima danas, ali ovde ima nekih slika koje vas dve treba da pogledate. – Digla je pogled sa albuma. – Elodi, ti gledaj prva. Važna slika je ona među poslednjima. – Pružila je Elodi album otvoren na dvostrukoj stranici koju je htela da ona pogleda.

I dalje stežući haljinicu, nadajući se da će ona podstaći još uspomena, Elodi je bez reči zurila u slike. U prvi mah nije razabrala u šta ni u koga gleda. Slike, kao i odeća onih na njima, bile su prilično zvanične, mirne, govor tela krut, kao da ljudi koji tamo stoje jedva čekaju da sve bude gotovo. Devojčica koja drži ženu za ruku na jednoj od fotografija odavala je utisak nekog ko bi da pobegne, ali je žena čvrsto drži.

Elodi je prigušila još jedan uzdah i ponovo se zagledala u tu sliku. – Jesam li ovo ja? U ovoj haljini?

– Jesi. Bila si deveruša kad sam se udala za Toda – rekla je Harijet suvim glasom.

– Ovo su slike s tvog venčanja? – Elodi je zaprepašćeno gledala majku. – Ti se nisi udala u Svetom spasu? Ne ličiš na sebe. Čak ne ličiš ni na mladu – a ja definitivno ne ličim na pravu deverušu.

– Venčali smo se u opštini u Totnesu, Tod nije želeo crkveno venčanje. Ni veliku gužvu.

– Ali ti si želela, jel' tako? – tiho je rekla Gabi.

Harijet je klimnula glavom i uzdahnula. – Oduvek sam sanjala da se udam u Crkvi Svetog spasa i da me tata odvede do oltara. To tad više nije bilo moguće, i to je glavni razlog što sam pristala na skromno građansko venčanje. Datum je zakazan i imali smo mesec dana da sve pripremimo, jel' tako, mama?

Gabi je klimnula glavom. – Venčanje je bilo tako skromno da nije bilo mnogo toga da se priprema. Prijem je bio za petnaest gostiju, nekoliko cvetova za rever i buket, ja sam napravila tortu i pristala da škljocnem nekoliko snimaka. Otišle smo u Torki da kupimo tebi odeću i haljinu za Elodi. – Tužno se osmehnula Harijet. – Znala si da nisam sasvim za to jer sam osećala da se udaješ za pogrešnog čoveka.

– Trebalo je da te poslušam – priznala je Harijet. – Ali mislila sam da radim ono što treba. Da ćeš ti pružiti Elodi srećno, bezbedno detinjstvo koje nisam mislila da ja mogu da joj obezbedim. – Pogledala je majku. – Tod mi je obećao nov početak u Australiji i da mogu da se redovno vraćam i viđam vas dve. Tek posle godinu dana sam shvatila da nema nameru da održi to obećanje. Nikad ne bih otišla da sam znala da je tako planirao.

– Šest sati posle slikanja uhvatili ste voz za London koji te je odveo iz našeg života. – Gabi se ugrizla za donju usnu. – Tad nisam mogla znati da nećeš moći da nam dolaziš redovno. – Uzdahnula je. – Beskorisno je danas se međusobno optuživati, ali od srca žalim što si se udala za Toda. *C'est la vie*. To je prošlost i treba je pohraniti. Sad je za nas tri bitna budućnost.

– Uopšte se ne sećam tog događaja – rekla je Elodi vrteći glavom. – Ovo nije Pepeljugina haljina za kojom sam kasnije čeznula. Možda bih ga se sećala da jeste. – Elodi se nevoljno stresla kad se konačno u njenoj glavi pojavilo sećanje.

Iznenada se setila kako je nosila tu haljinu. Bio je to dan kad ju je majka mnogo mazila i tako čvrsto zagrlila da je jedva disala, pa joj rekla da je voli i da želi da ona bude dobra devojčica s Gabi. Harijet je mnogo plakala, njene suze su natopile gornji deo haljine pre nego što ju je Tod takoreći odvukao. Elodi se, sa iznenadnom jasnoćom, setila i kako te večeri skida haljinu, baca je na pod i viče na Gabi.

– Mrzim mamu. Nikad više neću nositi ovu haljinu.

Elodi je sklopila album sa slikama i pružila ga Gabi, pogledavši pritom majku. – Žao mi je što tvoj brak nije ispao srećan, ali pošto sam videla slike, ništa se nije promenilo. Sad se sećam haljine, ali i dalje se ne sećam da sam bila tvoja deveruša. – Odgurnula je stolicu i skočila s nje. – Dobro, idem da prošetam Lulu. – Nije bilo potrebno da objašnjava kako joj treba neko vreme podalje od Harijet da bi obradila tu zaboravljenu informaciju o svom detinjstvu.

U nedelju uveče kutija je i dalje bila na terasi, i Gabi je predložila da, dok je ona tamo, njih tri pregledaju sve što je u njoj i bace ono što ne vredi čuvati. Harijet je u početku oklevala za slučaj da sadržaj kutije izazove još neku scenu sa Elodi, ali ipak je pomogla Gabi da pažljivo isprazni kutiju i sve raširi po stolu.

Harijet se osmehnula kad je podigla nakrivljen lončić za koji se maglovito sećala da ga je napravila u osnovnoj školi. Dopadao joj se osećaj gline u rukama, i dugo je pokušavala da napravi oblik kako treba. – Očigledno nisam predodređena za grnčara – smejala se. – Ipak ne mogu da ga bacim i zato ga vraćam u kutiju.

Elodi se nagnula i izvadila dve-tri sveske povezane gumicom. – Sećam se ovih. Imala sam desetak godina. Pošto sam pročitala

Tomov ponoćni vrt sanjala sam da postanem nova Filipa Pirs. – Sa uzdahom je stavila sveske u stranu. – Mada se još nisam prihvatila pisanja romana.

– Ipak pišeš – rekla je Harijet. – Još imaš vremena.

Gabi je sa samog dna kutije pažljivo izvukla kartonsku fasciklu uvezanu crvenom trakom i pružila je Harijet. – Mislim da su ovde neki tvoji crteži.

Harijetini prsti su drhtali dok je razvezivala traku i otvarala fasciklu. Bio je to deo projekta za koledž – projekta koji nikad nije predat zato što je odustala mnogo pre nego što ga je dovršila. Zadatak je bio da „izaberu slikara dvadesetog veka, napišu esej o tome zbog čega mu se dive pa da naprave originalno delo u istom stilu". Upravo zbog toga je bila u Darlington holu onog dana kad je upoznala Džeka.

Pogled na crtež lisice s dva mladunčeta u olovci i tušu bio je dovoljan da podstakne previše uspomena.

Pre nego što je uspela ponovo da poveže fasciklu, Elodi je uzela crtež lisice. – O, kako je ovo lepo. Podseća me na slike iz *Vetra u vrbaku.*

– Da, to mi je bila inspiracija – rekla je Harijet i pružila ruku da uzme crtež i vrati ga u fasciklu. Brzo je vezala traku, pa zastala pre nego što je fasciklu spustila na stranu umesto da je vrati u kutiju.

Dvadeset minuta kasnije na stolu su bile dve određene gomile – jedna za bacanje, a druga za vraćanje u kutiju, za čuvanje. Harijetina fascikla s crtežima bila je odvojena od obe.

Elodi je uzela svoju haljinicu koja ju je ranije uznemirila. – Ovo možemo da bacimo, jelda? Budi svima samo neprijatne uspomene – pa je odlučno spustila na dno kese za đubre koju je donela iz kuhinje, a zatim preko nje ubacivala druge stvari s gomile neželjenog. Harijet i Gabi su je posmatrale bez reči i nijedna nije negodovala.

Gabi i Harijet su ponovo spakovale kutiju pa ju je Harijet zatvorila.

– Svoje crteže ćeš sačuvati van kutije? – upitala ju je Gabi.

– Da, možda me jednog dana opet budu inspirisali – odgovorila je Harijet tiho i uzela fasciklu.

21.

Sledeće dve nedelje su brzo prošle. Gabi se razočarala kad su je pozvali iz prodavnice kuhinjske opreme. Mnogo su se izvinjavali, ali kasniće deset dana sa isporukom šporeta. Dotad neće biti majstora koji može da dođe i instalira ga. Gabi se ljutila, ali shvatila je da ništa ne može da uradi.

Elodi i Gaz su preko dana marljivo radili, Gaz s turistima a Elodi je pisala članke i slala ideje svim časopisima i novinama kojih je mogla da se seti. Redovno su se viđali uveče i povremeno zajedno išli na picu za ručak. Elodi to nije smatrala idealnim, ali znala je da će, čim prođe letnja sezona, oboje imati više slobodnog vremena.

Harijet je vreme uglavnom provodila šetajući Lulu ili slikajući na verandi. Iako je svakako bila van forme i zarđala, kako niko nije stajao nad njom i kritikovao je, počela je da uživa. Tehnike koje je pre mnogo godina naučila na koledžu polako su joj se vraćale i pretakale na platno, pa je često zaboravljala na vreme udubljena u rad. Uz to se dobrovoljno prihvatila da ide petkom u nedeljne nabavke zbog toga što Elodi radi, a Gabi su kese bile preteške. Subotom je, naravno, radila za Igoa – i u tome sve više uživala. Kad ju je Igo pitao da li bi pokušala da promeni postavku izloga, oduševljeno je pristala i veoma uživala u tome.

Udruživanje snaga da se organizuje zabava za naselje sedamnaestog juna – datum koji kao da se bližio mnogo brže nego što su očekivale – stvorilo je krhko primirje između Elodi i Harijet. Naizgled se njihov odnos zaglađivao, ali obe su shvatile da ne treba mnogo da se opet raspara.

Njih tri su se opredelile za posluženje iz supermarketa i pekare koje može da se jede prstima, umesto da pokušavaju da naprave nešto same u i dalje nedovršenoj kuhinji. Dan pred zabavu sve tri su otišle u *supermarché* i pokupovale sve čega su se setile. Mnogo sireva, krekera, čipsa, maslina, *pâtés* i punjenog povrća – paradajza i okruglih tikvica s pirinčem, začinskim biljem, prženim pečurkama i crnim lukom. U frižideru je ostalo taman toliko mesta da se ugura teglica *crème fraîche* koji će ići uz sitne puslice.

Police malog frižidera ispod pulta, koji je Elodi kupila u *brocante* insistirajući da će im biti potreban za hlađenje pića, bile su pune boca rozea, belog vina i šampanjca. Konačno je stigao taj dan.

– U koliko sati smo rekle da ćemo pokupiti ostatak hrane iz pekare? – pitala je Gabi za doručkom. Kao rezervu su naručile bagete i po četrdesetak sitnih slanih peciva, minijaturnih tartova s jagodama i zapečenim jabukama.

– U dvanaest – rekla je Elodi. – Šta je još ostalo na spisku da treba uraditi za večeras?

– Zapravo ništa. Vrt i bazen izgledaju dobro. Žoel i Filip su razvukli sijalice i okačili sveće. Kasnije posle podne možemo da iznesemo tanjire i čaše na sto – rekla je Gabi. – Ali hranu treba da iznesemo u poslednji čas.

– Žao mi je što sam danas u galeriji – rekla je Harijet. – Ali mogu kad se vratim da postavim sto i ono što ide na kraju. Igo me je uverio da mogu ranije da izađem.

– Nadam se da imamo dovoljno hrane i da ništa nismo zaboravile – rekla je Gabi.

Harijet se veselo osmehnula majci. – Mislim da imamo više nego dovoljno čak i ako se svi susedi pojave, u šta čisto sumnjam.

Gabi je rešila da bi, kao prijateljski gest, trebalo da pozovu i susede, pa je početkom te nedelje ubacila pozivnice u poštanske sandučiće u njihovoj uličici. Pretpostavljala je da je većina vila u poslednjih četrdeset godina promenila vlasnike, ali možda nove generacije porodica koje je znala žive u tim kućama. Zastala je kad je ubacila pozivnicu u sanduče broja tri. Tamo je stajalo svakako poznato ime – Rošfor. Družila se sa Amelijom Rošfor koja je živela tu s bratom i roditeljima. Zajedno su se na putu do škole kikotale šašavim stvarima. Nikad s njom nije bila bliska kao s Kolet, ali ipak su bile dobre drugarice. Svakako bi uživala da se ispriča sa Amelijom ako dođe na zabavu.

U deset do osam njih tri su se sastale pored bazena, a Elodi je s praskom otvorila bocu šampanjca i nasula tri čaše.

– *Santé*. Spremne smo za žurku!

– Gde je Lulu? – uznemireno je pitala Gabi.

– Tamo gde provodi najviše vremena – na mom krevetu – rekla je Elodi. – Zatvorila sam vrata i biće ona dobro nekoliko sati.

– Stižu gosti – rekla je Harijet kad je čula zvono na kapiji. – Biću vratar i pustiću ih.

Žesika, Mikael i Filip su stigli prvi s tri boce šampanjca – po jednom za svaku od njih, objasnila je Žesika smejući se. – Sve tri ste domaćice, tako da svaka zaslužuje zahvalnost.

Sledeći su stigli susedi iz broja tri, pa se Gabi oduševila što će obnoviti druženje sa Amelijinim bratom Rišarom i njegovom ženom, kao i sa samom Amelijom, koja se izvinjavala što se ubacila iako više ne živi u ulici. – Samo sam želela da se opet nađem s tobom posle svih ovih godina – rekla je.

– Molim te ne izvinjavaj se. Mnogo mi je drago što si došla. – Gabi se smešila Ameliji. – Mnogo toga treba da ispričamo jedna drugoj.

Kolet i Lijana su stigle sledeće i donele im lepo ukrašenu drvenu pločicu sa imenom *Vila nade*, koju je Lijana napravila. Kad je stigao Igo, Harijet ga je upoznala s Kolet pre nego što je otišla da pusti još gostiju – ovoga puta prve susede. Harijet im je poželela dobrodošlicu pa ih poslala da prođu u vrt pre nego što se okrenula i dočekala Žoela i njegovu partnerku Karlu.

Gaz je stigao poslednji i pola sata kasnije zabava je bila u punom jeku kad je Harijet zatvorila kapiju i prošla pored vile do vrta s namerom da se pridruži gostima i nađe Igoa. Zastala je kad je stigla do ugla zgrade i pogledala prizor pred sobom. Pored sijalica koje su Žoel i Filip okačili u bašti po drveću i žbunju, desetak solarnih sveća poređano je po cvetnim lejama i po vrtu još nedelju dana ranije, kako bi se napunile, i sad su predstavljale sitne svetionike dok je sunce zalazilo. Sveće koje su plutale po bazenu, što je bila Elodina ideja da kupe u nedostatku podvodnog svetla, doprinosile su ambijentu. Nije bila noć Ivanjska, ali je te večeri u vrtu definitivno vladala bajkovita atmosfera.

Harijet je zatekla Igoa u razgovoru s Gabi i Filipom, a pridružio im se i čovek koji je stigao u grupi iz kuće do njihove. Kad je Harijet stigla do Igoa, taj čovek je pružao ruku Gabi.

– Želim samo da znaš da moja ponuda i dalje stoji ako se predomisliš. U tom slučaju će mi unuka javiti. *Bonne nuit.*

Gabi je ignorisala njegovu pruženu ruku. – *Bonne nuit.* Harijet će te ispratiti – pa se upadljivo okrenula da priča s Filipom.

Iznenađena onim što je videla, Harijet je uhvatila Igoa za ruku kad je pošla da isprati tog čoveka jer je želela da joj pravi društvo. Otvorila je kapiju i učtivo rekla: – *Bonne nuit*, mesje?

– Mulen, Žan-Frans.

Harijet je ustuknula i brzo zatvorila kapiju kad je on otišao.

– Kakav bezobraznik. Da sam shvatila ko je, odbila bih da ga pustim unutra bez obzira na to što je prijatelj susedima – rekla je.

– Više nego njihov prijatelj, u srodstvu je s njima. Kad ga je ugledala, tvoja majka se prilično uznemirila. Kakvu joj je to ponudu dao? – pitao ju je Igo.

– Hteo je da kupi vilu i polje koje ide uz nju, da sruši kuću i sazida imanje. Išao je čak dotle da zatraži dozvolu za gradnju iako ništa nije njegovo. Gabi mu je rekla da nema šanse i da dolazimo početkom godine. – Zavrtela je glavom. – Hajde, bolje da se vratim i proverim je li Gabi dobro, mada je Filip s njom pa sam sigurna da jeste.

Kad su se vratili na terasu začula se tiha muzika. Harijet je pretpostavila da je Elodi pustila listu koju je ranije pripremila na laptopu. Gabi i Filip su sad stajali uz živicu u dnu vrta i očigledno s Kolet pričali o neželjenom gostu.

– Pomalo je uznemirujuće što njegova unuka živi pored nas – rekla je Gabi. – Nadam se da joj ne dolazi u posetu baš često.

Nastala je kratka tišina, a onda je Kolet začuđeno pogledala Gabi.

– Sad dok stojim ovde u vrtu i sve izgleda tako lepo i vlada divna atmosfera, javlja mi se sećanje na prošlost kad je bilo sasvim drugačije. Tvoja mama je davala sve od sebe, ali Erve nikad nije bio društven, jel' tako? – Kolet se nasmejala. – Doduše sećam se poneke proslave Četrnaestog jula. – Okrenula se prema Gabi.

– Jesi li bila u podrumu otkad si se vratila? – pitala je.

Iznenađena, Gabi je zavrtela glavom. – Ne, nisam. Bila sam u garaži, ali sam zaboravila da postoji i podrum. U kućama u Engleskoj u novije vreme uglavnom nema podruma, pa sam se odvikla. Zašto?

– Kad sam pomenula Ervea, setila sam se nečeg što je promrmljao u jednoj od svojih neočekivanih poseta meni. Kad je odlazio, tiho je rekao nešto u stilu „reci joj da svakako sama proveri podrum u vili". Kao da je nešto sakrio tamo dole – odgovorila je Kolet. – Nešto za šta je hteo da se uveri da ćeš saznati.

– Notar se pobrinuo za sve, tako da je valjda proverio i podrum, a ništa neobično nije pomenuo – rekla je Gabi, ali zapitala se da li je notar uopšte znao za podrum. Teško je bilo naći skriveni ulaz u njega čak i kad znaš gde je. Prisećala se notarevog popisa stvari u vili iz prostorije u prostoriju, ali nije se sećala da je na nekoj od mnogih stranica naišla na pomen nečeg nađenog u podrumu. Ako je ona zaboravila na podrum, zašto bi neznanac uopšte i naslutio da on postoji? Posebno kad nigde nije bilo upadljivog znaka njegovog postojanja.

– Jesi li znala kako se ulazi u podrum? – pitala je Kolet.

Gabi je klimnula glavom. – Da, znam i sećam se kako se otvaraju vrata. Sad je na mom spisku za proveru. Zazirem od onog što mogu tamo da nađem.

Filip ju je umirujuće zagrlio. – Ako želiš, *ma cherie*, poći ću s tobom kad odlučiš da pogledaš.

– To će biti dobro, hvala ti – rekla je Gabi i nasmešila mu se.

– A sad ne misli na to i hajde da igramo, važi? – Uzeo ju je za ruku i poveo na terasu, gde su Gaz i Elodi već koristili mogućnost da se ušuškaju jedno drugom u naručju.

Igo je privukao sebi Harijet. – Upozoravam te da sam najgori igrač na svetu, ali svakako mogu da stojim mirno s tobom u naručju i pretvaram se da pomeram stopala.

– Ne umem ni ja da igram – tiho je rekla Harijet. – No i ja mogu da se pretvaram.

Bila je skoro ponoć kad su ljudi počeli da odlaze. Igo je otišao poslednji, pa je Harijet izašla s njim da se oprosti. – Hvala na lepoj večeri. Mislim da ti je majka divna. Na izvestan način me podseća na moju babu. Hoćeš li u ponedeljak sa mnom na večeru?

– To bi bilo lepo, hvala – odgovorila je Harijet.

– Doći ću po tebe oko sedam.

Kad ju je Igo zagrlio da je poljubi za laku noć, Harijet se ukočila. Bila je sigurna da vidi pokret u senci zelenila pa se brzo okrenula, ali bilo je suviše mračno da bi ikog videla. Da li ih je neko posmatrao?

Igo je otvorio vrata automobila. – Pričekaću da uđeš i zatvoriš kapiju.

Harijet ga je pogledala. Da li je i on osetio da se neko tuda muva? Ne, to je nešto što je radio uvek kad bi je dovezao čak i na dnevnom svetlu. Pre nego što ode, uverio bi se da je ona na bezbednom iza zaključane kapije. Harijet je brzo uradila to što je rekao i zatvorila kapiju. Baš je blesava. Ako je tamo neko i stajao, verovatno je bio sused koji izvodi psa.

Ušavši u kuću otrčala je gore da pusti Lulu pre nego što se vrati na terasu i popije poslednje piće s Gabi i Elodi. Podelile su ostatak rozea i čestitale jedna drugoj na uspešnoj zabavi.

– Zaista mi je drago što je tako mnogo suseda došlo – rekla je Gabi. – Često se kaže da je Žuan kao selo za lokalce, a ovo veče je dokaz za to. Čula sam ponešto o ljudima s kojima sam išla u školu od njihovih potomaka. Nisam sigurna da je unuka Žan-Fransa Mulena tako bliska susetka, iako mi je zanimljiva činjenica da živi pored nas u broju šest. – Otpila je gutljaj vina i srećno uzdahnula.

– Tako sam srećna što smo se preselile ovamo – rekla je Elodi. – Obožavam da živim ovde, više ne pišem tekstove za reklame, osećam se kao pravi pisac sad, s redovnim člancima u časopisima i novinama, pa i nekim e-magazinima. – Zadovoljno je uzdahnula. – A imam i slatkog dečka.

– Šta je s tobom, Harijet? – tiho je pitala Gabi. – Znamo da si očekivala da ćeš živeti u Engleskoj kad si otišla iz Australije, kako ti se čini život u Francuskoj?

– Iznenađujuće dobro i srećna sam što sve ide najbolje moguće – priznala je Harijet. Iskreno, bila je srećnija nego mnogo godina unazad. Život tu bio je za nju dobar. Ona i Elodi još nisu potpuno opuštene jedna s drugom, ali bar su bile kulturne. Znala je da će biti potrebno vreme da se zbliže. Posao u galeriji je bio zabavan, a i opet je slikala. Zatim, tu je Igo. Uopšte joj nije padala na pamet nova veza, ali znala je da joj je on sve draži. Samo vreme će pokazati hoće li se to pretvoriti u nešto ozbiljno.

– Mislim da naš novi život zaslužuje zdravicu – rekla je Elodi. – Sve smo se složile da je preseljenje ovamo bilo ispravna odluka, pa zato nazdravimo najboljem životu u Francuskoj. – Sve tri su se kucnule čašama u poslednjoj zdravici te večeri, srećno zagledane u zajedničku budućnost. – Za dobar život u Francuskoj.

22.

Doručak na terasi sledećeg jutra bio je nešto tiši nego obično, samo je Gabi bila nalik na sebe. Elodi je napravila pun tanjir tosta umesto da trkne do pekare kao što je umela, a Harijet je pripremila velike kafe pa su se njih dve polako razbuđivale.

– Mislim da je zabava bila veoma uspela. Svi kao da su se lepo provodili – rekla je Gabi.

– Mislim da broj praznih flaša u kuhinji ima neke veze s tim – primetila je Elodi. – I hrana je bila veoma ukusna.

– Posle doručka ću prošetati Lulu pa ću verovatno malo slikati – rekla je Harijet. – Šta vas dve planirate?

– Mene Filip vozi u Teul na Moru, pa na ručak u restoranu na obali. On zna svugde sve najbolje restorane. – Gabi se srećno osmehnula.

– Ja se nalazim s Gazom na plaži i nadam se da ima vremena da nešto pojedemo, mada je nedeljom uvek zauzet – rekla je Elodi.

Harijet je ustala. – Hajde, Lulu, idemo u šetnju. Je li iko juče proveravao poštansko sandučе? Ne? Proveriću ja na izlasku.

U sandučetu nije bilo pošte, samo presavijen list iz notesa. Harijet ga je izvadila očekujući da je zahvalnica nekog od suseda koji su bili na zabavi. Dok ga je odvijala bacila je pogled na potpis, a srce joj je naglo ubrzalo. Gurnula je papir u džep i brzo se udaljila od vile.

Sela je na klupu na Promenadi pa izvadila papir iz džepa i pročitala.

Draga Harijet,

Ovde sam u Žuan le Penu i voleo bih da se vidim s tobom. U ponedeljak pre podne, u jedanaest sati, biću kod džez

podijuma u Pined Gouldu s nadom da ćeš doći. Zajedno ćemo negde popiti kafu. Nadam se da ćeš stići jer za ove dvadeset četiri godine imamo mnogo toga da pričamo.
Džek

Harijet je zgužvala poruku i zagledala se u more. Zašto je došao ovamo? Koliko dugo je već ovde? Kako li ju je, dođavola, pronašao? I na šta aludira onom poslednjom rečenicom? Je li neko nešto rekao? Rekao mu istinu. Da ima ćerku. Da nije Lizi pomenula Elodi na venčanju? Doduše ona ne zna vezu između njih dvoje.

Harijet je zažmurila i zavrtela glavom. Nema načina da Džek zna za Elodi. Držala se svoje odluke da nikad nikom ne kaže ko je Elodin otac. Jedini ko ima ikakvog prava na tu informaciju upravo je Džek, a ona je donela odluku pre nego što se Elodi rodila da njega tom vešću ne opterećuje. Uostalom, bio je predaleko da bi pomogao, a i imao je dovoljno svojih porodičnih problema. A sad je bio ovde i želeo da razgovara.

Bez upozorenja vratila joj se griža savesti koju je osećala u ono vreme, a i godinama posle. Obuzela joj je um i preplavila misli o tome kako je bila krvnički okrutna. Moraće Džeku da kaže istinu, da prizna kako je potpuno pogrešno postupila. Nadlanicom je obrisala mokre obraze.

Možda je Džek želeo samo da ponovo uspostavi kontakt, da priča o zajedničkoj prošlosti, nije svestan da je njena ćerka istovremeno i njegova. Samo kako bi reagovao na tu vest? Na pamet su joj pale dve trenutne reakcije: bio bi ljut na nju što je skrila taj podatak, a zatim bi svakako hteo da upozna Elodi. Što vodi pravo do novog problema. Da je Elodi izrazila želju da upozna oca, onda bi sve bilo jednostavnije organizovati, ali ona je više puta rekla kako naprosto želi da zna ko je on, ne i da ga lično upozna. Kako bi reagovala na novost da njen otac želi da je upozna?

Sedeći uz njene noge Lulu je zacvilela i stavila joj šapu na koleno. Harijet je odsutno pomilovala psa. – Izvini, Lulu. I nije neka šetnja kad sediš ovde zar ne? Hajde, idemo do svetionika. – Duga šetnja će poslužiti dvostruko; kao vežba i kao vreme za razmišljanje.

* * *

Kad su Harijet i Elodi otišle, Gabi je sebi skuvala novu kafu, pa je sedela na terasi i uživala gledajući vrt na jutarnjem suncu. Poslednjih nekoliko nedelja ona i Filip su se naradili u vrtu, čupali korov, potkresivali žbunove i sadili bele rade i kosmos radi letnjih boja.

Dok je tamo sedela sama misli su joj odlutale do toga kako je zabava prethodne večeri lepo prošla. Jedina moguća sitna smetnja bilo je neželjeno pojavljivanje Žan-Fransa Mulena, ali srećom je mirno otišao i nije priredio scenu. Kad je tog jutra čula kako Harijet otvoreno kaže da je srećna što živi u Francuskoj osetila je ogromno olakšanje. Između nje i Elodi i dalje ima napetosti, ali polako se sve popravlja i valjda će s vremenom biti sve bolje.

Tad se setila kako je Kolet pomenula Erveovu poruku, pa joj se misli uskovitlaše.

Rekla je Kolet istinu kad je kazala da je sasvim zaboravila da postoji i podrum. Erve je retko tamo dozvoljavao pristup bilo majci bilo njoj. No iz onih retkih prilika kad je bila dole ne seća se ničeg neobičnog tamo. Za nju je to bilo samo još jedno spremište u vili puno očevog nezanimljivog đubreta. Ipak, nešto joj je govorilo da postoji razlog zbog kog se otac potrudio da potraži Kolet i preda joj poruku da želi da Gabi sama proveri nešto u podrumu.

Kad bude otvorila stara skrivena vrata i sišla, hoće li tamo zateći sve stvari koje je Erve stekao sumnjivim putem? Da li joj je ostavio još jedan, neočekivan problem koji treba da reši? Gabi je uzdahnula.

Kratko se poigravala idejom da odmah ode u podrum – i otkrije u kako je lošem stanju. Međutim, podrum je zaključan već više od deset godina pa nema stvarne žurbe, a Filip se ponudio da siđe s njom. Dovršivši kafu, Gabi je donela odluku. Umesto da ode sama dole, pričekaće da sve tri siđu zajedno s Filipom. Može zamoliti i Kolet da im se pridruži.

Po povratku u vilu posle nekoliko sati, Harijet je otkopčala Luluin povodac pa je psić otrčao pravo do činije s vodom pre nego što se sklupčao u svojoj korpi. Harijet je otvorila frižider i na tanjir stavila nešto ostataka od zabave da joj budu ručak, sipala čašu rozea pa sela na terasu.

U šetnji su joj glavom promicale najraznoraznije misli, pa i ta da pobegne na nekoliko nedelja nikom ne rekavši kuda, u nadi da će, kad se vrati, Džek Elikot nestati. Jedina mana tog plana bila je to što on zna gde živi, pa može lako zakucati na vrata i predstaviti se Elodi i Gabi. Bilo bi mu dovoljno samo da pogleda Elodi, i da po boji očiju odmah shvati da je ona njegova ćerka.

Dok je zamišljeno jela poslednje parče slanog tarta Harijet je znala da jedino može da se drži odluke koju je donela u šetnji. Sutra u jedanaest sati naći će se s Džekom Elikotom u Pined Gouldu, pa će videti šta će dalje.

Elodi je bila u pravu kad je rekla da je nedeljom na plaži obično gužva, pa ni ta nedelja, dan posle zabave, nije bila izuzetak. Gaz i Olivije, čovek kog je nedavno unajmio preko leta jer je shvatio da mu je potrebna prava pomoć pored one tinejdžera Enca, bili su zauzeti s turistima kad je ona stigla u podne. Stajala je sa strane i uživala u plaži pred sobom: zlatni pesak, plavo nebo, dašak ozona u vazduhu pomešan s mirisom kuvanja iz obližnjeg restorana na obali, zaljubljeni parovi koji se drže za ruke na plažnom peškiru, srećne, nasmejane porodice u zajedničkoj igri. Gledajući taj idilični prizor s Lerinskim ostrvima, koja su treperila u daljini pod izmaglicom vrućine, Elodi je pomislila na Gabi i Harijet i na to kako su posle zabave nazdravile svom novom životu u Francuskoj.

To što je Harijet rekla da je srećna što živi u Francuskoj mora da je umirilo Gabi da ova neće opet nestati, ali Elodi je znala da ona sama korača po teškom tlu u odnosu s majkom time što navaljuje tražeći odgovore na izvesna pitanja. Možda bi trebalo da prestane da zahteva od Harijet da sazna ko joj je otac. Ceo život je provela ne znajući njegovo ime, a i nije očajnički želela da ga potraži. Pošto je videla haljinicu i fotografije s Harijetinog venčanja, iznenadno sećanje na to kako je haljinica bila mokra od majčinih suza onog dana koji je za nju trebalo da bude srećan, definitivno ju je navela da malo više razmišlja o tome kako Harijetin život uopšte nije tekao onako kako je očekivala.

Možda će, ako se ona povuče pa dozvoli da njih dve postanu bliskije, Harijet na kraju dobrovoljno reći istinu. Ako ne bude tako, Elodi će morati da nauči da živi s tim.

Mahnula je Gazu kad ga je videla kako gleda prema njoj i donela je odluku. Vreme je da prestane da postavlja pitanja i da pokuša da se približi majci. Prestaće da tako mnogo navaljuje i zaboraviti na ime oca, jer, na kraju krajeva, čemu to da zna kad on u njenom životu nikad nije bio i nikada neće ni biti?

23.

U ponedeljak ujutru se Harijet unervozila dok se oblačila da ode u Žuan i sretne se s Džekom. Želela je da izgleda lepo, ali nije htela da pretera, pa je obukla ono što je počela da smatra svojom elegantnom „galerijskom uniformom". Uske bele farmerke i ružičasta majica s prslukom od teksasa. Izgled je upotpunila preterano velikim naočarima za sunce. Elodi je radila u svojoj sobi, a Gabi je lagano plivala kad je Harijet zakačila Lulu povodac i obema veselo doviknula: – Vidimo se kasnije – pa otišla pre nego što je ijedna od njih uspela da je pita kuda ide.

Bio je to savršen letnji dan na jugu Francuske – tamnoplavo nebo s ponekim pramičkom oblaka i suncem koje bleštavo sija. Turisti su zaposeli trotoare i prodavnice. Dok je išla prema Pined Gouldu, Harijet je morala da siđe s pločnika nekoliko puta kako bi izbegla pešake koji krivudaju.

Džeka je ugledala kako proučava otiske čuvenih legendi džeza u pločniku. Nije bilo greške da je to čovek za koga je znala da je ljubav njenog života, pa joj je srce malo preskočilo dok ga je gledala, baš kao i nekad, kad nije mogla da dočeka da ga vidi. U grlu je osetila grižu savesti kao žuč – šta je to tako nemarno odbacila pre mnogo godina?

Brzo je stala iza platana da povrati dah i namesti miran izraz lica pre nego što je on primeti. Vitka figura i kratko podšišana kosa bile su iste, mada je kosa sad bila više seda nego plava, a odisao je prefinjenošću koje kod mlađeg njega, kog je znala i volela, nije bilo.

Kad je izašla iza drveta i polako pošla prema njemu Džek je digao pogled i ugledao je. Lice mu je odmah zasijalo i uputio joj je osmeh koji je tako dobro pamtila pa joj je srce opet poskočilo. Da,

Elodi je nasledila očeve oči. Plava boja dubokog okeana i kristalno jasan pogled koji prodire u njenu dušu.

– Zdravo, Džek.

– Harijet.

Načas je Harijet pomislila da će je privući u zagrljaj pa se malo odmakla, ali on je samo stajao i gledao je.

– A ko je ovo? – Džek se sagnuo da pomazi Lulu, koja je izvodila uobičajen trik uvijanja oko Harijetinih nogu u prisustvu ljudi za koje nije bila sigurna ko su.

– Ovo je Lulu.

– Zdravo, Lulu – rekao je Džek čučnuvši da joj pomiluje uši pa se uspravio i opet pogledao Harijet. – Drago mi je što te vidim. Lepo izgledaš.

– I ti – rekla je Harijet, i nije mogla da porekne da je i njoj drago što vidi njega, ni činjenicu da je i dalje imao uznemirujući uticaj na nju. Doduše nije nameravala da mu dozvoli da to primeti. – Kako si me našao? – Čula je kako joj glas drhti dok ga je gledala. – I zašto sad, Džek, posle toliko vremena?

– Moram priznati da je bilo teško smisliti odakle da počnem, ali onda mi se malo osmehnula sreća, zahvaljujući tvom šefu Igou. A što se tiče toga zašto – slegnuo je ramenima. – Čuj, hajde da popijemo kafu pa da pričamo kao ljudi, i reći ću ti zbog čega sam ovde.

Harijet se bez reči okrenula i pošla prema najbližem kafeu s praznim stolovima i stolicama na trotoaru. Kako se, kog đavola, Igo u ovo uklapa?

Kad su seli i naručili kafu, uprla je pogled u Džeka. – Dakle, ta sreća koja ti se osmehnula?

– Lizi mi je rekla da si se odselila u Francusku. Imala je samo staru adresu u Dartmutu, ili jedino Antib Žuan le Pen. Uzgred, da li ti je prosleđeno moje pismo?

Harijet je neodređeno mrdnula ustima. Nikako ne bi priznala da je primila pismo i da ga je bacila u kantu za kompost.

– U subotu onog vikenda Gran prija išla si na zabavu u Monaku – rekao je Džek mirno.

– Otkud to znaš?

– Otud što sam i ja bio tamo. Na brodu dva vezišta dalje od jahte na kojoj si ti bila.

Harijet je klimnula glavom. To bi bio onaj izuzetno bučan američki brod. Setila se da je Igo zastao da razgovara s prijateljem na toj jahti dok su odlazili sa zabave. – Nisam te videla tamo.

– Bila je prilična gužva te večeri na brodu. Prepoznao sam te. Nisam mogao da odvojim pogled od tebe. Hteo sam da ti se javim odmah tamo, ali nisam bio siguran kako ćeš reagovati ako se naprasno pojavim pred tobom i ako si s nekim, pa sam ćutao. Kad si otišla raspitao sam se o čoveku s kojim si bila. Igo. Vlasnik galerije, tvoj šef i, rečeno mi je, trenutno tvoj dečko. Pošto sam saznao njegovo ime i adresu galerije ostalo je bilo lako. Sledeće nedelje sam svakog dana šetao ispred galerije i čekao da se pojaviš na poslu. U subotu sam te pratio do kuće.

– Uhodio si me? To je krivično delo – ravnodušno je odvratila Harijet. Uznemirila ju je činjenica što je tako lako da je neko pronađe.

– Ne bih to nazvao uhođenjem – nije bilo zle namere, uveravam te. Samo sam hteo da sebi u glavi sve razjasnim pre nego što ti se obratim. A to sam nameravao u subotu uveče, ali bila si zauzeta zabavom, otuda poruka.

– Da nije bilo zabave, šta si nameravao da uradiš?

– Da pozvonim i javim se onom ko otvori kapiju i kažem da sam tvoj stari prijatelj. – Uputio joj je osmeh.

Harijet je zavrtela glavom. – Drago mi je što je deo tvog plana propao. Da nisi bio u ulici kasno te večeri?

Džek je zavrteo glavom. – Nisam. Vrzmao sam se malo, ali sam otišao oko sat kasnije i vratio se u hotel.

– Zašto si me uopšte potražio posle tako mnogo vremena?

Džek je duboko uzdahnuo. – Zbog nečeg što je Lizi rekla na venčanju. Prvobitno sam to pripisao mnogim čašama šampanjca koje je popila, ali onda sam počeo da razmišljam. Aha, evo kafe.

Konobar je spustio dve kafe na sto a njih dvoje su promrmljali „hvala“.

Džek je uzeo kesicu šećera iz tacne i pažljivo otcepio ugao pa sipao šećer u šolju. – Primećujem da ti u francuskim kafeima nikad ne daju dovoljno šećera. – Pogledao je kesicu na Harijetinoj tacnici. – Piješ li sad sa šećerom? Ranije nisi.

– A ti si uvek stavljao previše šećera – rekla je Harijet, pa gurnula prema njemu preko stola nepotrebnu kesicu sa željom da on požuri i nastavi priču.

– Ono oproštajno pismo koje si mi poslala – počeo je opet Džek. – Gotovo me je slomila pomisao na tebe s nekim drugim. Mislio sam da je ono naše nešto posebno. Znao sam da će budućnost biti teška, ali sam iskreno verovao da ćemo nekako prevazići teškoće i sitnicu od Atlantskog okeana koji se isprečio između nas, pa da ćemo biti zajedno. – Glas mu je postao grub. – Hteo sam da uskočim u prvi avion, da te nađem, suočim se s tobom, nateram te da vidiš da si pogrešno izabrala, ali sve se zaverilo protiv toga.

– Bio je to prvi od mnogih mojih pogrešnih izbora – rekla je Harijet tihim glasom.

– Otac mi je umro, bio sam potreban majci – o, toliko toga je bilo. – Džek je odmahnuo glavom i duboko udahnuo.

– Žao mi je zbog tvog oca.

– Preboleo sam to, preboleo tebe, oženio se i život je tekao dalje.

– Pa šta sad hoćeš? – tiho je pitala Harijet gledajući u njega.

– Hoću da od tebe čujem istinu. Mislim da imaš nešto da mi kažeš. Lizi je rekla da si rodila ćerku Elodi šest meseci posle mog odlaska. Taj dragocen podatak me je naveo na razmišljanje. Većina trudnoća traje devet meseci, jel' tako? Rekla je i to da... – Džek je pomno mešao kafu pre nego što ju je pogledao. – Da niko nije znao ko je otac. Čak se ni njoj, svojoj najboljoj drugarici, nikada nisi poverila. – Džek je suzio oči dok ju je gledao. – Tako da ili je tvoja ćerka rođena prerano, ili si bila trudna kad sam otišao a rešila si da ne kažeš nikom, pa ni meni. Nešto mi govori da je posredi ovo potonje.

Harijet je poraženo zatvorila oči, doduše gotovo sa olakšanjem, zato što se posle svih tih godina ovo najzad događa, njena tajna izbija na videlo. Jedina osoba kojoj je žudela da kaže konačno zna da ima ćerku. Nema svrhe da to poriče.

– Nikad nam ne bi uspelo. Bili smo u različitim svetovima, različitim kulturama. Bio si tipičan američki dobrostojeći student

– naposletku je Harijet rekla igrajući se šoljicom od kafe. – A ja sam bila... – Slegnula je ramenima. – Bila sam Engleskinja iz radničke klase koja je želela da slika. Živela sam u svetu potpuno stranom onom koji si ti poznavao.

– Koješta. Znao sam tebe i svet u kom si živela. Svet u kom sam se osećao savršeno kod kuće. Ti moj čak nisi ni znala.

– Ali znala sam da potičeš iz porodice s novcem, a ja ne.

Džek se upiljio u nju. – Ovde ima nečeg više od toga.

Harijet je duboko udahnula trudeći se da se umiri pre nego što progovori. – Seti se da si mi rekao i da postoji devojka kod kuće kojom tvoji roditelji očekuju da ćeš se oženiti. Pretpostavila sam da ne bi baš najblaže reagovali na to da im poremetim planove. A kad si otišao, nekako sam prihvatila da će ti biti teško da se vratiš. Porodične veze će se stezati sve više da te zadrže tamo. – Zastala je pa se igrala srebrnom narukvicom.

– Naravno da je postojao dogovor kog su se držali i jedni i drugi roditelji, ali kao što sam ti rekao, nisam pristao na to. To je jedan od razloga zbog kojih sam te godine bio u Evropi. Nadao sam se da će to što sam nekoliko meseci odsutan svima pružiti priliku da shvate kako sam bio ozbiljan kad sam odbio da prihvatim njihov plan.

Harijet ga je pogledala i malodušno odmahnula glavom. – A pre nego što si otišao nisam ni shvatila da sam trudna. Da smo ostali zajedno naravno da bih ti rekla, ali bio si hiljadama kilometara daleko u drugoj zemlji i s porodičnim problemima. – Harijet je pogledala Džeka blistavim očima, a savest ju je pekla kao i uvek. – Da sam ti rekla, samo bih doprinela tvojim problemima, a nisam to želela. Nisam htela da se osećaš u zamci da se oženiš. Moraš mi verovati da je to što ti nisam rekla i pisanje onog oproštajnog pisma jedna od najtežih odluka koje sam donela i sprovela u životu.

– To ti je najveća greška u životu – za oboje – za sve nas.

Harijet se ugrizla za usnu i brzo zatreptala jer je čula žalostan prizvuk u Džekovom glasu.

On je zavrteo glavom i tužno je pogledao. – Voleo sam te, Harijet. Pomerio bih nebo i zemlju radi tebe da si odabrala da mi kažeš istinu. Bar ne poričeš da je Elodi moja. – Ispio je kafu pa nastavio.

– No Lizi mi je ispričala i to da si je ostavila majci kad si se udala i otišla u Australiju. Zašto mi se tad nisi javila? Rado bih ponudio da je uzmem. Da joj pružim bar jednog roditelja u životu.

– Kajem se što sam ostavila Elodi više nego što ćeš ti ili iko drugi shvatiti, ali moraš znati kako je moja majka bila divna svih tih godina – tiho je rekla Harijet. – Gabi je bila fenomenalna majka povlaka baba, prava stena u Elodinom životu. Verovatno bolja majka nego što bih ja ikad bila. Elodi je obožava. Kako bi tvoja žena – pretpostavljam da si se tad već oženio – prihvatila tvoje nezakonito malo dete u svom životu? A i dalje si u braku sudeći prema slici s venčanja – kako će ona reagovati kad sad sazna novost?

– Neće biti problema. Sabrina i ja smo se razveli pre pet godina – glatko je odgovorio Džek. – Sastali smo se za Nejtanovo venčanje kao civilizovani odrasli ljudi. Kad ću moći da upoznam Elodi?

Harijet se ugrizla za usnu i u očajanju mrdnula ramenima. Od tog pitanja je zazirala. – Ne znam. Ona ne zna ništa o tebi, čak ni tvoje ime. Upravo nedavno je postavljala pitanja ko si, koliko dugo smo bili zajedno, ali istovremeno je insistirala da nema potrebu da te upozna. Samo želi da zna ko joj je otac. Meni će trebati vremena da joj kažem ako poželiš da je upoznaš.

– Tu nema nikakvog ako. Hoću da je upoznam – i upoznaću je. – Džek je gurnuo preko stola vizitkartu. – Broj mog mobilnog telefona je ovde. Molim te pozovi me kad razgovaraš sa Elodi i reci mi kad mogu da je vidim.

– Čak i kad joj budem rekla za tebe, podozrevam da neće biti tako lako udesiti susret – rekla je Harijet.

– Imala si dvadeset četiri godine da joj kažeš za mene – rekao je Džek. – Iskreno govoreći, ne možeš očekivati da čekam još dvadeset četiri godine, pa ni dvadeset četiri dana da upoznam svoju ćerku. Voleo bih više da razmišljam o dvadeset četiri sata, ali pretpostavljam da se to neće dogoditi. Danas je ponedeljak i veoma se nadam da ću upoznati ćerku najkasnije do kraja nedelje. Ako ne, e pa, ne nameravam da odem a da je ne upoznam, tako da ću se valjda samo pojaviti u *Vili nade* i predstaviti joj se. S tobom ili bez tebe. – Ućutao je i ozbiljno je pogledao. – Ali želim da moj prvi susret sa ćerkom bude bez nesporazuma, i nadam se da će on obuhvatiti i tebe.

24.

Na povratku u vilu Harijet je pokušavala da misli dovede u kakav-takav red mada je sebi priznala da nema nikakvu predstavu kako da upravlja situacijom. Doduše, to je nešto što je oduvek bilo negde u njenoj svesti kao mogućnost, ali nikad nije zapravo očekivala da će se ona obistiniti. Osim toga, to što je posle toliko godina opet videla Džeka pokrenulo je mešavinu neočekivanih osećanja. Kajanje, bes zbog načina na koji ju je uhodio i zahtevao da se upozna sa Elodi, ali nije mogla da porekne i to da je osetila izvesno zadovoljstvo, prisustvo osećanja za koja je mislila da ih je zauvek zakopala. Saznanje da je razveden ju je žacnulo. Da li bi njih dvoje pokušali s brakom da je bila dovoljno hrabra i onda mu rekla za Elodi? Ili bi se i njih dvoje razveli? Jedna misao joj se javila u glavi: *Sad kad ste oboje opet sami, možda...*

Odgurnuvši tu posebno uznemirujuću misao u stranu shvatila je da ju je Džek saterao uza zid. Moraće da kaže Elodi ko joj je otac, i da joj saopšti da je u gradu i da želi da je upozna. Hoće li Elodi pristati? Ili će odbiti? Ako se to dogodi, Harijet je znala da neće moći da zaustavi Džeka da stvar preuzme u svoje ruke. Pojavio bi se u vili pa bi ili bez okolišanja objavio: „Zdravo, ja sam tvoj otac“, ili, što je verovatnije jer ne želi nikakav sukob, primenio osetljiviji prilaz: „Zdravo, Elodi. Ja sam Džek, i shvatam da sam tvoj davno izgubljen otac.“

Harijet je takoreći videla njegov iskreno srećan osmeh kad bi izgovorio te reči. Kad bi se opredelio za takvo predstavljanje, Elodi bi sigurno pozitivno reagovala. Džek je oduvek odisao izvesnom harizmom zbog koje se dopadao ljudima, naročito ženama.

Kad je pritisnula dugme na daljinskom za malu kapiju vile, Harijet je znala da postoji samo jedna stvar koju može da uradi. Da saopšti istinu Elodi i čeka njenu reakciju. Sad samo treba da pronađe pravi trenutak da joj kaže – pa da se pripremi za neizbežna pitanja, za koja je znala da će uslediti.

Kad je Harijet otišla, Džek je naručio još jednu kafu. Ona nije baš odjurila kad je izneo opasku o upoznavanju Elodi do kraja nedelje, ali očigledno je bila ljuta i uznemirena. A to ga je jako podsetilo na energičnu ženu koju je pre mnogo godina iskreno voleo. A tad su svi znaci bili prisutni, i uveravali ga da ona oseća isto prema njemu.

Samo što se ispostavilo da ipak nije. Dođavola, čak ju je preklinjao da pođe s njim u Ameriku kad je zbog očevog srčanog napada morao da se vrati. Za nju je pak bilo nemoguće da ostavi tek obudovelu majku samu. Jedna drugoj su bile jedina porodica, rekla je. Četiri godine kasnije izgleda da se nije mnogo premišljala da je ostavi, kao i njihovu ćerku, i ode čak u Australiju. Lizi nije mogla da mu kaže ništa o muškarcu za kog se Harijet udala, samo to da se sad, kao udovica, vratila u Evropu.

Džekove misli su se prebacile na Elodi, na njegovu ćerku. Oduvek je želeo ćerku, ali posle Nejtanovog rođenja Sabrina je raspršila sve nade koje je gajio o još dece, bar o još jednom ako ne više njih, time što je glatko odbila da više rađa. Što je verovatno dobro – Sabrina jedva da je imala majčinski instinkt, učtivo rečeno.

Trebalo je mnogo toga da sazna o svojoj odrasloj ćerki. Ni na tren nije poverovao da ona nije zainteresovana da ga upozna. Ako se interesuje dovoljno da postavlja pitanja o njemu, onda je sledeći logičan korak upoznavanje. Nadao se da će do susreta uskoro doći. Ako Harijet pokuša da odloži sve, to može samo nakratko dok on ne preuzme stvar u svoje ruke. Pustiće je nekoliko dana, pa će je opet potražiti i insistirati da je dovoljno dugo čekao. Kao Elodin otac, ima sva prava da upozna svoju ćerku, i rešen je da to i učini. Sad nema šanse da ode iz Francuske dok se on i njegova ćerka ne upoznaju. Dođavola, produžiće vizu i boravak ako bude potrebno.

Za njega je sad najvažnije da upozna Elodi. Da sazna sve o njoj; da joj priča o američkoj porodici. Da nadoknadi sve propuštene godine. A bilo bi zabavno usput i ponovo upoznati Harijet. Ona davno duboko zakopana osećanja možda nisu sasvim umrla. Nije mogao da porekne da je osetio privlačnost kad je prvi put posle mnogo godina stao ispred Harijet. Definitivno je osetio privlačnost, ali ne može biti više od toga posle tako mnogo vremena, zar ne?

Džek je zamišljeno pio kafu. Bio je sâm. Ona je sama. Mada je možda veza sa onim Igoom ozbiljna. Možda će malo flertovati s Harijet i videti kako ona reaguje. Sad su oboje stariji i mudriji, nisu naivna mladež kakva su onda bili. Možda će predložiti da njih troje idu na „porodične izlete". Osmehnuo se na tu misao. Da li je moguće da bi se ovoga puta njihova veza ostvarila?

Pogledao je na sat. Vreme je da se nađe na ručku s drugom ženom u svom životu. Kako će ona reagovati na novost nije mogao ni da zamisli. Možda još neko vreme ništa ne mora da joj kaže.

25.

– Mala izmena plana – rekao je Igo kad je došao po Harijet te večeri. – Nadam se da ti ne smeta. Sasvim sam zaboravio da je nekoliko restorana ponedeljkom uveče zatvoreno, a među njima i moj omiljeni. Stoga sam, ako se slažeš, mislio da prošetamo po marini, a onda večeramo u mom stanu. Tamo imam sliku koja će ti se možda dopasti.

Harijet je pomislila da to nije ono „dođi kod mene da slušamo ploče", no odmah je to odbacila. Igo naprosto nije bio takav muškarac. Osim toga, da je pitao da li bi htela da vidi njegov stan, odmah bi pristala.

– Šetnja po marini zvuči dobro, a više sam nego zadovoljna da večeras jedemo u stanu umesto da idemo u restoran – rekla je. Uz mnogo mesta gde se može jesti, verovatnoća da nalete na Džeka bila je mala, ali od njihovog susreta bila je napeta. Večera u stanu će bar eliminisati taj rizik.

Dok su lunjali po marini Por Voban, Harijet je zaprepastio broj dokova i luksuznih brodova duž njih. – Ovde su zaista skupe jahte – rekao je Igo i pokazao na luku. – Milijardersko pristanište. Sad obezbeđenje drži podalje od ove oblasti marine i turiste i meštane. Vidi! – pokazao joj je helikopter koji sleće. – Neko stiže. – Gledali su kako se helikopter spušta sve niže dok se nije prizemljio na platformu za sletanje na velikoj jahti na kraju keja, a cijukanje turbine je utihnulo kad su elise polako prestale da se vrte. – Dođi – kazao je Igo. – Vreme je za večeru.

Igoov stan na šestom spratu zgrade nedaleko od marine imao je s balkona pogled na celu luku.

– Srećom te je radnja s delikatesima bila otvorena posle podne – rekao je. – Tako da zapravo ništa nisam kuvao.

– Mogu li ti s nečim pomoći? – pitala je Harijet.

Igo je odmahnuo glavom. – Sve sam organizovao, hvala. Razgledaj malo okolo dok ja obavim i poslednje pripreme. Slika koja mislim da će ti se stvarno dopasti visi u dnevnoj sobi.

Harijet je prošla kroz dnevnu sobu s kožnim česterfild trosedom i tri fotelje, niskim stolom i policom za knjige sa staklenim vratima. Za tako prostranu sobu, bila je zaista minimalistički uređena. Harijet je pogled privukao prizor obale sa mora na jednom od zidova. Stajala je, gledala ga nekoliko minuta i upijala.

Naslikan uljem s lakoćom na kojoj je Harijet zavidela, prikazivala je staricu u crnom kupaćem kostimu koja očigledno izlazi iz mora i bori se s vetrom koji joj ne dâ da se uvije u peškir. Bio je to pronicljiv, izazovan i savršeno izveden prikaz žene potpuno opuštene prema sebi i svojoj okolini.

– Ovo je fenomenalno – doviknula je. – Jel' ovdašnji slikar?

– Slikar je moja baba – tiho je rekao Igo i stao pored nje. – Uopšte nije shvatala koliko je dobra. Život joj je bila porodica, a slikanje joj nije bilo nikad ništa više od hobija kojim se bavila u retkim trenucima dokolice. – Pružio je Harijet jednu od dve čaše s belim vinom koje je doneo. – Hoćemo li da iznesemo ovo na balkon? – pa je otvorio jedno krilo kliznih staklenih vrata.

Stojeći blizu ograde i gledajući na saobraćaj ispod njih, jahte u marini prekoputa ulice i tamo dalje bele talase Mediterana kako igraju na večernjem suncu, Harijet je osetila da se opušta prvi put od susreta sa Džekom tog prepodneva.

– Ranije si pomenula da ti je večeras drago što ne jedemo u restoranu – tiho je počeo Igo. – Postoji li za to neki poseban razlog?

Harijet je ispustila vazduh. Vreme je da se poveri Igou. – Da. Elodin otac je u gradu i želi da je vidi. Celo veče bih očekivala da naletim na njega.

Začuo se kuhinjski alarm. – Pomfrit je gotov. Pričaćemo dok jedemo.

Kiš i činija salate već su bili na stolu u kuhinji, i Igo je hitro prebacio pomfrit u zagrejanu činiju pa i nju stavio na sto. – *Bon appétit* – rekao je kad je seo. – Izvini što je ovo više laka večera nego gurmanski obrok kojim sam nameravao da te počastim.

– Kiš je divan, a i pomfrit – uveravala ga je Harijet posle nekoliko zalogaja.

– Da li je Elodin otac mogući problem? – pitao je Igo kad su oboje utolili prvu glad.

– Nije... jeste, ne znam – rekla je Harijet očajnički vrteći glavom. – Da budem iskrena, moguće je da će Elodi praviti probleme. Nikad joj nisam rekla ko joj je otac. Odnedavno je počela da se raspituje za njegovo ime. Kaže da ne želi da ga potraži niti išta slično, ali želi da sazna njegovo ime. Hoće li se to promeniti kad joj budem rekla da je on u Žuanu... – Harijet je slegnula ramenima. – Ako odbije da se vidi s njim, znam da će Džek insistirati. Moram naći pravi trenutak da razgovaram s njom. Ne mogu tek tako da izjavim: *uzgred, tvoj neznani otac je u gradu i želi da te upozna.*

– Zašto ne možeš da kažeš baš tako?

– Zato što... – Harijet je ućutala. Igo je bio u pravu. Zašto ne bi uradila upravo tako? Mora prestati da pretpostavlja i da donosi odluke koje se ne tiču samo nje. U dubini duše je znala da je griža savesti zbog toga što je ostavila Elodi i obmanula Džeka tera da na svoj način to sve ispravi. Sad njenu tajnu zna osoba koja ima sva prava da zna istinu, na njoj je da izgladi stvari između njih. I ona i Džek su bili odsutni roditelji za Elodi, ali njeno odsustvo je bilo lični izbor, zbog koga žali poslednjih dvadeset godina. S druge strane, Džek nije ni imao priliku da bude otac Elodi. Osećaj krivice je preplavio Harijet. Zašto ne bi mogla jednostavno da kaže Elodi istinu?

– Odrasla je žena, nije dete, tako da može da odluči hoće li ga videti ili neće. Niko je neće primoravati ili izvesti pred sud – blago je rekao Igo.

– Nisam sasvim sigurna u to – kazala je Harijet. – Džek je čvrsto rešio da je upozna. Danas pre podne sam se na njegov zahtev videla s njim, a već posle podne mi je poslao poruku i pitao jesam li razgovarala s njom. Zasad sam je zanemarila. – Harijet je nakratko zaćutala. – Znam da će uzeti stvar u svoje ruke ako ona odbije da se vidi s njim. Pojaviće se u vili ili će presresti Elodi u gradu. Džek nije neko ko prihvata negativan odgovor.

– Možda će se Elodi predomisliti kad čuje da je on zapravo u Žuanu?

– Možda u nekom trenutku i hoće, ali sumnjam da će Džek hteti da čeka taj trenutak. – Harijet je protrljala oči. – Izvini, nisam nameravala da na tebe ovo izručim. Život je postao tako komplikovan i zahtevan, da počinjem da žalim što nisam ostala u Australiji, daleko od svih.

– Ali onda se ti i ja ne bismo upoznali – kazao je Igo, odmakao stolicu i ustao. – Ako ti išta znači, savetujem ti da kažeš Elodi što pre da je Džek u gradu i da želi da se nađe s njom. Kad vidiš kako ona reaguje, možeš da isplaniraš kako... – zastao je – kako ćemo svi ići dalje. – Počeo je da sklanja sudove sa stola dok je Harijet razmišljala o njegovim rečima. – A sad ti mogu ponuditi sireve, ili ako više voliš u frižideru su dva *crème brûlées* s lavandom.

– Molim *crème brûlée*. – Harijet mu se osmehnula.

Naravno, on je u pravu. Moraće da razgovara sa Elodi, kao i s Gabi, i to uskoro, ali ove večeri će pokušati da izbaci iz glave ponovno pojavljivanje Džeka Elikota u njenom životu. Vreme je da promeni temu.

– Pričaj mi o svojoj talentovanoj baki – rekla je kad je kašičicom probila šećerni vrh deserta.

26.

Veći deo prepodneva u utorak Harijet je provela slikajući, pa je kritičkim okom posmatrala svoj rad kad joj je Gabi donela šolju kafe. Gabi se osmehnula kad je videla da Harijet slika Lulu.

– Nisi izgubila osećaj – rekla je. – Sjajno si uhvatila izraz njenog pogleda. Hajde popij kafu sa mnom.

Kad je pošla za majkom do stola, Harijet je shvatila da joj se ukazuje savršena prilika da Gabi kaže da je Džek u gradu. Pomoglo joj je to što je razgovarala s Igoom, koji ne osuđuje, a instinktivno je znala da će Gabi isto biti od pomoći, možda i više jer joj je problem bliskiji. Osim toga, zaista je krajnje vreme da zatraži oproštaj od Gabi.

– Gde je Elodi od jutros? – Harijet nije želela da rizikuje da počne razgovor o Džeku ako postoji mogućnost da se Elodi pojavi.

– Otišla je do pošte i da napravi neke snimke dečjeg igrališta za članak.

Harijet je otpila nekoliko gutljaja kafe pa duboko udahnula.

– Treba nešto da ti kažem. Elodin otac je u gradu.

Gabi ju je prepadnuto pogledala pa pričekala da nastavi.

– Na venčanju njegovog sina Lizi mu je pomenula da sam rodila bebu jedva šest meseci posle njegovog povratka u Ameriku.

Gabi je upila činjenicu da je Elodin otac Amerikanac i nadalje čekala.

– On je malo računao, pa se zapitao da ta beba nije njegova i rešio da me pronađe i sazna istinu. Navodno je oduvek želeo ćerku – rekla je Harijet. – A sad pošto zna da je on otac, želi da je upozna. I, čini mi se, da bude prisutan u njenom životu. Nije to tako opširno rekao, ali izgleda da je to prećutna poruka iza njegovih reči.

– Pa to je sasvim prirodno – rekla je Gabi. – Znam da je u poslednje vreme Elodi postala ljubopitljiva o njemu, tako da će joj možda biti drago da zna da je ovde i da želi da je upozna.

– Elodi mi je više puta rekla kako samo želi da zna njegovo ime i da li smo bili u vezi, i kakav je Džek – tako se zove. Rekla mi je, a mislim i tebi, da nije zainteresovana da se lično upozna sa ocem. – Harijet je zastala. – A znam da se Džek neće zadovoljiti ničim manjim od toga.

– Kad bude saznala da on želi da je upozna, Elodi će se verovatno predomisliti.

– Ti je najbolje poznaješ. Misliš li da će tako reagovati?

Gabi je slegnula ramenima. – Mislim da je sva prilika da će biti dovoljno znatiželjna kad čuje da je on zapravo ovde u Žuan le Penu, i da će pristati, čak i želeti da ga upozna.

Harijet je popila još malo kafe.

– Mogu li nešto da te pitam? – tiho je upitala Gabi.

– Naravno.

– Jesi li bila u pravoj vezi sa Džekom? Sigurna si da je on otac? Nikad ga nisi dovela da ga upoznam.

– Bili smo zaljubljeni. – Harijet se kiselo osmehnula. – Zaista zaljubljeni. Plašila sam se da ti to priznam jer sam znala da on želi da odem s njim u Ameriku, a ja nisam znala kako bi ti reagovala na to. Onog vikenda kad je neočekivano morao da ode nameravali smo da dođe u Dartmut i upozna se s tobom. Umesto toga, bio je na putu za *Hitrou*.

– Drago mi je što je Elodi začeta iz ljubavi – rekla je Gabi. – Doduše, žao mi je što o tome nisi razgovarala sa mnom. Možda smo zajedno mogle da nađemo način da vas dvoje budete zajedno.

– Izvini što nisam pričala s tobom, ali onda sam bila izgubljena, zaista ophrvana svime. Ti si još žalila za tatom. Nisam htela da ti dodajem i svoje muke. U tom trenutku mi se činilo da je najbolji ishod bio da budem samohrana majka.

– Bila si divna sa Elodi kad je bila mala – rekla je Gabi. – Mnogo njenog života si propustila. – Zavrtela je glavom, a glas joj je bio pun saosećanja.

– Volela sam je od trenutka kad se rodila. Iskreno mora da sam bila potpuno nerazumna kad sam se udala za Toda. Kad je odbio da podiže tuđe dete i institirao da bi bolje bilo da ostavim Elodi s tobom, trebalo je da shvatim kakav je to čovek i da odem od njega. Kao što si ti i htela da uradim. – Harijet su oči zasuzile. – Jedina uteha mi je bilo to što sam znala da ćeš je ti voleti i paziti. – Harijet je pogledala majku u oči. – A to si i radila. – Kratko je ćutala. – Biću ti večno zahvalna što si je prihvatila, ali sad shvatam kako sam bila sebična očekujući da je ti sama podigneš. To je zaustavilo tvoj život. Sve dok ti nisam ostavila Elodi nisi bila vezana, nisi imala obaveze. Bila si slobodna žena. Mogla si da radiš šta god si htela. Da putuješ. Da vidiš svet.

Gabi je odmahnula glavom. – Ne, ne bih to radila. Kad si otišla tvoj tata je bio mrtav tek nekoliko godina, ali ja se nisam bila navikla na to da ga nema. To što si ostavila Elodi sa mnom konačno me je izvuklo iz depresije u koju sam potonula kad je Erik umro. Morala sam da se usredsredim na to da radim i da budem sve najbolje za nju. Ona je probudila bezuslovnu ljubav. A osim svega ostalog, pomogla mi je da prebolim gubitak tebe u svom životu. – Gabi je pružila ruku i uhvatila Harijetinu pa su se ućutale svaka sa svojim mislima. – Bi li ti pomoglo da budem s tobom u razgovoru sa Elodi?

Harijet je odmahnula glavom. – Hvala ti, ali to je nešto što moram sama da uradim, da pokušam da joj objasnim. Ti bi možda mogla posle s njom da razgovaraš?

– Naravno. Koliko Džek ostaje u Francuskoj? – pitala je Gabi.

– Nisam ga pitala. Prema onome kako je pričao, mislim da je to otvoreno.

– Nadam se da će biti vremena da ga i ja upoznam. – Gabi je zastala. – Kako si se osećala kad si ga ponovo videla?

Harijet je znala šta je zapravo majka pita – da li i dalje oseća nešto prema Džeku.

– Bilo je zaista čudno. U početku sam uglavnom mislila na to šta on hoće od mene. Ali onda je nesumnjivo postojalo neko uzbuđenje između nas. – Harijet je uzdahnula. – Mislim da treba da se koncentrišem na to da izgladim sve između njega i Elodi. Da se prema njemu, ako uspem, ophodim kao prema starom prijatelju.

Gabi je pogledala na sat. – Kad smo kod prijatelja, Kolet dolazi na ručak sa mnom i Filipom – ali pre toga ćemo se suočiti s podrumom. Predugo sam to odlagala. Uskoro će njih dvoje doći. Hoćeš li s nama?

– Da, molim te. Pre neki dan sam bila u garaži i nikako nisam mogla da vidim tajni ulaz u podrum – rekla je Harijet. – Jesi li sigurna da nije zazidan?

Gabi je odmahnula glavom. – I dalje je tamo. Samo se nadam i molim boga da dole nije ništa strašno – ili nešto što bih čak morala da prijavim vlastima.

Pola sata kasnije njih četvoro su otišli u garažu. Sav karton od selidbe odnet je na reciklažu, pa je, osim nekoliko sredstava za čišćenje koje je Gabi stavila na police i kante sa zogerom u uglu, garaža bila prazna.

– Kako se ulazi u podrum? – pitala je Kolet osvrćući se. – Gde su vrata?

– Jesi li doneo komad krute žice koji sam tražila? – upitala je Gabi Filipa. On je klimnuo glavom i iz džepa izvadio žicu pa joj je pružio.

– *D'accord* – rekla je Gabi i prišla stelaži. – Nekoliko puta sam gledala oca kako otvara ova skrivena vrata, ali samo jednom mi je dozvolio da ih sama otvorim, pa se nadam da ću naći pravo mesto da dignem rezu iznutra.

Njih troje su se umirili dok se Gabi koncentrisala na drvenu opšivku s leve strane stelaže.

– Pet centimetara između četvrte i treće police od vrha – mrmljala je opipavajući cvetove i stabljike s listovima duboreza nastalog paljenjem dok nije pogledom našla ono što je tražila. Malo se osmehnula i gurnula žicu koju je držala u nagorelo središte jednog od cvetova. Cvet s gotovo nevidljivom rupom u sredini, koju niko ne bi naslutio, pokrivao je tajni otvor podrumskih vrata. Osetila je da se reza sa unutrašnje strane pomera pa je uhvatila stranu stelaže. Kad ju je povukla prema sebi, ona se cela podelila na dva dela, a levi deo se otvorio kao vrata i otkrio niz stepenika do podruma.

– Nikad nisam videla da se vrata tako otvaraju – kazala je Kolet zaprepašćeno gledajući Gabi kako obezbeđuje vrata. – Tajna vrata nad tajnim vratima. Od Ervea se i očekivalo da smisli tako nešto.

Gabi je izvadila žicu iz rupe i stavila je na gornju policu. Ako se vrata zatvore dok su svi u podrumu, sa unutrašnje strane postoji ručica za pomeranje reze.

– *Mon Dieu*,[27] kako je to genijalno jednostavan dizajn – rekao je Filip vrteći glavom kad je izbliza pogledao napravu. – Nimalo komplikovan ni primetan. Čak se ne vide ni šarke kad je polica na svom mestu.

Gabi je stajala na vrhu stepeništa pa je pružila ruku da upali svetlo, jer se setila da je prekidač na zidu. Svetlo s tavanice je zasijalo. – Hajde, dakle, da vidimo šta ćemo naći – pa ih je povela dole.

Svi su stajali na zemljanom podu podruma i zapanjeno se osvrtali. Od poda do plafona po svim zidovima police s vinom u prašnjavim bocama, a svud po podu otvorene kutije pune raznovrsne robe, od ukrasa i knjiga do slagalica i igračaka. Bio je tamo i sto s nekoliko starinskih kofera pod njim, a na njemu plavo-bela prašnjava posuda kineskog izgleda, starinska kutija za nakit i zatvoren koverat sa izbledelim natpisom *Gabrijela*.

Filip se prvi pomerio. Pažljivo je pogledao nekoliko boca na stelažama izvlačeći ih da bi pročitao etikete.

– Ovde imaš baš dobrog vina. Pa i nekoliko boca šampanjca.

Harijet je počela da razgleda najbliže kutije, a Kolet je prišla Gabi koja je stajala uz sto i zurila u one tri stvari na njemu.

– Sećam se da je ta posudica bila iz nekog čudnog razloga u dnevnoj sobi i puna kašika. U porodici se pričalo da je pripadala mom navrdedi, koji je plovio na kliperima i doneo je iz Kine. Ovo je kutija za nakit moje majke – polako je rekla Gabi. – Volela je svoj nakit, mada ga nije imala mnogo, ali ono što je imala bilo je divno. Sećam se da sam se čudila zbog čega se on ne pominje kad je kuća zvanično raščišćena. Pretpostavila sam da ga se on otarasio kad je mama umrla.

---

[27] Fr.: Moj bože. (Prim. prev.)

– Ostavio ti je i pismo. I Gabi... – Kolet je zastala. – Kao vlasnica *brocante* mislim da je ta posuda nešto više nego što na prvi pogled izgleda. Erve mi ju je zapravo pokazao prilikom poslednje posete. Hteo je da sazna šta u poverenju mislim. Rekla sam mu da mi izgleda kao ono što se zove posuda za kaligrafske četkice, moguće iz sedamnaestog veka, ali sam mu rekla kako treba da je pogleda i stručnjak.

– Misliš li da je poslušao tvoj savet?

– Pošto je sad vidim ovde odvojenu, kako čeka da je pronađeš, mislim da verovatno jeste.

Gabi ju je pogledala. – Koliko je neobična? – pitala je kad su se Filip i Harijet približili stolu.

Kolet je napravila grimasu. – Kao što sam rekla Erveu, treba da pitaš pravog stručnjaka, ali mislim da je ovo vrlo redak i dragocen primerak.

Gabi je pružila ruku i uzela kutiju za nakit i pismo. – Poneću ih gore, posuda neka ostane ovde. Zasad sam videla dovoljno. Hajde da ručamo. – Okrenula se Filipu. – Možda da ponesemo jednu od ovih boca s vinom? Mislim da bi svima pre ručka prijao aperitiv.

27.

Ručak je bio bučan. Elodi je stigla kući i zatekla Gabi, Kolet i Harijet kako na terasi uživaju u aperitivu dok Filip sprema *croque-monsiur*[28] i salate pošto je insistirao da žene to prepuste njemu. Gabi je pružila Elodi čašu vina.

– Slavimo li nešto? – pitala je Elodi pre nego što je srknula vino. – Ooo, što je lepo.

– Ima ga još mnogo u tajnom podrumu – rekla je vragolasto Harijet.

– Tajni podrum? Jesam li propustila nešto uzbudljivo?

– U garaži postoje tajna vrata za podrum ispod kuće koji je tvoj pradeda Erve koristio kao vinski podrum i skladište nekih posebnih predmeta – objasnila je Harijet.

Elodi je iskolačenim očima pogledala babu. – Kako si saznala za njega? Kad ja mogu da ga vidim?

Gabi je slegnula ramenima. – Oduvek sam znala za podrum, samo sam naprosto zaboravila da postoji. Dok sam ja živela ovde svakako nije bilo vina niti ičeg posebnog u njemu.

Kolet je otišla brzo posle ručka jer je obećala Lijani slobodno poslepodne. – Kad budeš spremna, daću ti ime stručnjaka za antikvitete – tiho je rekla kad ju je Gabi ispratila i otvorila joj kapiju.

– Hvala. Uskoro ću doći da razgovaramo – rekla je Gabi. Vratila se u vilu gde su Harijet i Elodi raspremale sto, a Filip brisao

---

[28] Francuski zapečeni sendvič sa sirom, šunkom i bešamel sosom. (Prim. prev.)

kuhinjske površine i punio mašinu za pranje sudova. Gabi je pogledala koverat sa svojim imenom koji je pre ručka stavila na kredenac, u posudu iz hotela *Provansal*.

– Hoćeš li ga sad otvoriti? – pitao je Filip.

– Neću još. Kasnije. – Morala je da svari činjenicu da joj je otac ostavio pismo da ga nađe posle njegove smrti. Nije mogla ni da zamisli šta bi mogao da joj kaže posle mnogo godina otuđenja.

– Hoćeš li da te ostavim da ga nasamo pročitaš? – nežno je pitao Filip.

– Ne, molim te ostani – uhvatila ga je za ruku. – Više bih volela da si ti sa mnom nego iko drugi dok ga čitam.

Filip ju je zagrlio. – Šta god da je u pismu, imaj na umu da je to prošlost. On je osoba odgovorna za svoje postupke, nisi ti. – Nežno ju je poljubio u čelo. – Obećavam ti da ćemo se, šta god da ti život donosi u tom pismu ili u budućnosti, zajedno suočiti s tim, zato prestani da se brineš o sadržaju i podruma i pisma.

Gabi mu se zahvalno osmehnula. Pre nego što je uspela da mu odgovori Harijet je ušla u kuhinju, a u stopu ju je pratila Lulu.

– Elodi i ja idemo da prošetamo Lulu i da razgovaramo – rekla je Harijet i pogledala majku. – Vraćamo se brzo.

– Srećno – tiho je rekla Gabi.

Filip je izvio obrve kad su se vrata vile zatvorila iza njih, a Gabi je podigla ruke držeći palčeve pa mu prepričala svoj prepodnevni razgovor s Harijet.

Elodi se iznenadila kad ju je Harijet dok su raspremale posle ručka pitala da li je zauzeta tog poslepodneva.

– Nemam ništa strašno važno da ne bih mogla da ga odložim. Zašto?

– Mislila sam da prošetamo Lulu i razgovaramo.

– Razgovaramo?

– Da. Da razgovaramo. Kako treba.

– Volela bih to. I ja želim da razgovaram s tobom. Šetnja po šumi? Tamo je svežije.

Prvih pet do deset minuta šetnje razgovor je bio nategnut i običan, ni o čemu posebnom. Tek kad su prošle periferne ulice Žuan le Pena pune meštana i turista i naišle na šumu na Rtu Antib Elodi je rekla: – Da li to što želiš da razgovaraš sa mnom kako treba znači da si rešila da odgovoriš na moja pitanja? Da mi kažeš istinu?

Harijet je klimnula glavom. – Da.

Čim su ušle u hladovinu šume Elodi se sagnula i otkačila Lulu da može da lunja mimo staze i istražuje, a Harijet je duboko udahnula.

– Tvoj otac se zove Džek Elikot, Amerikanac je, i nikad mu nisam rekla za tebe zato što se naprasno vratio u Ameriku pre nego što sam shvatila da sam trudna. A pre nego što me pitaš, bila sam zaljubljena u njega i srce mi se cepalo što to nije uspelo.

Elodi je stala, okrenula se i spustila ruku na Harijetinu mišicu.

– Otac mi je Amerikanac?

Harijet je klimnula glavom. – Da.

– Zašto je naprasno otišao? Zar nije nameravao da se vrati?

– Otac mu se teško razboleo. Imao je vizu na još mesec dana pre povratka.

– Jeste li ostali u kontaktu?

– U početku smo se dopisivali, sve dok nisam otkrila da sam u drugom stanju, i tad sam shvatila da on već ima mnogo problema i da je najbolje da raskinem.

Osim muke da se pomiri s tim kako bi njen život bio drugačiji da je Harijet rekla Džeku Elikotu za nju, Elodi je imala čak i više pitanja koja je trebalo da postavi sad kad je saznala očevo ime. – Jeste li nameravali da ostanete zajedno i kad mu viza istekne? Da li bi otišla u Ameriku da budeš s njim? Ili bi on pokušao da ostane u Engleskoj?

– Nemam pojma šta bi se dogodilo. Zapravo nismo pričali o tome – polako je rekla Harijet. – Bilo nam je lepo zajedno i naivno smo mislili da će se sve srediti. Ipak mi je rekao da se njegovi roditelji nadaju da će se oženiti ćerkom njihovih prijatelja. – Pogledala je iskosa Elodi. – Tako da sam znala da će to morati da sredi kad se vrati u Ameriku. Džek me je pozvao da pođem s njim kad je krenuo. U tom trenutku nisam mogla da ostavim Gabi.

Dok su zalazile dublje u šumu Elodi je ćutala i nije ispuštala Lulu iz vida. – Ovo je baš ironično.

– Zašto?

– Zato što sam rešila da prestanem da te ispitujem o ocu. Osetila sam da sam bezobzirna što te kinjim tražeći odgovore o delu tvog života koji očigledno nije bio srećan. – Elodi je kratko ćutala. – Ipak me zanima zašto si se predomislila i rekla mi.

– To je deo razloga zbog kog hoću da razgovaram s tobom. – Harijet je duboko udahnula. – Džek je u Žuanu i želi da te upozna.

Elodi se u mestu zaustavila i pogledala je. – Moj otac je ovde?

Harijet je klimnula glavom. – Jeste. Izgleda da je došao isključivo da se suoči sa mnom u vezi sa tobom – i da te upozna.

– Kako si se osećala kad si ga ponovo videla? Da li ti se i dalje dopada?

Harijet je slegnula ramenima. – Bila sam iznenađena. Uopšte nisam očekivala da ga ponovo vidim, ali više sam se brinula o tome da tebe zaštitim i kako ćeš reagovati na upoznavanje s njim nego o istraživanju vlastitih osećanja.

– Pritisnuo te je, jelda? Inače mi ti još ne bi rekla, zar ne? – Elodi se upiljila u Harijet.

– To nije istina. Nameravala sam uskoro da odgovorim na sva tvoja pitanja, ali da, Džekovo pojavljivanje je malo sve ubrzalo.

Kad je videla da se još neko s psom približava stazom, Elodi je pozvala Lulu i stavila je na povodac. Pričekala je da žena s psom prođe pa se okrenula prema Harijet.

– Živela sam dvadeset četiri godine bez ikakvog znanja o ocu. Nisam to zaista ni želela. Prihvatila sam odsustvo i majke i oca u životu. Tek kad si se ti vratila shvatila sam da ne znam sve pojedinosti o sebi. O tome kako sam došla na svet. – Zastala je. – U suštini mislim da mi je bilo potrebno uverenje da sam bila željena. Da nisam plod susreta za jednu noć... ili nečeg užasnog.

Harijet ju je zapanjeno pogledala. – Nisi.

– Mnogo mi je drago što si bila u srećnoj vezi s njim. Mislila sam da ćeš mi jednom, kad mi budeš rekla njegovo ime, pričati o njemu i da ću saznati dovoljno o njemu od tebe. Zaista sam mislila da će to biti dovoljno, da mi nije potrebno da ga potražim. – Elodi je duboko uzdahnula. – Sad ne znam šta da radim. Nije on kriv što nije imao priliku da bude otac. To što si mi rekla da je ovde u gradu, i da želi da me upozna – sve menja, a upoznavanje s njim će nadalje još više sve promeniti. Više ne znam šta osećam.

– Džek nije učinio ništa loše. Ja sam pogrešila u svemu zato što mu nisam rekla za tebe. Sad on zna, i rešen je da ispravi nepravdu koju sam mu učinila – čak i ovoliko godina kasnije. – Harijet je kratko pogledala Elodi. – Džek je dobar čovek. Trebalo bi da ga upoznaš.

28.

Kad su Harijet i Elodi otišle da prošetaju Lulu, Gabi i Filip su seli na terasu a pred njima su, na stolu, bili kutija za nakit i koverat. U kutiji će biti majčina burma i prstenje i nekoliko komada lažnog nakita, koga se Gabi sećala da je majka imala. A pismo, s druge strane...

Gabi je zurila u svoje ime na kovertu i osećala se uznemirenije nego zadugo pre.

– Mislim da je ovo prvo pismo koje sam ikad dobila od njega – rekla je. – Mogla bih, valjda, naprosto ga da bacim neotvoreno. On neće znati jesam li ga pročitala ili ne.

– Onda bi se zauvek pitala šta je hteo da ti kaže – tiho je rekao Filip.

– Znam, ali šta ako je neznanje bolja opcija od čitanja njegovog sadržaja? – Gabi ga je pogledala. – Dugo mi je odzvanjao njegov glas u glavi kako mi govori da sam izneverila porodicu, da sam bezvredna. Da mu ništa ne značim. Trebale su mi godine da taj glas prigušim. Imam sedamdeset godina, ali plašim se da bi sadržaj tog pisma mogao da probudi taj glas u mojoj glavi. Da otvori stare rane.

– *Ma cherie*, imaš mene pored sebe ako se to dogodi. Uveravam te da neću dozvoliti da taj glas opet zaposedne tvoju glavu. Znam kakva si osoba. Ti si sušta dobrota, nikad nikog ne izneveravaš, niti si bezvredna – a meni značiš sve. *D'accord*?

Gabi je klimnula glavom i zahvalno se osmehnula Filipu – bila je presrećna što ga ima u životu. Zatim je uzela koverat. Lako se otvorio jer se lepak rasušio s godinama ležanja u podrumu. Gabi je pažljivo izvadila tri lista papira, od kojih su dva bila pokrivena rukopisom koji je prepoznala iako je bio drhtaviji nego kad ga je poslednji put videla. Poređala je ta dva po stolu i pogledala treći, kako bi što duže odložila čitanje pisma.

Treći je bio iskucano pismo aukcijske firme u Parizu s datumom od pre jedanaest godina. Dok ga je čitala, Gabi je shvatila da se u njemu iznosi njihov stav o poreklu posude za četkice iz podruma i predlog rezervisane cene ukoliko se bude stavila na aukciju. Razrogačila je oči kad je videla cifru. Bez reči je pružila papir Filipu, pa podigla dve stranice pisma i počela da ga čita.

Kad je stigla do kraja druge stranice grickala je donju usnu i snažno treptala.

Filip ju je zabrinuto posmatrao. – Gabrijela, *ma cherie, tu vas bien*?

– Dobro sam – šmrcnula je. – Srećom nije užasno kao što sam očekivala. Kaže da mu mama nikad nije oprostila što me je oterao i da se on kajao zbog svojih postupaka koji su izazvali takav bol i mene oterali iz njihovog života. No onda mene krivi za to što sam se uopšte spetljala s Kristofom Lampeterom i ostala u drugom stanju. Evo, možeš da pročitaš – pa je stranice pružila Filipu. – Ono sve u podrumu je izgleda njegov način da se iskupi. Žao mi je samo što je čekao dok nije bio svestan da umire da mi napiše kako se kaje. Žao mi je i što nije mogao da se natera da mi to kaže u lice, ali valjda bi to već bilo previše.

Filip je oprezno gurnuo prema njoj kutiju za nakit. – Možda će ti, kad vidiš i uzmeš mamin nakit, naići srećnije uspomene.

Za Gabi je trenutak kad je otvorila kutiju, i ugledala nakit koji je majka volela a koji je sad bio njen, bio gorkosladak. Bilo je tamo i komada koje Gabi nije znala – dva zlatna broša i prsten sa, sudeći prema njihovom izgledu, rubinima i dijamantima ukrug.

– Ovo drago kamenje je svakako preveliko da bi bilo pravo – rekla je i podigla prsten da ga pokaže Filipu. – Bar su cirkoni umesto dijamanata, šta ti misliš?

– Meni izgledaju sasvim pravo. Lepo su uglavljeni. – Filip je slegnuo ramenima. – Ne znam. Ispod je presavijen papirić – rekao je i pomerio nakit u stranu pa podigao papir.

– Šta je to? Samo ne još jedno pismo. – Gabi ga je uplašeno pogledala.

– To je potvrda o poreklu prstena. Ovo je pravi prsten s punim krugom dragog kamenja iz dvadesetih godina prošlog veka.

Gabi ga je gledala s nevericom. – Otkud mom ocu novac da kupi ovako nešto? Mislim, jedno je vino u podrumu, a i posuda za četkice je već generacijama u porodici, ali taj prsten... – bespomoćno je mahnula Filipu. – Uskoro moram da odem i razgovaram s Kolet.

Pošto se rastala s Harijet, Elodi se, zapanjena nakon što je čula bombastičnu vest da je Džek u Žuanu, vratila u vilu i otišla pravo u svoju sobu. Imala je tesan rok da završi jedan od članaka, pa je ostatak poslepodneva i veći deo večeri provela gore radeći. Bilo je skoro deset sati kad je pritisnula taster *send* u elektronskoj pošti, i zavalila se u stolici uz uzdah olakšanja.

Bilo joj je teško da se koncentriše jer su joj se misli uporno prebacivale s reči ispred nje na Džeka i na ono što bi ona trebalo da uradi. Žudela je da razgovara s Gazom, da mu kaže novosti, da traži njegov savet, ali on i Mikael su otišli u Monako da navijaju za svoj fudbalski tim u utakmici u dobrotvorne svrhe.

Odgurnula je stolicu, ustala, ispružila ruke pa kružila ramenima. Vreme je za plivanje.

Obožavala je to što ima bazen u vrtu, pa može da uskoči i pliva kad god to poželi. Otkad su se uselile, plivanje pod mesečinom je za nju postalo povremeno divno uživanje. I to ne žustrim kraulom kao preko dana, već laganim prsnim stilom nekoliko dužina, pa okretanje na leđa i plutanje. To nijednom nije omanulo da je opusti, a te večeri joj je bio neophodan taj umirujući efekat da joj pomogne da sredi misli.

Kad je bacila peškir na terasu i pošla niza stepenice do plićeg dela bazena, od Harijet i Gabi nije bilo ni traga. Isplivala je polako, bez žurbe, tri dužine pa se okrenula na leđa i plutala. Gledala je mesec visoko na nebu i primetila da se zvezde ne vide zbog svetlosnog zagađenja, čula je udaljeno brujanje saobraćaja i zvuk bazenske pumpe koja blago pomera vodu prema ivicama bazena.

Kratko je zažmurila od blaženstva. U svest joj se nisu nametale misli o Džeku Elikotu.

– Elodi.

Otvorila je oči i videla da Gabi stoji na terasi i posmatra je. – Zdravo.

– Pravim toplu čokoladu. Hoćeš li mi se pridružiti kad budeš gotova?

– Hvala, to bilo sjajno. Još samo nekoliko dužina i izlazim.

Pet minuta kasnije Gabi joj je, uvijenoj u peškir, pružila šolju, pa je Elodi otpila gutljaj. – Divno. Hvala ti na ovome.

Gabi je ležerno mrdnula ramenima. – Nema na čemu. – Otpila je gutljaj svog napitka.

– Gabi? – Elodi je zastala. – Da li ti je Harijet ispričala šta je meni danas posle podne rekla o ocu?

– Jeste, nešto malo. Kako se zove i to da je Amerikanac i da...

– I da želi da me vidi – prekinula ju je Elodi.

Gabi je klimnula glavom. – Kako se osećaš zbog toga? – pitala je nežno.

– Nervozno iz mnogo razloga. Poslednjih godinu dana se život umnogome već promenio – prvo s Harijetinim dolaskom, pa selidbom ovamo, a sad se na sceni pojavljuje i otac koga nikad zaista nisam očekivala da ću upoznati. Nisam sigurna da ću izaći na kraj s tim da imam oba roditelja, a dugo nisam imala nijednog. Hoću li mu se dopasti? Hoće li se on meni dopasti? Namerava li da ostane ovde? Hoće li on i Harijet opet biti zajedno? Želi li on da se igra zakasnele srećne porodice? – Elodi je duboko uzdahnula. – Veliki deo mene očajnički želi da ga upozna, da upotpuni onaj deo mene koji nedostaje, i da zna odakle potičem, ali jednostavno mislim da će to strašno mnogo poremetiti svima nama život. Naravno, osim ako samo kaže zdravo i vrati se u Ameriku, pa da više nikad ništa ne čujem od njega. Mogao bi naprosto da želi da me upozna, prizna moje postojanje nekom vrstom pomirljivog gesta i opet ode pošto razreši sebe griže savesti jer je Harijet napravio dete. A samo on bi imao koristi od takvog postupka. Ako je to njegova namera, nema prave svrhe da se upoznajem s njim.

Gabi je popila još malo vruće čokolade, pa nakratko sedela ćutke. – Ono što ću ti reći samo je moje mišljenje jer ni ja ne znam

Džeka. Mislim da verovatno oseća krivicu, ali ne iz razloga koji ti imaš u vidu. Krivica potiče iz toga što je tebe, svoju ćerku, nenamerno izneverio. Način na koji je otkrio i stupio u kontakt s Harijet čim je čuo da je rodila ćerku ubrzo posle njegovog odlaska u Ameriku mnogo mi govori o tom čoveku i njegovom poštenju. Želi da ispravi stvari time što će te priznati za svoju ćerku i biti u tvom životu.

– Zaista to misliš?

Gabi je klimnula glavom. – Mislim. Naravno da će se sve promeniti, ali mislim da će to biti lepe promene.

– Znači, u suštini, smatraš da treba da ga upoznam? – tiho je pitala Elodi.

– Da, mislim da bi to s tvoje strane bio zreo postupak, ali na tebi je da odlučiš.

29.

Sutradan je Gabi otišla u *brocante* da se vidi s Kolet. Kad je stigla, i Kolet i Lijana su bile za pultom i obradovale su se što je vide.

– Možeš li da napraviš pauzu? Zaista treba da razgovaram s tobom – rekla je Gabi.

Nekoliko minuta kasnije njih dve su bile u Koletinoj kuhinji, kafa se kuvala, a Kolet je gledala Gabi sa iščekivanjem.

– Pogledala sam maminu kutiju s nakitom i našla ovo. – Pružila je desnu ruku s prstenom na domalom prstu.

– Opa, kakva lepota – rekla je Kolet.

– Uz njega je bila potvrda o tome da potiče iz dvadesetih godina prošlog veka. – Gabi je pogledala Kolet. – Rekla si mi da te je Erve posećivao. Imaš li predstavu kako je mogao da priušti nešto ovakvo? Hoću da kažem da ovo nije nešto što možeš da nađeš na garažnoj rasprodaji, zar ne?

Kolet im je sipala kafu pa sela. – Zaista ne znam istinu, ali mogu da nagađam. Znaš da je oduvek kupovao i prodavao svašta. Ne samo pri garažnim rasprodajama već i na sajmovima antikviteta i sličnim događajima. Stekao je reputaciju da zna šta je dobro, a šta ne vredi kupovati. I uživao je u potrazi za stvarima. Poslednji put kad sam ga videla, međutim, želeo je da zna da li bih prodala ili od njega kupila njegov čamac.

– Čamac? Koliko dugo je imao taj čamac? Nisam ni znala da je zainteresovan da ima čamac, niti da želi da ide na pecanje. Pretpostavljam da ga je za to koristio?

– Između ostalog – rekla je Kolet. – Naravno, morala sam da ga odbijem za čamac, to jednostavno nije za mene. Bio je to polukrut čamac na naduvavanje, prilično snažan i brz. Ljudi su ga unajmljivali da ih vozi do Lerenskih ostrva da ne bi išli redovnim trajektima.

To je uzbudljivije putovanje kad poskakuješ na talasima. – Kolet se osmehnula na Gabine iskolačene oči.

– Ljudi su mu zapravo poveravali život?

Kolet je klimnula glavom. – Pribavio je pravu dozvolu i neophodne prsluke za spasavanje i sve to. – Zastala je. – Čamac je koristio za još nešto. Vozio bi ronioce, jednog ili dva, da rone po olupinama oko obale.

Gabi je gledala Kolet i čekala. Znala je da u zalivu ima nekoliko olupina, neke su iz osamnaestog veka, a tamo je i jedan parobrod iz devetnaestog. Nešto u Koletinom glasu ju je upozorilo da joj se neće dopasti ono što će čuti.

– Zaranjali su i danju i noću. Čula sam da su ga žandarmi nekoliko puta ispitivali o roniocima koje je izvozio noću. Očigledno su mu preporučili da prestane da ih vozi jer su navodno bili poznati po haranju podvodnih lokaliteta. Žandarmi su ga upozorili da bi, kad budu uhapsili ronioce, a uradiće to, on mogao biti optužen za saučesništvo.

– Jel' prestao?

Kolet je klimnula glavom. – Jeste. Rekao je žandarmima da vodi zakonit posao. Zatim je roniocima rekao da nađu nekog drugog za ronilačke izlete, dnevne i noćne. To su oni i uradili. Oko mesec dana kasnije uhapšeni su kad su se vraćali s noćnog izleta. Na čamcu je bilo nekoliko drevnih rukotvorina, grnčarije i tome sličnog.

– Da li je Evre bio optužen?

– Koliko ja znam, nije. Otarasio se čamca, prodao ga nekome u Žuanskom zalivu. Mislim da je tad već znao da umire. Svakako nije dobro izgledao.

Gabi je uzdahnula vrteći prsten. – Dakle, veruješ li mu da na njegov čamac ronioci nisu donosili ukradene stvari?

– Znaš, mislim da mu verujem – rekla je Kolet. – Kad sam se vratila mnogo se bio promenio posle smrti tvoje mame, kao da se skupio. Povlačio se sve više. Mislim da je shvatio da je u prošlosti imao neke problematične poslove i nije nameravao da ga uhvate u tuđim sumnjivim aktivnostima. – Pružila je ruku da opet pogleda prsten na Gabinoj ruci. – Mislim da je ovo verovatno jedna od njegovih boljih „pogodbi“ s nekim od antikvara, naročito zato što postoji potvrda o poreklu. Nosi ga i uživaj u njemu.

30.

Dani su se razvlačili, a Elodi nije donosila odluku o tome da li da upozna oca. Harijet je bila sve napetija i stegnutija pitajući se šta će i kad Elodi odlučiti o Džeku. Bilo je jasno da je Elodi izbegava, a Džek je počeo svakodnevno da šalje poruke i zahteva da čuje je li već razgovarala sa Elodi i kad će njih dvoje moći da se upoznaju. Na jednu poruku Harijet je kratko odgovorila: – Razgovarala sam s njom. Pisaću ti kad budem nešto saznala – pa je ignorisala ostale.

Poslednje dve noći jedva da je spavala, i ustajala je pre sunca. Nije joj trebao i Gabin zabrinut pogled koji joj je uputila u sredu ujutru za doručkom, jer je znala da ima podočnjake i da je ubledela. Kad ju je Igo pozvao i pitao može li da radi tog dana, brzo je pristala i laknulo joj je što će imati šta da radi i skrene misli sa svega.

Pre podne je u galeriji bilo mnogo posla, pa nije stigla ni da se okrene pre nego što su njih dvoje seli napolju da ručaju.

– Jedva čekam da te večeras upoznam sa svojim prijateljima. Nameravam da dođem po tebe u osam sati – rekao je Igo. – Odgovara li ti to?

Harijet ga je belo pogledala.

– Večera s Markusom i Frejom. Pitao sam te još prošle nedelje.

Harijet je smušeno protrljala lice. – Potpuno sam smetnula s uma da je to večeras. Nisam sigurna da ću biti dobro društvo, ali da, i ja se tome radujem. – Ako ništa drugo, nova poznanstva će joj skrenuti misli s problema koje ima.

– Dobro. Siguran sam da ćete ti i Freja imati mnogo tema za razgovor. Ima li novosti o situaciji sa Džekom i Elodi?

– Elodi me izbegava, a Džek uporno šalje poruke tražeći vest koje nema. Elodi nije pristala da ga upozna niti je to odbila. – Harijet je uzdahnula. – Znam da je prošlo samo dva dana i da će se na kraju sve srediti, ali trenutno me to zaista pritiska.

Igo ju je uhvatio za ruku. – Mora da ti je trenutno neverovatno teško, ali sve će se s vremenom smiriti. U međuvremenu ćemo se zabaviti večeras, važi?

Harijet je zatreptala da otera suze koje su pretile da se izliju. – Hvala ti.

Elodi i Gaz su sedeli na kraju pristana, mlatili nogama po vodi i uživali u ručku. Elodi je počela skoro svakog dana da donosi užinu na plažu sa opravdanjem da su oboje veoma zauzeti pa se inače ne bi ni viđali. Toga dana je donela baget sa salatom i dve bočice soka od pomorandže, pa kad su završili s jelom nadala se da će biti vremena da popriča s Gazom o svom ocu.

Kad su oboje pojeli baget Gaz ju je zagrlio. – Hoću nešto da te pitam. Nadam se da ću zaraditi dovoljno novca na kraju sezone da mogu da iznajmim stan. Teško mi je bilo da ponovo živim s roditeljima kad sam imao svoj stan u Parizu. Jasno je da sam im izuzetno zahvalan, ali prestar sam da bih živeo s njima.

– Razumem to – rekla je Elodi. – Ja zapravo nikad nisam živela samostalno, uvek smo bile Gabi i ja. Sad nas je tri, drugačije je, i mislim da je i Harijet bilo teško u početku, kad smo stigle ovamo.

– Više ne mogu da zamislim da ti nisi u mom životu, pa sam razmišljao o tome da živimo zajedno – rekao je Gaz usplahireno je gledajući. – Bili bismo pravi par, ne bi više bilo ukradenih trenutaka, opraštanja uveče i odlaženja u različite krevete. Nema žurbe – tiho je dodao. – Ali voleo bih kad bi i ti to htela.

Taj neočekivani predlog ostavio je Elodi bez daha. Bilo je to nešto o čemu je potajno maštala kad god su se ona i Gaz rastajali. Radosno je razmišljala kako bi, kad bi živeli zajedno, ceo svet (i Fiona!) znao da su njih dvoje stvarno par.

Osmehnula mu se, nagnula prema njemu i poljubila ga. – I ja bih to mnogo volela. Sad Gabi u životu ima Filipa, kao i Harijet, tako da me ne bi pekla savest što se iseljavam iz vile. Kakav stan želiš?

Gaz je mahnuo rukom prema *Provansalu*. – Zapravo nisam o tome mnogo razmišljao, ali tamo bi bilo lepo imati stan.

Elodi se nasmejala. – Možda kad budeš vodio najveće preduzeće na obali. A u međuvremenu?

– Stan s dve spavaće sobe u jednom od lepših delova okrenutih moru. Mada mi je svejedno, samo da si ti sa mnom. – Gaz ju je privukao u zagrljaj i dugo ljubio.

Kad su se razmakli, Elodi je rekla: – Hajde da to uradimo. Ali danas i ja imam nešto o čemu hoću da razgovaram s tobom. – Duboko je udahnula. – Moj otac je u gradu i želi da me upozna.

– Ozbiljno? – Gaz se zagledao u nju. – Tvoj neznani otac zna za tebe i uspostavio je kontakt s tobom?

– Nije sa mnom neposredno, već sa Harijet. – Elodi je zastala. – Zove se Džek Elikot i Amerikanac je. Ne znam šta da radim. Harijet kaže da je dobar čovek i da bi trebalo da se upoznam s njim. Gabi kaže isto. Ali sad kad imam mogućnost to da uradim, nisam sigurna želim li.

– Zašto ne bi?

– Šta ako mi se ne dopadne? Šta ako se ja njemu ne dopadnem? Šta ako se sretnemo jednom i to je to? On se vrati u Ameriku i više ga nikad ne vidim? Šta ako...?

– Šta ako ti se dopadne? Šta ako se ti njemu dopadneš? Šta ako želi da budeš trajno deo njegovog života?

Elodi je uzdahnula. – Gabi je dugo bila moja jedina porodica, nikad nisam očekivala da ću Harijet imati u svom životu, kamoli oca, ali iznenada su se pojavila oba moja roditelja.

Gaz ju je zagrlio i čvrsto držao. – Šta ti je Harijet ispričala o njemu?

– Da je bio ljubav njenog života, da mu nije rekla za mene zato što je imao porodičnih problema i da se od njega očekivalo da se oženi devojkom koju su mu praktično roditelji izabrali. Nije želela da mu natovari i bebu na sve druge muke.

– Mislim da bi trebalo da ga upoznaš – rekao je Gaz. – Ne samo zarad sebe nego i zarad tvoje mame. Vaše upoznavanje bi pomoglo da zaceli rana koju je nesumnjivo zadala tvom ocu kad mu nije rekla da ima ćerku.

– Još malo ću razmisliti o tome, ali pretpostavljam da si u pravu – odgovorila je Elodi. – Ipak, moram reći da mi je pomisao na to da me majka upoznaje sa ocem potpuno sumanuta.

Pre nego što je Gaz išta uspeo da kaže, pozvao ga je njegov pomoćnik Olivije.

– Gotova je pauza za ručak. Nadam se da ćemo se videti kasnije?

Još jednom su se dugo poljubili, pa je Gaz nevoljno otišao.

Elodi je zgužvala papirne kese i podigla prazne boce pa polako krenula pristanom i plažom prema kantama za otpatke. Još malo će razmisliti, ali verovatno će reći Harijet kako želi da upozna Džeka Elikota. Trenutno je pak želela da saopšti Gabi svoje uzbudljive novosti.

Kad je utrčala u kuću, Gabi i Filip su u kuhinji raščišćavali od ručka.

– Zdravo. Znate šta? Gaz će na kraju sezone iznajmiti stan i želi da se uselim s njim. Zar to nije divno? Tebi ne smeta, jel' tako, Gabi? Neću te ostaviti samu. Imaš Harijet i Filipa. I svejedno ću biti negde u Žuanu. – Oboma im se ozareno osmehnula i izašla iz kuhinje. – Tako sam srećna.

Gabi je pogledala Filipa u zaprepašćenoj tišini.

– Nisam očekivala tu vest – rekla je. – Moraću da razgovaram s njom. I sa Harijet. Vila je Elodin dom više nego što shvata.

Te večeri, pošto je Igo došao po Harijet, pa posle kratke vožnje parkirao u samom Antibu, njih dvoje su prošli pijacom i popeli se na bedem.

– Obožavam ovaj deo Antiba – rekla je Harijet kad su nakratko zastali i zagledali se preko stenja udišući morski vazduh. – Prelepo je.

– Dopašće ti se još više pogled s terase na krovu kuće Džekmanovih – kazao je Igo. – Markus je kupio kuću dok je još bila samo projekat kad su se on i Freja razveli. A onda, nekoliko godina kasnije, kad su opet bili zajedno, ona se uselila i ponovo su se venčali. Pravi svršetak u stilu „živeli su srećno do kraja života".

– Mislila sam da tako nešto postoji samo u knjigama – tiho je rekla Harijet.

Igo je pritisnuo zvonce na interfonu. – Zdravo, Markuse, mi smo, Igo i Harijet.

– Izvolite gore.

Vrata su kliknula pa ih je Igo otvorio. – Upozoravam te da ima mnogo stepenika, ali vredi.

Nekoliko trenutaka kasnije Harijet je stajala na krovnoj terasi bez daha, ne samo zbog tri niza stepenica već i zato što je sama terasa bila fenomenalna, a panorama Mediterana zaista spektakularna. Igo ju je upoznao s Frejom, a Markus joj pružio čašu šampanjca pa pozvao u stranu Igoa da mu zatraži savet u vezi s problemom koji imaju sa internet vezom.

– Igo je genije za računare – rekla je Freja. – Ne znam šta bismo bez njega. Rešava sve naše informatičke probleme.

– Stvarno? Nisam to znala – rekla je Harijet. – Još ga ne poznajem dovoljno. – Otpila je gutljaj šampanjca. – Volim tvoju sliku u njegovoj galeriji. *Komunikacija*?

– Hvala. Igo priča o tvom radu. Smatra da bismo dobro prošle na zajedničkoj izložbi ako si za to?

– Uspela sam da uradim tek pet slika otkad sam ponovo počela, i nisam sigurna da su na dovoljnom nivou. Teorijski, sad imam sve vreme ovog sveta da slikam... – Uzdahnula je. – No stvarni život kao da ima svoje ideje i digresije kojima me trenutno okupira. Znam da je kliše, ali neočekivan obrt je sve digao u vazduh i presekao mi koncentraciju.

– Dešavali su se i meni ti obrti. Opake su to zveri – nasmejala se Freja. – Ako želiš da pričaš...

Harijet se osmehnula ne znajući koliko može da se poveri Freji, ni koliko joj je Igo ispričao o tome šta se dešava. S Frejom je bilo lako razgovarati, ali Harijet ju je jedva poznavala tako da joj možda te večeri neće mnogo pričati.

– U životu mi se bez najave pojavio nekadašnji dečko.

– Znači nije dobrodošla pojava?

– Zapravo, u drugačijim okolnostima bilo bi lepo ponovo ga imati u životu – rekla je Harijet polako jer je shvatila da u tim rečima ima istine. – Ipak mislim da je prekasno.

Freja ju je upitno pogledala. – Ponekad treba obema rukama ščepati drugu priliku za sreću – kazala je. – Ne ukazuje se svima. Veruj meni.

– Nije samo moja sreća posredi. Već i moje ćerke.

– A nemoj zaboraviti ni Igoa u svemu tome – tiho je dodala Freja. – Vidim da si mu draga, pokušaj da ga ne povrediš, hoćeš li?

Harijet je klimnula glavom. – Obećavam. Ni ja ne želim da ga povredim.

Freja je htela još nešto da kaže, ali u tom trenutku su se Markus i Igo vratili na terasu.

– Ovaj čovek je vraški genije za računare – izjavio je Markus. – Za tili čas je rešio naše probleme. Nego, hajde da jedemo. Tako se razgovor Freje i Harijet završio, mada je Harijet shvatila da su joj se Frejine reči zadržale u mislima.

31.

U četvrtak uveče, dok se Harijet spremala da izvede Lulu u večernju šetnju, na mobilnom joj je zvrcnula poruka. Džek. Bacila je pogled i ukočila se kad je pročitala reči.

Tu sam ispred.

Dohvatila je jaknu i Luluin povodac pa požurila iz kuće.

Čim je otvorila kapiju ugledala je Džeka kako stoji s druge strane ulice. Kad je izašla na pločnik brzo je pritisnula daljinski upravljač, kapija se zatvorila, a Džek je prešao ulicu.

– Zdravo, Harijet. Dobro si? Ne izgledaš dobro.

– Šta radiš ovde?

– Došao sam da te vidim. Prošli su dani otkako smo razgovarali, a ti ne odgovaraš na poruke, pa sam samo hteo da čujem šta se događa.

Harijet se obespokojila. Nije bila raspoložena za sukob sa Džekom.

– Možda sve ide tebi naruku.

Lulu je lanula i povukla povodac.

– Moram da prošetam psa – rekla je Harijet.

– Dobro. Šetaću s tobom. Možda skoknemo na piće, čak i picu, pa možemo da razgovaramo.

– Vraćam se pravo kući čim prošetam Lulu.

– Važi, nema pića, mada bi tebi izgleda prijalo. Šetaću s tobom i pričaćemo.

Harijet je stala na prelazu i pritisnula dugme za pešake na semaforu.

– Nadao sam se da ćeš se dosad javiti s datumom sastanka – tiho je rekao Džek. – Kad sam saznao za Elodi, to mi je razbucalo svet. Samo želim da pričam o svojoj ćerki – svakako ti je to jasno?

Upalilo se zeleno, pa je Harijet krenula da prelazi ulicu pre nego što mu je odgovorila.

– Nisam ti odgovarala na poruke zato što nemam šta da ti kažem. Rekla sam Elodi za tebe i da si u gradu i da želiš da je upoznaš, što je za nju bio ogroman šok. Trenutno razmišlja o tome šta želi da uradi. Znam da se brine zbog promene naše porodične dinamike. Nikad u životu nije imala oba roditelja. – Harijet je podigla ruku kad je Džek zaustio nešto da kaže. – Pre nego što išta kažeš, znam da sam za to ja kriva, a ne ti.

– Ona treba samo da me upozna – rekao je Džek. – Zar ne biste vas dve mogle da izađete na kafu, a ja da slučajno prođem? Zar ne bi bilo lakše da se to tako obavi?

– Ne. Neću to da radim. – Harijet je zavrtela glavom. – Za ovo je potrebno vreme. Elodi ima prava da sama odluči hoće li te upoznati ili neće.

– A mogao bih naprosto da se pojavim u vili – nastavio je Džek. – Kao što sam večeras. I da se predstavim.

– Džek Eliot, slušaš li ti mene uopšte? – upitala je Harijet jedva se uzdržavajući. – Ne možeš se na silu upoznati s njom, kao što ne možeš ni da je primoraš da joj se dopadneš ako uopšte pristane da se upozna s tobom.

Iznerviran, Džek je nekoliko puta lupio desnom pesnicom u levi dlan. Harijet se setila da je to radio i u prošlosti kad bi bio pod pritiskom. – Želim samo da je upoznam. Da saznam kakva je. Da je poznajem. Da joj kažem za njene američke korene. Zar je to tako pogrešno?

– Nije. – Harijet je uzdahnula. Počela je da ga žali, ali nije bilo šanse da kaže Elodi da požuri sa odlukom. Džek je verovatno mislio da će sve biti jednostavno kad je saznao istinu o Elodi. Elodi će želeti da ga upozna... i šta onda? Kad se upoznaju, šta će se desiti? Da li je planirao nešto za budućnost? – Ako ne budeš pritiskao, mislim da će Elodi uskoro pristati da se upozna s tobom, ali... – zastala je.

Džek će je verovatno optužiti da postavlja prepreke kad mu bude postavila sledeće pitanje. Ona to iskreno nije radila, ali sve će se promeniti posle upoznavanja. Život više neće biti isti ni za koga od njih. Porodična dinamika definitivno će se promeniti. – Šta će biti posle? Upoznate se, i ti se vratiš u Ameriku, i to je to? Odnos oca i ćerke na daljinu? Ako to planiraš da uradiš, nije pošteno prema njoj.

– Ništa nisam planirao – kazao je Džek. – I ne nameravam sve dok se Elodi i ja ne upoznamo. Tad možemo svi da sednemo i razgovaramo o mogućnostima kao porodica. – Okrenuo se i pogledao Harijet. – Zaista ne želim ni sa kim da se borim oko ovoga, ali ne mogu da ne upoznam ćerku sad kad znam za nju.

Harijet je čula bolno beznađe u njegovom glasu. Setila se kako je bila povređena prošle godine kad je Elodi oklevala da se sretne s njom. Mada je njena povređenost bila drugačija. Sama je bila kriva što je izneverila ćerku, dok Džek ni zbog čega nije kriv. Opet je ona krivac.

– Za mene je nešto ogromno i divno to što sam otkrio da imam i drugo dete. Žao mi je što nisam imao mogućnost da igram veću ulogu u njenom životu. – Džek je prošao prstima kroz kosu. – Znam da si ranije odbila da odemo na piće ili da nešto pojedemo, ali izađi sutra na večeru sa mnom i pričaj mi o Elodi?

Harijet je zavrtela glavom i reč „ne“ se automatski javila u njenoj glavi, ali nije je izgovorila kad je stala. Duboko u duši znala je da pravi razlog zbog kog želi da odbije večeru sa Džekom nije imao ništa sa onim što on priča, a zapravo je imao sve s njenim zakopanim osećanjima prema njemu. To što ga je ponovo videla pokazalo joj je tačno šta je odbacila svih onih godina pre. Bojala se da se ta osećanja ne pokažu i ne odaju je Džeku.

To je značilo da je provesti veče sa Džekom poslednje što želi, ali kad bi ga provela, mogla bi da mu ispriča ponešto što želi da zna o Elodi. Možda bi se onda malo povukao. Čekao s više strpljenja.

Pogledala ga je. – Nisam sigurna da je to dobra zamisao, ali dobro, večeraću sutra s tobom i pričati o Elodi, reći ti sve što mogu o njoj. Rezerviši sto negde za ranije, pa mi pošalji pojedinosti u poruci. Naći ću se tamo s tobom.

32.

U petak uveče Džek je dočekao Harijet u restoranu na obali po svom izboru. Na stolu je već bila kibla sa otvorenom bocom rozea. Džek je ustao da je pozdravi pa se nagnuo pre nego što je mogla da se izmakne i poljubio je u obraz.

– Kad si u Francuskoj... – rekao je smešeći se njenoj nelagodi, pa je nasuo vino u dve čaše i jednu pružio njoj. – *Santé.*

Pojavio se konobar i spustio uobičajenu korpu s hlebom na sto, a njima pružio jelovnike pa ih ostavio da izaberu hranu.

Džek je kratko zagledao jelovnik pa pogledao Harijet. – Izgleda da nemaju naše omiljene – škampe i pomfrit za tebe i špagete bolonjeze za mene. Da odemo odavde?

Harijet se nasmejala neobično razveseljena time što se sećao njihovih nekadašnjih omiljenih jela u pabu. – Baš nepažljivo od njih. Mislim da ću morati da se zadovoljim salatom od krabe s pomfritom. Ti?

– Mislim da će u nedostatku špageta to morati da bude biftek s biberom i pomfrit, ali ubeđen sam da će biti dobro – rekao je Džek.

Harijet se još kikotala kad je Džek upitao: – Sećaš li se onog puta kad si me povela u šetnju po Dartmutu, pa smo se izgubili?

– Da – rekla je Harijet. – Završili smo u pabu sa smešnim imenom, jel' tako?

– *Muzgava patka.* Uopšte to nisam zaboravio. Ceo dan je bio divan. – Džek se nasmejao pre nego što je ozbiljno pogledao Harijet. – Uopšte nisam ni tebe zaboravio. Vidim da i dalje nosiš srebrnu narukvicu koju sam ti kupio – tiho je rekao. – Primetio sam da si je nosila i onog dana ranije.

Harijet je uzdahnula. – Ona mi je omiljena. – Nije bilo potrebno da mu kaže kako je nikad ne skida.

– Džek, molim te, nema svrhe razmišljati o onome što je moglo biti. Hajde da srećne uspomene ostavimo nedirnute i krenemo dalje.

U tom trenutku se vratio konobar da primi njihovu narudžbinu. Kad je prešao za susedni sto, Džek se vratio njihovom razgovoru.

– Ipak, imamo više od srećnih uspomena, zar ne? Imamo fizički dokaz u vidu ćerke. Reci mi, na koga liči – po izgledu i karakteru?

– Prilično je tvrdoglava, što je očigledno nasledila od tebe – izazivala ga je Harijet. – Uz to je i plava kao što si ti bio. Čekaj malo – otvorila je telefon i našla ono što je tražila pa pružila telefon Džeku. – Slikala sam nju i Gabi za Novu godinu kad smo bile na zabavi. Elodi je u tom trenutku okrenula glavu, pa je malo mutna.

Harijet je ćutala dok je Džek pažljivo proučavao sliku. Delovao je potreseno, a oči su mu bile sumnjivo blistave kad joj je vratio telefon.

– Ima moje boje, ali je ista ti u njenim godinama. Prelepa je.

– Hvala.

– Jel' i ona slikarka kao ti?

– Nije, ali je svejedno kreativna. Novinarka je i piše roman. Trenutno joj baš dobro ide. Prija joj preseljenje u Francusku.

Džek je nalio čaše vinom. – Ima li dečka? I ako ga ima, da li je dovoljno dobar za nju?

Harijet se nasmejala. – Džek, ne možeš izigravati zapovedničkog oca, isto kao što ni ja nemam prava da budem majka koja se u sve petlja, predugo smo bili van njenog života. Da, ima dečka Gaza, i on je sjajan. Vodi svoj posao na plaži – vodeni skuteri, pedaline i paraglajderi. – Otpila je gutljaj vina. – Mogu li nešto da te pitam?

Džek je klimnuo glavom.

– Jesi li se oženio devojkom kojom su roditelji očekivali da oženiš, ili nekom drugom?

Džek je teško uzdahnuo. – Da, blesavo od mene, oženio sam se Sabrinom, devojkom koju su roditelji želeli. U dobru. I u zlu. Ispostavilo se da je nešto malo dobrog ostalo u senci svega ostalog. A tvoj brak?

Harijet je uzdahnula sa olakšanjem jer je u tom trenutku stigla njihova večera i spasla je odgovaranja, pa su se oboje ućutali dok je konobar ređao tanjire ispred njih. – *Merci* – promrmljali su istovremeno.

Počeli su da jedu i tek posle nekoliko minuta Džek ju je pogledao suženih očiju. – Hoćeš li mi odgovoriti na pitanje o svom braku?

– Recimo samo da sam i ja u tome ispala blesava – odgovorila je Harijet. – Kakav ti je biftek?

– Dobar. Koliko si već udovica?

– Godinu dana.

– Onaj Igo za koga radiš...?

– Šta s njim? – oprezno je pogledala Džeka.

– Jel' ti nešto više od šefa?

– On je veoma dobar prijatelj.

– Koliko dobar?

Harijet je spustila nož i viljušku i pogledala Džeka pravo u oči. Nije želela da o Igou priča sa Džekom. – Zapravo, tebe se uopšte ne tiče koliko je on meni dobar prijatelj. Ovde smo da razgovaramo o Elodi, ne o meni.

Džek je slegnuo ramenima. – Izvini. Samo me zanima. Čudan je osećaj što sam posle tako mnogo vremena opet s tobom. Doduše čudan na lep način. – Srećan osmeh koji joj je uputio podsetio ju je na one koje je zavolela pre mnogo godina.

Harijet je nastavila da jede. Nije bilo šanse da prizna kako joj je neobično bilo to veče. Bilo je nadrealno što se smeju i dele uspomene. Gotovo kao da se nikad i nisu rastajali. Bilo je potrebno da vrati razgovor na uopšten, manje ličan teren s bezbednijim temama. No prvo je bilo potrebno da sazna koliko dugo Džek namerava da ostane.

– Kad sam naletela na Lizi u Dartmutu, rekla je da si opet u Evropi. Ostaješ li trajno?

Džek je odmahnuo glavom. – Nameravam da podelim vreme između Amerike i Evrope – po šest meseci odjednom. Naravno to zavisi od viza. Mada, sad kad znam za Elodi, verovatno ću za bazu odabrati Francusku, a ne Britaniju. Razmišljam da potražim stan. Zaista mi se dopada hotel u kom sam trenutno odseo, ali ne mogu tamo da ostanem večito.

– U kom si hotelu?

– U *Lepim obalama*. Uzgred jedva čekam da u nekom trenutku u budućnosti upoznam Elodi s njenim polubratom.

Harijet se obespokojila. Džek je očigledno imao čvrstu nameru da ne samo on sâm postane deo Elodinog života već i cela njegova porodica.

– Zar ne misliš da malo brzaš? Još nisi ni upoznao Elodi. – Njegove sledeće reči potvrdile su njene strahove.

– Treba da nadoknadim dvadeset četiri izgubljene godine, naravno da brzam. Ne mogu da nadoknadim propušteno vreme, ali vraški sam siguran da ću uraditi sve što mogu da obezbedim drugačiju budućnost.

Na kraju večeri Džek je zanemario njeno negodovanje i insistirao da je otprati do kuće. Kad je Harijet pritisnula daljinski upravljač za kapiju i ona se otvorila, Džek joj je nežno okrenuo lice prema sebi i ozbiljno je pogledao. – Hvala ti za ovo veče. Bilo je kao nekad i zaista sam uživao. Pretpostavljam da me nećeš pozvati na kafu da je završimo?

– Jednostavno rečeno, ne. Hvala ti na večeri i laku noć, Džek. – Prošla je kroz kapiju koja se zatvarala pred njim.

– Kad se Elodi i ja upoznamo, možda bismo svi troje mogli da odemo na porodičnu večeru? Laku noć, Harijet. Javiću se – doviknuo je.

Harijet je uzdahnula. Znala je da će se sigurno javljati. Znala je i to da će morati da se pomiri s činjenicom da će Džek, kad jednom bude u Elodinom životu, neizbežno biti i u njenom.

Pošla je bočnom stazom kroz vrt i spustila se na ležaljku uz ivicu bazena. Večera sa Džekom bila je zanimljiva. Sećati se zajednički prošlosti je bilo zabavno, a iznenadilo ju je koliko se toga Džek zapravo sećao. Gotovo kao da ju je čikao da se seća lepih trenutaka i podsticao joj pamćenje zaboravljenim dogodovštinama.

Nekoliko puta je imala osećaj da je izaziva, čak da flertuje s njom, s nadom da će ona reagovati.

No to nije mogla. Nije htela. Trebalo je prvo da se sredi stvar sa Elodi. Tek tad će moći da razmišlja o tome kako bi bilo da poželi Džeku dobrodošlicu u svoj život.

33.

Elodi je bila u svojoj sobi namerna da piše prvu od kolumni „Engleskinja u inostranstvu" za nedeljni časopis, za koju je planirano da počne da izlazi krajem meseca. Već danima su joj se u glavi rojile misli o Džeku Elikotu, njenom ocu, i sve teme vezane za posao gurale u drugi plan.

Sat kasnije, pošto je napisala manje od dvesta reči, digla je ruke i rešila da ode na plažu i sačeka da Gaz završi s poslom. Već su se dogovorili da se nađu kasnije te večeri, ali nije mogla dotad da čeka. Posao se smanjivao posle šest sati, kad su ljudi kretali kući, pa se nadala da će uskoro biti slobodan.

Dok je prolazila pored velikog hotela na Bulevaru Eduara Boduena, gde je njena majka odsela prethodnog Božića, Elodi se setila kako se uznemirila kad joj je Gabi tad rekla da je Harijet u gradu. A sad je i njen neznani otac bio tu. Kako se zvaše onaj film o danu koji se ponavlja unedogled? *Dan mrmota*, tako je. Ovo postaje njen lični dan mrmota. Samo što je ovoga puta njen otac, umesto majke, želeo da se vrati u njen život. A goruće pitanje jeste kako da se ne upozna s njim sad kad se već ukazala prilika?

Lagala je kad je rekla Harijet kako želi samo da zna nekoliko pojedinosti o svom ocu i da ne namerava da požuri i potraži ga. Paaa, donekle je lagala. Nameravala je samo da se, kad sazna njegovo ime, malo pozabavi istraživačkim novinarstvom, da vidi može li mu ući u trag. No kako se Džek pojavio, ništa je ne sprečava da se upozna s njim. Zbog čega onda okleva?

Uzdahnula je. U dubini duše je znala da se plaši. Pristanak da se upozna sa Džekom Elikotom bio bi neopoziv korak ka tome da se njen svet postavi naglavačke i nije bila sigurna kako bi se nosila sa oba roditelja u životu, a nije imala nijednog dok se Harijet nije pojavila. Roditelja koji nikad nisu imali zajedničku dužnost prema detetu koje su stvorili. Nameravaju li da se sprijatelje, možda čak opet postanu ljubavnici? Ili će morati da ih viđa odvojeno i drži ih u zasebnim delovima svog života?

Ponovo je pogledala hotel dok je išla prema plaži. Da li je i on odseo u tom hotelu? Da li Džek stoji u svojoj sobi i gleda napolje ne znajući da je njegova ćerka deo prizora?

Porodice su odlazile s plaže kući ili u hotele i sobe za iznajmljivanje s jogunastom malom decom i smorenim tinejdžerima koji šutiraju pesak. Parovi bez dece su uživali u aperitivu ili ranoj večeri u nekom od restorana na plaži. Dok se spuštala do pristana s kog je Gaz vodio svoj posao, Elodi je shvatila da zagleda svakog sredovečnog muškarca pored kog je prošla i pita se: *Da nisi ti on?*

Gaz je stajao sâm u vodi kraj pristana i vezivao pedaline, pa je ubrzala da što pre stigne do njega. Iako se iznenadio što je vidi, izašao je na pesak sa srećnim osmehom i hitro je poljubio kad mu je utrčala u zagrljaj.

– Imaš li pet minuta? – pitala je Elodi. – Zaista moram da razgovaram s tobom. I da te pitam nešto.

Gaz je pogledao Olivijea i Enca, koji su stajali s dve žene neposredno posle vožnje paraglajderom, smejali se i ćaskali s njima.

– Šta je bilo?

– Odlučila sam da se upoznam sa ocem, ali hoćeš li, molim te, da pođeš sa mnom?

– Hoću, naravno da ću poći s tobom, ali treba malo ranije da mi javiš da bi Olivije i Enco pokrili tog dana moje odsustvo. Ako odlučiš da ideš na ručak s njim, verovatno ću morati brzo da odem i vratim se momcima.

– Hvala ti. Ne očekujem da ću ručati s njim, bar ne prvi put kad se sretnemo. Reci mi kog dana možeš, pa ću reći Harijet da u poruci napiše pojedinosti... njemu. Neverovatno mi je šta se spremam da uradim.

Gaz ju je zagrlio. – Slučajno mislim da radiš ispravno.

* * *

Harijet je bila u svojoj sobi i spremala se da legne kad se začulo tiho kucanje na vratima. Pogledala je na sat. Bilo je jedanaest sati. Čula je Elodi kako pita: – Mogu li načas da uđem i razgovaram s tobom, molim te?

– Svakako. Uđi. Nešto nije u redu?

– Ne, sve je u redu, ali večeras sam rešila da ću se upoznati s ocem.

Harijet je prigušila uzdah olakšanja koje najzad stiže, pa se osmehnula Elodi. – Biće mu drago da to čuje.

– Mislila sam da se nađemo u pola jedanaest prekosutra uz podijum za muzičare na Nacionalnom trgu. Šta ti misliš, da nije to mnogo brzo?

– Da ga sad pozoveš i kažeš mu da se tamo nađete za pet minuta, bio bi tamo. Zaista očajnički želi da se vidi s tobom, da te upozna. – Harijet je podigla telefon s toaletnog stola. – Odmah ću mu poslati poruku i reći mu gde ćemo ga prekosutra čekati.

– Ovaj... ne.

Harijet je podigla pogled s telefona i zaustavila prste nad tastaturom.

– Molim te napiši mu vreme i mesto, ali ne želim da ti ideš sa mnom.

Harijet je zbunjeno pogledala Elodi. – Zašto da ne? Svakako bi to olakšalo sve umesto da ideš sama? Utrlo bi put.

– Neću ići sama. Gaz ide sa mnom.

– Dobro – polako je počela Harijet. – Sigurna sam da će biti dobra podrška, ali ja znam Džeka, mogu da pomognem.

– U tome i jeste stvar – prekinula ju je Elodi. – Ti znaš Džeka. Gaz i ja ćemo ga upoznati kao neznanca na kog smo slučajno naleteli, ako tako hoćeš. Nema prethodnog znanja o tome kakav je Džek stvarno ni pravog znanja kakva sam ja. Možemo da saznajemo jedno o drugom, da vidimo kako se slažemo bez pritiska tvog ili njegovog emocionalnog tereta da nam smeta. – Elodi ju je pogledala blago se smešeći. – Ti bi tamo bila kao usplahirena majka koja bdije nad nama. Pokušavala bi da utičeš na njega, na mene da govorimo nešto lepo. Razumeš li šta hoću da kažem?

Harijet je zamišljeno kratko klimnula glavom. Elodi je žena za sebe, i taj značajan susret koji menja život biće obavljen pod njenim uslovima. – Da, mislim da razumem.

– Trudim se da ga upoznam bez ikakvih unapred stečenih zamisli kakav je. Bez očekivanja. Samo zato što mi je otac ne znači nužno da ćemo se dopasti jedno drugom, pa čak ni da ćemo se slagati.

Elodi je sa olakšanjem odahnula. – Drago mi je što smo to rešile. Dobro, odoh u krevet. O, i kad mu budeš pisala, molim te ne pominji Gaza. Želim da ga iznenadim. 'Kunoć – i s tim je nestala.

Harijet je sela na krevet i brzo poslala poruku Džeku s pojedinostima uz opasku na kraju:

Nemoj da kasniš.

Odgovor je odmah stigao.

Neću. Videćemo se tamo i hvala.

Nasmešila se. Iznenadiće se. Pretpostavio je da će ona doći sa Elodi. Prekosutra, u nedelju, upoznaće svoju ćerku i njenog dečka, i život za sve njih više nikad neće biti isti.

34.

– Mama, sećaš li se kad se pre dvadeset godina tata razboleo pa sam morao da dojurim iz Evrope?

– Kakvo smešno pitanje, Džek. Kao da bih ikad mogla da zaboravim te užasne dane.

Džek je u sebi opsovao. Očigledno nije to trebalo da kaže kao uvod u razgovor. Posle sastanka s Harijet prethodne večeri, vratio se u hotel rešen da sutradan za doručkom razgovara s majkom. Nikad joj nije rekao šta je zapravo povod za njegov put u Francusku, a trebalo je to da uradi pre nego što je postao primoran da kaže. Mislio je da zna kako će ona reagovati, ali ipak nije bio siguran.

Džek ju je posmatrao kako izdašno maže džem od kajsija na kroasan i osmehnuo se.

– Šta je s tim uopšte? – pitala je Marta Elikot.

– Kad sam bio u Evropi dogodilo mi se nešto o čemu ti nikad nisam pričao – rekao je Džek i duboko uzdahnuo. – Zaljubio sam se u Engleskinju po imenu Harijet, i nameravao sam da se oženim njom kad sam morao da odem i vratim se kući.

– Pretpostavljam da je to devojka koja ti je nekoliko nedelja po povratku kući pisala pisma, a onda najednom prestala – rekla je Marta i pogledala ga na način koji bi ga u mlađim danima naveo da zaćuti. Međutim sad je nastavio.

– Da. Harijet mi to nije rekla, ali kad sam otišao shvatila je da je trudna. Rodila je devojčicu. Moju ćerku. Elodi.

Marta je spustila kroasan i zagledala se u sina. – Hoćeš da mi kažeš kako imam odraslu unuku Engleskinju po imenu Elodi?

Džek je klimnuo glavom.

– Lepo ime. Kad si je upoznao? I kad ja mogu da je upoznam?

– Još je nisam upoznao.

– Ako je nisi upoznao, jesi li siguran da je ona...

Džek je prekinuo majku. – Da, sto posto sam siguran da je moja ćerka.

– Imaš li bar njenu sliku?

Džek je zavrteo glavom. – Žao mi je.

Marta je uzdahnula. – Dakle, pretpostavljam da je sledeće da letimo u Englesku i upoznamo se, jel' tako?

– Ne. Harijet zapravo živi u Žuan le Penu s majkom Francuskinjom i Elodi. Sinoć sam večerao s Harijet.

– Zašto ne i sa Elodi?

– Moje pojavljivanje u njenom životu veliki je šok, ali s njom se nalazim sutra pre podne. Kad se i to dogodi, voleo bih da je upoznam s njenom američkom bakom. Naravno, uskoro i s Nejtanom.

– Ah, Nejtan. Šta misliš kako će on reagovati na to da ima polusestru? Oboje znamo kako će Sabrina verovatno reagovati na tu novost – rekla je Marta i napravila grimasu pri pomisli na to.

Džek je uzdahnuo. – Ni najmanje me ne zanima kako će Sabrina verovatno reagovati. Razvedeni smo i kraj priče. Nejtan će, s druge strane, biti nadam se zadovoljan što ima sestru. Često je govorio kako mu je žao što je jedinac. E pa, sad ima veliku sestru.

– A kad se naš odmor ovde završi, šta misliš da će se dogoditi?

– Ono što želim da se dogodi pre kraja odmora nadam se da će prirodno dovesti do sasvim novog odnosa s mojom ćerkom. Kako ovde u Evropi, tako i u Americi.

Marta je zamišljano klimala glavom. – A kako se u taj scenario uklapa njena majka? Čemu se nadaš s njom? Sa ženom koja je prenebregla da ti kaže da imaš ćerku.

– Mama, postavljaš najnemogućija pitanja. Na to trenutno nemam odgovor. – Džek je kratko poćutao. – Svaki put kad je vidim preplavi me ogroman talas radosti. Uživao sam sinoć s Harijet, bilo je kao nekad. Prisećali smo se, smejali se. Činilo mi se kao da sam konačno s jedinom osobom koja je bitna. – Podigao je ruku. – Znam da je nemoguće vratiti sat unazad, ali voleo bih da se opet zbližim s Harijet, naravno ako ona to želi. Ipak, trenutno nameravam da se usredsredim na susret s ćerkom i uspostavljanje očinskog odnosa prema njoj. A onda – slegnuo je ramenima – videćemo šta će se desiti.

Gabi je sedela na terasi posle plivanja i uživala u jutarnjem suncu, a Filip je još malo ostao u bazenu. Pred Gabi je bila otvorena knjiga, ali misli su joj bile razvejane pa je nekoliko minuta kasnije uzdahnula i odložila knjigu.

Sve to s neočekivanim pojavljivanjem Džeka Elikota i njegovom željom da upozna svoju ćerku uznemiravalo je sve njih, a Gabi još nije našla vremena ni priliku da razgovara sa Elodi o njenom planu da živi s Gazom. Dve krupne stvari nad kojima nema kontrolu. Budući da razmišljanje o stvarima koje su van njene kontrole frustrira, bilo bi joj bolje da se udubi u svoje neposredne probleme. Na primer, šta će da radi s posudom za četkice koja je i dalje u podrumu. Treba li da je proda, ili da je zadrži u porodici? Doduše, da li je njeno čuvanje u vili izvodljivo, sad kad zna njenu vrednost? Osiguranje kuće će svakako biti astronomsko. Da li je činjenica da je posuda tako dugo u porodici dovoljna da je ona sačuva? Uostalom, nije je videla četrdeset godina. Verovatnoća da još četrdeset protekne a da se ona ne okrnji ili slučajno uništi verovatno je sasvim mala. Osim toga, ako su u pravu aukcionari koji su pre mnogo godina naznačili moguću cenu koju bi postigla, taj novac bio mogao bolje da se upotrebi.

Gabi je uzdahnula. Kasnije će napraviti nekoliko snimaka i zamoliti Kolet da stupi u kontakt sa stručnjakom koga zna. Uvek je moguće da je prvobitni aukcionar pogrešio. Zasad je sasvim bezbedna dole u podrumu, daleko od očiju, daleko od misli. Ako i druga procena bude slična, tada će odlučiti šta da radi.

– Gabrijela, *ma cherie*, izgledaš veoma ozbiljno – rekao je Filip kad je izašao iz bazena i dok se brisao.

– Frustrira me to što nisam u stanju sve da sredim – rekla je Gabi. – Sve to sa Džekom se razvlači. Ne želi samo Elodi da ga upozna, želim i ja. Neodlučna sam hoću li ga voleti ili mrzeti što je napravio dete mojoj ćerki pa ga posle nije bilo.

– Za šta nije on kriv – blago je rekao Filip. – Mislim da sad, kad je saznao, želi da se iskupi.

– A to bi moglo da donese mnoštvo novih problema. – Gabi je uzdahnula. – Izvini. Pesimistična sam, što ne liči na mene.

Filip se obrisao i seo pored nje. – Imam novosti koje će te možda razveseliti. Dobili smo pozivnicu za obilazak stana u hotelu *Provansal*. U dva sata poslednjeg četvrtka u julu.

– Stvarno? Radujem se tome. Odšetala sam donde pre nekoliko dana s Kolet, ali ništa nismo mogle da vidimo o danu obilaska. Htela sam da pitam može li Kolet da pođe s nama, ali pretpostavljam da je sad kasno pošto si dobio pozivnicu. I dalje nema mnogo toga da se vidi, iako je skinut deo ograde i premda je očigledno ostalo još mnogo da se radi, ali gornji deo zgrade je u besprekornom stanju.

– Kolet bi mogla da ode drugi put – rekao je Filip. – Ovaj obilazak je definitivno samo za tebe i mene. A budi uverena da ćemo imati mnogo toga da vidimo. Ne izgleda samo spoljašnjost zgrade besprekorno, čuo sam da je i unutrašnjost spektakularna.

35.

U subotu oko podne Harijet je bila na verandi i pokušavala da se usredsredi i naslika antipske bedeme, a misli su joj zaokupljali Elodi i Džek kad se javio Igo. Džulija, njegova glavna asistentkinja, otišla je kući zbog jake migrene. – Postoji li mogućnost da radiš danas posle podne? – pitao je.

– Naravno. Ja sam ti devojka za slučaj nužde – odgovorila je Harijet. Biće dobro da ima šta da radi. Služenje posetilaca skrenuće joj pažnju, skrenuti misli sa svega drugog što se događa.

– Hvala ti. Videćemo se kasnije.

Kad je Harijet naišla, a Igo otvorio galeriju posle pauze za ručak već se bio stvorio red. Nekoliko minuta kasnije oboje su bili zaposleni služenjem posetilaca, a gužva se nije smanjila još sat-dva.

– Jel' subotom uvek ovako mnogo posla? – pitala je Harijet kad je pošla u pomoćne prostorije da im pripremi napitke. Kafu za Igoa, zeleni čaj za sebe.

– Jeste, i nikad nisam shvatio zbog čega, ali verovatno ima neke veze sa smenom u *gîtes*[29] i hotelima. No sad bi trebalo do kraja radnog vremena sve da se stiša. A možda i neće – dodao je jer su u galeriju ušle još dve žene. – Ti kuvaj čaj i kafu, ja ću se pobrinuti za posetiteljke. – Zatim je veselo poželeo *bon après-midi, mesdames.* Kad se nekoliko minuta kasnije Harijet pojavila s napicima, on je uvijao kupljenu robu i uzimao novac.

Elegantna žena, sledeći posetilac, ušla je sama i Harijet joj je uputila osmeh dobrodošlice i tiho *bonjour* i zauzvrat dobila osmeh.

---

[29] Fr.: opremljena vikendica za iznajmljivanje u Francuskoj. (Prim. prev.)

Žena je neko vreme obilazila galeriju, uzela nekoliko razglednica, svesku i dve uramljene reprodukcije pa prišla pultu. Harijet je izabrane predmete ukucala u kasu.

– To je devedeset pet evra molim. – Žena joj je pružila kreditnu karticu. – Provući ću karticu kroz aparat, pa ću vam sve uviti.

– Hvala, dušo – rekla je žena s mekim američkim izgovorom.

Harijet je okrenula karticu i stavila je u aparat jedva pogledavši ime na njoj. Aparat je označio transakciju, a Harijet je ženi vratila karticu.

Pet minuta kasnije ono što je žena kupila bilo je uvijeno i ona se oprostila. Tek dok je gledala ženu kako izlazi na otvorena vrata Harijet je sinulo da je ime koje je podsvesno registrovala bilo Marta Elikot.

Harijet se nije uzbudila. Elikot može da bude i sasvim uobičajeno ime u Americi. Ne znači da ima ikakve veze sa Džekom. Čak i ako je nekako povezana s njim, nije znala ko je Harijet inače bi joj se predstavila. Ili ne bi?

Iako je Igo rekao da će u galeriji kasno posle podne biti mirnije, bilo je mnogo posla sve do sedam sati, kad je okrenuo znak i zaključao vrata pa su oboje sa olakšanjem odahnuli. Dok je Igo brojao pazar, Harijet je išla okolo i sređivala izložene predmete, ispravljala slike i brisala pult pa na kraju prešla usisivačem po tepihu.

– Žuriš li? Mislim da smo oboje zaslužili po čašu vina.

– To bi bilo lepo – rekla je Harijet.

Kad je Igo stavio novac u sef, zaključao je pa su izašli. Sa olakšanjem su seli za sto u jednom od barova na pijaci.

– Kako ide sa Elodi? – pitao je Igo u trenutku kad je sat na gradskoj većnici zazvonio i gotovo mu prigušio reči.

– Bolje nego ranije. Konačno je pristala da se sretne sa ocem... Pre neko veče sam zapravo večerala s Džekom. Hteo je da mu ispričam sve što mogu o Elodi.

– Da li ti je to teško palo?

Harijet je odmahnula glavom. – Nije. Sve je bilo kulturno, čak sasvim zabavno. Uporno me je podsećao na zanimljive stvari koje smo zajedno radili.

– Možda ne želi da upozna samo Elodi, možda želi i tebe ponovo u svom životu – tiho je rekao Igo. – Kako bi se ti osećala u tom slučaju?

Harijet je nekoliko sekundi ćutala. – Mislim da možda i dalje oseća nešto prema meni, ali to je verovatno povezano s činjenicom da sam majka njegove neznane ćerke. – Nije rekla Igou da je Džek takoreći otvoreno flertovao s njom, ni da je ona na to reagovala.

– A ti? Šta je s tvojim osećanjima? – tiho je pitao Igo.

– I dalje su razbacana u moru zbunjenosti – odgovorila je Harijet. – Mislim da to ima veze s činjenicom da imamo zajedničku prošlost – i Elodi naravno. Čak i posle svih godina nije lako isključiti takav odnos.

Igo je klimnuo glavom i tužno je pogledao. – A ti to zaista i ne želiš, jel' tako?

Harijet se ugrizla za usnu i jedva primetno zavrtela glavom. Zaista nije želela da povredi Igoa, ali morala je da bude iskrena prema njemu, iako nije bilo verovatno da će ona i Džek ponovo oživeti svoj nekadašnji odnos. – Mislim da će to biti nemoguće – rekla je i uzvratila mu istim tužnim pogledom.

U subotu uveče Elodi je išla prema plaži da, kao i obično, provede nekoliko sati s Gazom. Nameravali su da skoknu Gazovim skuterom do omiljene picerije u Kanu. Međutim, te večeri je Elodi bila nervozna i, koliko god se trudila da umiri živce, oni su joj već titrali zbog sutrašnjeg susreta sa Džekom.

Olivije i Enco su obezbeđivali sve za noć, a Elodi je prišla da im pomogne dok je Gaz razgovarao s visokim muškarcem o rezervaciji izleta paraglajderom za njegovog sina i snahu kad dođu kasnije u toku godine. Elodi se osmehnula njima dvojici dok je prilazila. Nije poznavala onog čoveka, ali joj je nešto neobično poznato bilo kod njega.

– Potrebno je samo da najavite dvadeset četiri sata ranije za izlet vikendom, jer je tad veća potražnja – objašnjavao je Gaz kad je ona stigla do njih. – Sad me izvinite, treba da pomognem da sve obezbedimo. Radujem se našem ponovnom susretu – pa se Gaz okrenuo. – Zdravo, Elodi. Sačekaj me pet minuta pa idemo.

– Hvala na pomoći, Gaz. Postaraću se da na vreme zakažem.

Elodi se ukočila zbog američkog izgovora onog čoveka, pa se polako okrenula i upiljila u njega i naletela na pogled prodornih plavih očiju. Zvuci običnog sveta oko nje, talasa koji udaraju u obalu, krika galebova, smeha gostiju u obližnjem restoranu, svega, izgubili su se pod snažnim udaranjem u njenim ušima i glavi.

Kad je uspela da izusti reči: – Džek Elikot? – on joj se osmehnuo.

– Da, a ti mora da si Elodi, moja ćerka.

36.

Bila je skoro ponoć kad je Gaz dopratio Elodi kući. Stao je ispred kapije, pa ju je zagrlio da je poljubi za laku noć. – *Eh bien!* Kakvo veče! – rekao je. – Dopada mi se tvoj tata. A mislim da se i tebi dopada.

– Da. Harijet je u pravu. On je dobar čovek. Imam samo dobre muškarce u životu – rekla je Elodi i nagnula se da mu uzvrati poljupcem. – Hvala ti što si me dopratio. Videćemo se sutra.

Gaz je pričekao da se kapija zatvori za Elodi pa je doviknuo: – *Je t'aime. A bientôt*[30] – i krenuo.

– *Moi aussi*[31] – tiho je doviknula Elodi.

Unutra se odšunjala uza stepenice do svoje sobe gde je Lulu već spavala na njenom krevetu. Delimično je želela da probudi Harijet i ispriča joj o toj večeri, ali drugim delom je želela da prvo još jednom sve nasamo proživi.

Kad se povratila od zaprepašćenja, Džek se izvinio ako im kvari planove za to veče i zamolio ih da mu se pridruže na večeri u jednom od restorana na plaži. Gaz je ponudio da ih ostavi same da bi se upoznali, ali i Džek i Elodi su insistirali da ostane.

Pošto su pristali da večeraju s njim, Džek je otišao pravo u restoran i rezervisao sto za njih troje.

– Tvoja mama i ja smo pre neko veče ovde večerali, tako da znam da je hrana dobra – rekao je. Čim im je konobar sipao aperitive, Džek je podigao čašu da nazdravi. – Za očeve i ćerke.

– Dopada mi se kako kažeš *mama* – rekla je Elodi. – Mama mi nije rekla da ste bili na večeri.

---

[30] Fr.: Volim te. Do skorog viđenja. (Prim. prev.)

[31] Fr. I ja tebe. (Prim. prev.)

– Bilo nam je divno, sećali smo se i... – oklevao je. – Nadam se da smo ponovo uspostavili vezu.

Elodi ga je oštro pogledala. – Da li je ponovo povezivanje s mamom razlog tvog dolaska?

Džek je odmahnuo glavom. – Nije. Glavni razlog je to što sam krenuo za slutnjom da imam neznanu ćerku, što me je, kad se to ispostavilo kao tačno, navelo da želim da se nas dvoje upoznamo. Sve ostalo postaje beznačajno u poređenju s tim. Molim te da mi veruješ kad ti kažem da nikad nisam zaboravio Harijet i... – zastao je. – I ako budem u tvom životu, što se nadam da ćeš mi dozvoliti, voleo bih da budem ponovo i u njenom ukoliko mi ona to dozvoli. Teško mi je da joj oprostim, ali znam da je imala svoje razloge što mi nije rekla za tebe.

Elodi mu je zamišljeno klimnula glavom.

– Imam toliko pitanja za tebe – rekao je Džek. – Naprosto ne znam odakle da počnem. Zato ću se baciti pravo u to sa ozbiljnim, presudnim pitanjem: voliš li sendviče s kikiriki puterom i sulcom?

Gaz i Elodi su se upiljili u njega, pa onda prsnuli u smeh.

– Jel' to neko trik pitanje? – pitala je Elodi.

Džek je izgledao uvređeno. – Za Amerikanca je važno to da zna. Dakle, voliš li ih?

– Nikad u životu ih nisam probala – rekla je Elodi. – Volim kikiriki buter, ali nisam sigurna da bih ga jela sa sulcom. A ti, voliš li namaz od kvasca na siru?

Gaz ih je zapanjeno posmatrao. – Oboje volite čudnu hranu, ali kladim se da ćete oboje napraviti grimasu na omiljeno francusko jelo. Tartar biftek s presnim žumancem ili bez njega.

– Uh, sirova govedina – stresla se Elodi.

Konobar je stigao s njihovom hranom pa je razgovor načas prestao.

Dok je sad sedela na svom krevetu mazeći Lulu i sećala se smeha zbog Džekovog takozvanog ozbiljnog pitanja, Elodi je shvatila da je to trenutak kad su se svi opustili, i on je dao ton ostatku večeri. Čak je i zaista ozbiljan razgovor koji je usledio bio blag i ljubazan. Recimo, kad je Džek rekao da je oduvek želeo ćerku, ona je bez razmišljanja odmah odgovorila: – Meni nikad nije nedostajao tata kog nisam imala.

– To me strašno žalosti jer smo mnogo toga propustili – kazao je Džek. – Mnogo treba da nadoknađujemo.

– Koliko ćeš dugo ostati u Francuskoj? – pitao je Gaz.

– Viza mi ističe za četiri meseca, što ću nadam se moći da produžim ako bude potrebno. Moja majka, koja je ovde sa mnom, ima istu vizu, ali ona će se verovatno vratiti kući i neće produžavati odmor.

– Čekaj – prekinula ga je Elodi. – Imam američku babu? Jesi li joj rekao za mene? Ima li tetaka i stričeva za koje treba da znam?

– Ja sam jedinac, tako da tetaka i stričeva nema. Ali da, imaš američku babu koja jedva čeka da te upozna. Imaš i polubrata Nejtana. On će uskoro doći ovamo na odmor, tako da ćeš i njega upoznati. O, da ne zaboravim. Imaš i deda-ujaka Kupera, majčinog brata blizanca. On je u poslednje vreme pomalo pustinjak, pa ga ne viđamo često.

Džek je pružio mobilni telefon Gazu. – Da li bi nas slikao, molim te? Ako se vratim u hotel bez dokaza o ovom susretu, majka neće biti nimalo srećna.

Gaz ih je slikao, a onda napravio selfi svojim telefonom njih troje za Elodi.

– Gde živiš u Americi? – pitao je Gaz.

– Na istočnoj obali blizu Njujorka. Jedva čekam da vas dvoje dođete u posetu.

Dok je veče odmicalo Elodi se zavalila i gledala sunce kako zalazi nad planinom Esterel. Pijuckala je vino i slušala Gaza i oca, tog oca s kojim još nije mogla sasvim da se poveže, ali prema kome je već osećala privlačnost, kako veselo raspravljaju o stanju u svetskom tenisu. Gaz je bio oduševljeni navijač i svake godine je kupovao karte za masters u Monte Karlu. Njen otac je navodno igrao na amaterskim turnirima kad je bio mlađi. Elodi se osmehnula na to. Obožavala je da svake godine igra na Dartmutskom regata teniskom takmičenju, čak je jedne godine osvojila i pehar. Da li je, i ne znajući, nasledila ljubav prema tom sportu od njega?

Još su tamo sedeli kad je mesec odskočio visoko na nebu a plaža se praznila. Više nego nevoljno, njih troje su poustajali pa je Džek, koji jedva da je i pogledao račun na tacnici, spustio nekoliko novčanica pa sve pružio konobaru uz *Merci. Tout compris.*[32]

Dok su išli duž Promenade, Elodi između njih dvojice, Džek je tiho rekao: – Tvoja mama mi je rekla da je njen brak, kao i moj, bio greška. Da li ti je išta pričala o tom vremenu?

Elodi je uzdahnula. – Samo malo. Da budem iskrena, sebično je nikad nisam otvoreno pitala. Mrzela sam Toda što ju je odveo i nisam želela ništa o njemu da znam. Jedino, međutim, znam da je bio neko ko sve veoma kontroliše. Moraćeš nju da pitaš o pojedinostima ako želiš da ih znaš.

– Želim da znam i nameravam da je pitam – rekao je Džek. – Nego, jesmo li odredili vreme sutrašnjeg ručka za sve? Mislim da smo rekli oko pola jedan u baru u *Lepim obalama*. – Rukovao se s Gazom. – Drago mi je što smo se upoznali i verujem da ćemo biti dobri prijatelji. Voleo bih da uspeš da dođeš sutra na ručak, ali ako ne budeš mogao, ubuduće ćemo imati mnogo ručkova. – Okrenuo se prema Elodi. – Mogu li da te zagrlim za laku noć?

Bez reči, Elodi mu je prišla u zagrljaj a on ju je čvrsto stegao.

– Divno je što sam te konačno upoznao. Večeras smo napravili divnu prvu uspomenu. A obećavam da ću biti najbolji otac kog nisi ni znala da ga želiš. Videćemo se sutra.

Elodi je odigla jorgan pa zadovoljno uzdahnula i legla u krevet. Bilo je sjajno što je veče sa Džekom prošlo tako spontano i jedva je čekala sutrašnji porodični ručak.

---

[32] Fr.: sve je uključeno; u ovom slučaju: u redu je. (Prim. prev.)

37.

Rano sledećeg jutra Elodi je otrčala s Lulu po kroasane i sebe nagradila kratkim plivanjem pre nego što su majka i baka sišle na doručak. Harijet je stavila kafu na sto i gledala kako se Elodi briše.

– Sinoć ste se ti i Gaz lepo proveli? Čula sam kad si stigla kući.

– Izvini, nisam htela da te probudim, mislila sam da sam baš tiha – rekla je Elodi.

– Nisi me probudila. Čitala sam.

– Dobro jutro – kazala je Gabi kad je stigla i izvukla stolicu. – Jeste li ti i Gaz bili u Kanu?

– Nismo. Večerali smo u Žuanu u restoranu na plaži. – Elodi je zagrizla kroasan, sažvakala ga i progutala pre nego što je nehajno rekla: – Uzgred, prepodnevni sastanak sa Džekom je otkazan.

Odmah se osetila loše kad je Harijet odreagovala očajničkim: – Za boga milog, zašto?

Elodi je rekla: – Samo je promenjen plan. Nismo sinoć išli u Kan zato što je, kad sam stigla na plažu, tamo bio Džek i razgovarao s Gazom, i oboje smo shvatili ko smo.

Gabi i Harijet su se upiljile u nju.

– Tako smo završili na večeri sa Džekom. – Elodi se okrenula majci. – U istom restoranu u koji je tebe odveo.

– Nisam znala da si večerala sa Džekom – rekla je Gabi i pogledala Harijet, koja je slegnula ramenima.

– Nervirao se što Elodi ne pristaje da se vidi s njim, pa sam mislila da ga malo umirim. I šta se sad dešava?

– Ostaje ovde još nekoliko meseci – rekla je Elodi. – Zaista želi da me upozna, da upozna nas. Stvarno mi se dopao. Kao što si rekla, dobar je čovek. U svakom slučaju, danas smo svi pozvani na ručak u *Lepim obalama*. Gabi, i Filip je pozvan. Moja američka baba će isto biti tamo. Zapravo se tome radujem. – Dovršila je kroasan, ispila kafu i ustala. – Oko pola jedan u baru *Lepih obala*. Možemo svi da odšetamo tamo oko dvanaest i petnaest. Sad moram malo da radim, vidimo se kasnije.

Kad je Elodi otišla, Harijet se stegnuto nasmejala gledajući majku pa su obe zavrtele glavom skrušeno pomirene sa sudbinom.

– Pa bar izgleda da se lepo slažu – rekla je Gabi. – Sad ostaje samo da vidimo šta će se dalje dešavati. Moram reći da jedva čekam da konačno upoznam tvog Džeka, kao i njegovu majku. A ručak u *Lepim obalama* će svakako biti ukusan.

– Nije on „moj" Džek – negodovala je Harijet. – Samo je slučajno neko koga sam davno poznavala i ko je otac mog sad odraslog deteta. – Odgurnula je misao *tad je svakako bio moj Džek*. Previše godina je prošlo, previše grešaka je napravljeno; prekasno je da žali za onim što je moglo biti.

Gabi ju je prodorno posmatrala. – On je i neko ko se dosta pomučio da uđe u trag vama obema. Još ga nisam ni upoznala, ali mislim da ćeš shvatiti da bi opet voleo da bude tvoj Džek. A po mom mišljenju, izgleda da i ti i dalje gajiš osećanja prema njemu. – Gabi je ustala. – Jedva čekam da vidim vas dvoje zajedno. – Vragolasto se osmehnula. – Idem da telefoniram Filipu i kažem mu za naš sastanak na ručku, a onda ću da se doteram za susret sa američkom prijom. Čula sam da neke starije Amerikanke veoma ozbiljno vode računa o svom izgledu i ne želim da obrukam našu stranu.

Harijet je još malo ostala tu gde je. Znala je da je Džekov i Elodin susret početak ogromnih promena u njihovom životu. Neke od tih promena sigurno će biti poželjnije od drugih. A Gabi je u pravu. I dalje je gajila osećanja prema Džeku, koliko god se trudila da ih se odrekne. Osećanja koja nikad nisu sasvim nestala. No to nije nameravala nikome da prizna.

– Obe izgledate sjajno – rekla je Elodi nekoliko sati kasnije kad se pridružila babi i majci na terasi pre nego što će krenuti u *Lepe obale*. – Gde je Filip?

– Naći će se s nama tamo – rekla je Gabi. – Pošto živi praktično prekoputa hotela, činilo mi se blesavo da ga dovlačimo kod nas, pa da se on onda vraća tamo.

– Lulu je srećna sa svojim igračkama u korpi u mojoj sobi – rekla je Harijet. – Dakle, hajdemo i... kako se ono kaže? Znam: danas smo mi dame na ručku.

Ubrzo su stigle na Promenadu, pa prošle pored Pineda i zatim ulicom odakle se videlo kako na povetarcu lepršaju zastavice na ulazu u *Lepe obale*. Gabi je pogledala preko puta ulice u hotel *Provansal*, i dalje pod skelama, ali koji se već pomaljao poput grandioznog simbola jučerašnjice, već odišući, ako ne glamurom, onda svakako obećanjem dobrih vremena koja samo što nisu stigla.

Filip je stajao pred ulazom i izgleda bio u živom razgovoru sa Džekom i Gazom. Tri muškarca su se okrenula kad su naišle tri žene.

– Pretpostavljam da vas je Gaz upoznao? – rekla je Harijet.

– Upoznali smo se sami pre tačno tri minuta u *Ficdžerald baru* – rekao je Džek osmehujući se. Okrenuo se prema Gabi i učtivo joj pružio ruku. – Trebalo je da se upoznamo pre mnogo godina. Čast mi je što vas konačno upoznajem, madam Žak.

Gabi se nasmešila dok su se rukovali. – Znaš onu staru izreku: bolje ikad nego nikad. I molim te, zovi me Gabi kao što svi rade, osim Filipa, koji insistira na mom punom imenu.

– Moja majka čeka u restoranu na plaži, hoćemo li da uđemo?

Dok su prolazili hotelskim foajeom prema restoranu na plaži Elodi je zadržala dah. Skot Ficdžerald je bio jedan od njenih književnih junaka, a tamo su na sve strane bile njegove slike, kao i njegovih žene Zelde i ćerke Skoti. Odatle se mogao videti i *Ficdžerald bar* odmah pored, uređen u art deko stilu. Elodi je zamislila sebe i Gaza kako tamo uživaju u koktelima. Prošli su širokim popločanim dvorištem s palmama u saksijama, pa sišli niza stepenice do restorana sa udobnim režiserskim drvenim stolicama oko stolova i pogledom na plavi Mediteran koji ritmično zapljuskuje obalu na metar od njih.

Marta Elikot ih je čekala za stolom uz samu obalu, pa je ustala kad je videla da nailaze. Elodi je išla na začelju grupe nesigurna kako će ta elegantna žena reagovati što ima odraslu unuku koja je neočekivano banula u njen život. Gledala je kako Džek predstavlja Gabi i Filipa. Malo se odmaknuvši od njih troje, koji su učtivo ćaskali, Džek je uhvatio Elodi za ruku, povukao je napred i tiho rekao: – Nemoj biti tako zabrinuta. Tvoja američka baba čezne da te upozna.

Malo kasnije našla se u zagrljaju skupog mirisa. – Elodi, znam da će nam biti divno dok se upoznajemo. A ovo je tvoj dečko Gaz? Vas dvoje morate doći jednog dana da ručate sa mnom, u redu?

Elodi je klimnula glavom. – Ja... veoma bismo to voleli, hvala.

Harijet je posmatrala Elodi i Martu, i pitala se da li će je se Marta setiti iz galerije. Trgla se kad se Džek pojavio pored nje i uzeo je za ruku.

– Konačno je trenutak da upoznaš moju mamu, dođi.

Kad je pokušala da izvuče ruku, Džek joj se široko osmehnuo ali nije olabavio stisak, pa su tako držeći se za ruke prišli da je on predstavi majci. Primetila je da je Marta zadržala pogled na njihovim rukama, a licem joj je nakratko prešao znalački izraz.

– Mama, ovo je Harijet, Elodina majka.

Marta ju je zagledala. – Zar se nismo već srele?

– Jesmo. Ja sam vas uslužila u galeriji pre nekoliko dana – rekla je Harijet. – Moram priznati da nisam registrovala vaše ime pre nego što ste otišli. Tad sam se zapitala da li ste možda Džekova majka, i da li znate ko sam ja.

Marta je odmahnula glavom. – Ne, nisam znala. Da jesam, rekla bih to, naravno. Džek mi je tek pre nekoliko dana rekao istinu o tome zbog čega je u Francuskoj. – Zavrtela je glavom na sina.

Tad se pojavio šef sale s bocom rashlađenog šampanjca i predložio da svi sednu. Kad su posedali svako sa čašom penušavog šampanjca, Džek je ustao da održi zdravicu.

– Mojoj ćerki Elodi, Harijet, njenoj majci, Gabi, njenoj babi i na kraju, mada nikako i najmanje važno, mojoj majci Marti. Za budućnost prave sjedinjene porodice. – Džek je uhvatio Harijetin pogled kad je završavao zdravicu i podigao čašu prema njoj. – Za porodice.

Harijet je podigla svoju čašu i zajedno sa ostalima ponovila *za porodice*, sve vreme želeći da prekine Džekov prodoran pogled, ali potpuno nesposobna čak i da trepne i raspərši tu povezanost.

* * *

– Zaista sam uživala danas u ručku, nadam se da si i ti – rekla je Elodi te večeri dok se s Gazom šetala po Kroazeti u Kanu, do kog su stigli Gazovim skuterom putem pored mora. – Pravi prvi porodični ručak za pamćenje. Dopadaju mi se i *Lepe obale*. Možemo li tamo da odemo ponekad kad imamo nešto posebno da slavimo? Atmosfera je divna, a sve one uspomene na Skota Ficdžeralda su fenomenalne.

– Na kraju sezone ćemo se počastiti – obećao je Gaz. – Ja sam se sjajno proveo. Ti i tvoja nova baba se izgleda lepo slažete?

– Divna je i mnogo mi je drago što su se ona i Gabi odmah skontale. Bojala sam se da se Gabi ne oseti odgurnuto, ali njih dve su tako različite. Baka Marta želi da je posetim. Planira da mi pokaže sva svoja omiljena mesta u Njujorku. Kaže da ću tamo dobiti mnogo ideja za priče i članke.

– A Džek? Jesi li srećnija što ga imaš u životu sad kad si ga malo upoznala?

Elodi je klimnula glavom. – Doduše, i dalje je malo čudno. Toliko toga treba da saznamo jedno o drugom. Jedva da sam čestito upoznala majku, a sad otac hoće da bude i on u mom životu. – Zatresla je glavom. – Biće potrebno vreme da se prilagodim tome da imam roditelje. Mogu li ti reći nešto užasno što me brine?

– Naravno da možeš – rekao je Gaz.

– Zaista mi je teško čak i da pomislim da Harijet oslovim sa mama. Nisam to uspela ni jedan jedini put, a ona je ponovo u mom životu već nekoliko meseci. Svakako se polako zbližavamo ali... – Zastala je. – Posle sasvim kratkog vremena otkad ga poznajem, već razmišljam o Džeku kao o svom tati. Što mi se čini nekako pogrešnim. Ako počnem da ga zovem tata, a Harijet ne zovem mama, mislim da ću je uzrujati.

Gaz je ćutao, pa ga je Elodi zabrinuto pogledala.

– Znam da sam užasna, užasna osoba.

– Ne budi blesava, uopšte nisi užasna. U stvari mislim da si prilično ljupka – rekao je Gaz pa je zagrlio i čvrsto stegao. – To što se brineš da ne uzrujaš mamu dokaz je da ti je stalo.

– Trudim se da analiziram sebe. Smislila sam samo da je razlog to što on nije znao da mi je tata, pa nije morao da bira hoće li ostati ili otići, dok je Harijet očito znala da mi je majka, ali je odlučila da me ostavi. Opet, na neki način shvatam zbog čega je to uradila, mada se ispostavilo da je to još veća greška.

– Mislim da bi trebalo da prestaneš da se brineš – rekao je Gaz. – Kad se Džek vrati u Ameriku, verovatno ćeš Harijet zvati mama i bez razmišljanja.

– Nadam se. Džek hoće da odem s njim. Čak je predložio da se preselim tamo na šest meseci.

– Razmišljaš li da uradiš to?

– Ne – odmah je odgovorila Elodi. – Moj život je ovde. Volela bih da mi odemo tamo na odmor, ili na više odmora, ali ne na nekoliko meseci odjednom.

Gaz je odahnuo. – Načas sam pomislio da ću te izgubiti zbog života u Americi.

– Nećeš me se tako lako otarasiti. – Elodi se okrenula i cmoknula ga. – Jesi li još razmišljao o tome da živimo zajedno?

– Neće biti tako lako kako sam mislio. Nekad su stanovi za dugoročno izdavanje bili skupi, ali ih je bilo lako naći, a sad ih ljudi nude preko cele godine u Antibu. Zarađuju više i spasli su se mogućnosti da imaju nezgodne stanare na duži rok.

– Moraćemo uporno da se raspitujemo – rekla je Elodi. – Nešto će se s vremenom pojaviti. Možda će Filip čuti za nešto. On izgleda poznaje mnogo ljudi ovde.

38.

– Da li ti se pojavila muza i pomogla sad kad opet slikaš? – pitao je Igo u zatišju od kupaca sledeće subote.

Harijet se osmehnula. – Da, jeste i već uživam što opet slikam.

– To je sjajno. Koliko slika si dosad napravila?

– Šest gotovih i jedna samo što nije.

– Razmišljao sam o prvoj nedelji u decembru za izložbu koju sam obećao da ću napraviti. Dotad ima još nekoliko meseci, tako da ciljam na još osam možda. Jel' to izvodljivo, šta misliš?

– Mislim da jeste, ali stvarno ne znam – rekla je Harijet. – Sad će mi se život smiriti pošto je Džek konačno upoznao Elodi.

– Šta? Kad i gde? – Igo je izvio obrve. – Molim detalje.

Harijet mu je na brzinu ispričala o Elodinom i Džekovom slučajnom susretu na plaži. – Džek nas je sutradan sve častio ručkom u *Lepim obalama.*

– Lepo. A vas dvoje? Jeste li opet prijatelji?

– Nisam sigurna da smo već stigli do prijateljske faze. Najbolji opis našeg odnosa, pretpostavljam, jeste civilizovan i zreo. Uglavnom zarad Elodi. – Harijet je potisnula sećanje na to kako je Džek uhvatio za ruku da bi je upoznao s Martom. To nije bilo zrelo, i svakako je kod Marte stvorilo pogrešan utisak o trenutnom stanju njihovog odnosa.

Igo ju je zamišljeno gledao. – Još ti se dopada, jel' tako?

– Mladi Džek mi se mnogo dopadao – priznala je. – Ali sad nas je ponovo približila naša zajednička prošlost, u koju spada i Elodi.

Na Harijetino olakšanje otvorila su se vrata galerije, ušlo je dvoje ljudi, pa se ona odmakla od Igoa i sa osmehom ih dočekala. A potisnula je misli o tome koliko joj se dopada starija verzija Džeka.

* * *

U subotu ujutru je Gabi šetala Lulu, pa je svratila kod Kolet da joj ispriča o ručku u *Lepim obalama* i upoznavanju sa Džekom i njegovom majkom.

– Izgleda čvrsto rešen da uradi sve kako treba za Elodi sad kad zna za nju. A još više otkad ju je upoznao uživo – pričala je Gabi. – A zanimljivo je i to kako se ophodi prema Harijet. Imam utisak da mu nije stalo samo do Elodi.

– Da li ti je Harijet nešto rekla?

Gabi je zavrtela glavom. – Nije. Ipak je pocrvenela kad sam je zadirkivala zbog njega.

– Onda da držimo palčeve. Nego, imam novosti u vezi s posudom za četkice.

– Dobre ili loše?

– Definitivno dobre. Moj prijatelj kaže da je trenutno procena sa sedam cifara suviše niska. Danas bi se na aukciji prodala za sumu znatno veću od te.

Gabi se zaprepastila. – Stvarno? Za mene je i ono već bila neverovatna suma.

– Pitanje je hoćeš li da je prodaš?

Gabi je duboko udahnula. – Užasavam se pomisli da nešto tako skupo bude okrnjeno ili razbijeno, a kako sam već dugo živela bez nje, mislim da ću je prodati. Osim toga, s tim novcem mogu mnogima da pomognem.

– Za desetak dana će biti aukcija na koju mogu da te ubace. Sledeća s kineskim rukotvorinama biće tek dogodine. Danas ću im poslati imejl i reći da mogu da je oglase u katalogu. Ako je doneseš sutra, zapakovaću je i kurirskom službom poslati u Pariz. Važi?

Gabi je klimnula glavom. Poslednjih godinu dana u životu joj se toliko toga promenilo da je smatrala nemogućim da se još nešto promeni. Međutim ako posuda za četkice na aukciji dostigne cenu koja se očekuje, život će se neizbežno opet promeniti, ne samo njoj nego i Harijet i Elodi.

* * *

Te večeri, kad su konačno sve tri istovremeno bile kod kuće, Gabi im je ispričala šta joj je Kolet rekla. – Vrednost koja je stavljena je zaprepašćujuća. – Oklevala je. – Ako se vas dve slažete, mislim da treba da je prodamo. Ako je zadržimo, moraće da ostane u podrumu – a čemu to – jer se bojim da se ne slomi.

– Mama, tebi je ostavljena, možeš s njom da radiš šta god hoćeš – rekla je Harijet.

– Znam to, ali ona je i deo vašeg nasledstva, stoga želim da budem sigurna da se obe slažete s prodajom. Elodi?

– Mislim da je treba prodati jer nikad sebi ne bismo oprostile da se slomi, jel' tako, Harijet?

Harijet je klimnula glavom. – Jeste.

Gabi je sa olakšanjem odahnula. – Dobro. Hajde. Moram opet da odem u podrum i donesem je. Kolet se ponudila da je, ako joj je odnesem sutra, zapakuje i pošalje kurirskom službom aukcionarima na vreme za sledeću aukciju.

Oduševljena Elodi ih je predvodila do garaže. – Tako sam uzbuđena što ću konačno videti podrum.

Gabi je uzela krutu žicu koju je ostavila na gornjoj polici i pažljivo našla cvet u ukrasu duž boka stelaže pa gurnula žicu. Začuo se zadovoljavajući pokret reze. Kad je pružila ruku do leve strane stelaže, Harijet je prišla da joj pomogne pa su je zajedno povukle prema sebi i preklopile je, a Elodi je s nevericom sve pratila. – Ovo je čudesno.

– Pazi na stepenice – rekla je Gabi i upalila svetlo pa su sve tri sišle u podrum.

Elodi se osvrtala i pošla prema stolu na kom je stajala posuda za četkice. – Ovo je ta posuda? Ne izgleda baš nešto, zar ne? Mislim, očigledno je stara, ali to je sve. Nije neka prelepa stvar, jelda? Dopada mi se polica za vino. Šta je u kutijama?

– Zapravo još nismo pogledale – rekla je Harijet. – Mogle bismo sad da zvirnemo? – pogledala je Gabi.

– Zašto da ne – odgovorila je ona. – Pretpostavljam da su samo stvari s garažne rasprodaje, možda i neke porodične uspomene – kazala je zagledana u kutiju pred sobom. – U ovoj su fotografije i, čini mi se, stara porodična *Biblija*. Da je ponesemo gore kad pođemo? Da je natenane pregledamo?

– Ovaj je pun knjiga – rekla je Harijet sagnuvši se nad drveni sanduk. – Izgleda da su francuski klasici – Prust, Balzak i Viktor Igo na samom vrhu. Da li bi to mogla biti prva izdanja? Izgledaju veoma staro.

– U ovoj su porcelanski ukrasi – rekla je Elodi. – A ova zaista izgleda kao sa ulične rasprodaje.

– Zamoliću Kolet da dođe i detaljno pregleda kutije – rekla je Gabi. – Možda će uzeti nešto za *brocante*. Dobro, pažljivo ću poneti posudu za četkice gore. Harijet, možeš li da nosiš kutiju s fotografijama? Elodi, izaberi bocu vina, prijaće nam po čaša dok gledamo slike. – Gabi je oprezno podigla posudu. – Hoću da je stavim bezbedno na kredenac gde nikom ne smeta.

– Mi ćemo zatvoriti podrum – kazala je Harijet i spustila kutiju kad su se popele uza stepenice. Elodi je pažljivo stavila bocu na kutiju, pa su zajedno vratile stelažu preko ulaza u podrum i zatvorile je uz obavezan klik.

Gabi se popela u garažu i produžila u kuću pa odahnula kad je posudu spustila na kredenac. Harijet je iznela kutiju na sto na terasi, a Elodi je otišla po tri čaše i otvarač za vino. Napolju je Gabi zahvatila nekoliko paketa crno-belih fotografija, pa ih polako pregledala pre nego što je digla pogled.

– Za mene su one pune uspomena – tiho je rekla. – Vidite, ova je s mojom *maman* kad smo zajedno išle u Kan da vidimo tek otvorenu *Palatu festivala*. Stojimo na novom stepeništu sad poznatom u čitavom svetu. Mislim da je Kolet morala napraviti snimak zato što je tog dana bila s nama. – Pružila je sliku Elodi dok je Harijet vadila tešku porodičnu *Bibliju* iz kutije.

– Gabi, mnogo ličiš na nju – rekla je Elodi.

– Zaista? To mi uopšte ne smeta. *Maman* je bila divna – rekla je Gabi i uzela drugu sliku.

Harijet, koja se udubila u porodičnu *Bibliju*, podigla je pogled. – Ovo je očaravajuće. Ima zapisa još iz devetnaestog veka. Mnogo ih je umrlo u mladosti, izgleda da je malo ko živeo više od četrdeset godina. Da su poživeli, bio bi to pozamašan klan Žakovih u Žuanu na početku dvadesetog veka. Tu je Tibo Žak, koji je nestao na moru kad je imao trideset osam godina, i ostavio ženu i dvoje male dece, od kojih je jedno umrlo šest meseci kasnije. Baš tužno. Misliš li da je on išao kliperom i doneo posudu za četkice kući?

– Nikad nećemo saznati, ali mislim da je svakako moguće – rekla je Gabi. – O, pogledajte razglednicu iz ranih tridesetih, na kojoj se *Provansal* diže u nebo i nadvija nad Žuan le Penom. Žao mi je što ga nisam videla u najboljem svetlu – sa žaljenjem je kazala. – Doba džeza i godine pre Drugog svetskog rata. Pa pedesete i šezdesete, pravo glamurozno vreme s filmskim festivalom. Hotel *Provansal* je igrao veliku ulogu u svemu tome, ali kad sam tamo išla na posao njegovi dani slave uveliko su bili prošli. Baš tužno.

– Mogu li da vidim? – pitala je Harijet pa joj je Gabi pružila razglednicu i okrenula se da uzme čašu s vinom.

Harijet je zamišljeno gledala razglednicu, a u glavi joj se javila ideja. – Neće ti smetati da zadržim razglednicu? Volela bih da je iskopiram za izložbu.

– Naravno – kazala je Gabi. – A ja ću doći na izložbu i kupiti tu sliku. Već je vidim kako visi u dnevnoj sobi.

39.

Sutradan ujutru, odmah posle doručka, Gabi je pažljivo uvila posudu za četkice u veliki peškir pa je stavila u čvrst ceger i pošla kod Kolet.

Kolet je otvorila vrata i Gabi joj je predala ceger sa uzdahom olakšanja. – Nikad se nisam ovako bojala da nešto ne ispustim i razbijem kao ovu posudu.

– Jesi li za kafu? Pa ćemo je zapakovati. U deset dolaze ovamo iz kurirske službe.

Dok je kafa strujala u moka potu na šporetu Kolet je odvila posudu za četkice i stavila je nasred stola.

– Znam da je ovo razumno – rekla je Gabi gledajući posudu. – Ipak ne mogu da se otrgnem griži savesti što ću je prodati posle toliko godina u porodici.

– Tjah – rekla je Kolet kad je moka pot zašištao pa ga pomerila sa šporeta. – Još bi te više pekla savest da se okrnji ili razbije. Bolje je da je više ljudi vidi. A i, kao što si već rekla, tim novcem možeš mnogima da pomogneš. – Kolet je sipala kafu pa joj pružila šolju. – Uvek možeš delom tog novca kupiti nešto dragoceno u zamenu za nju. Nešto što ti se zaista dopadne, ali što nikad ne bi kupila da nisi prodala posudu.

Gabi je klimnula glavom. – Možda ću to uraditi. Juče smo nas tri provele neko vreme u podrumu i pregledale kutije. Za mene je to zaista bio povratak u prošlost uza sve one fotografije. Ti si na mnogima. – Otpila je gutljaj kafe. – Hoćeš li da dođeš uskoro na večeru pa ćemo ih s nostalgijom zajedno pregledati? Trebalo bi i da pogledaš ima li u kutijama nečeg što bi volela za *brocante.*

– Hvala. Trenutno bih volela više kupaca.

– Ne ide ti najbolje? – pitala je Gabi.

– Leto je. – Kolet je slegnula ramenima. – Normalno je da je zatišje, ljudi su prezauzeti uživanjem, no ipak je mirnije nego obično. Nadam se da će u septembru da se pokrene kad meštani budu imali više vremena i novca u džepu posle sezone.

Kad su popile kafu, Kolet je stavila na sto drvenu kutiju za pakovanje i veliku kesu strugotine.

– Pravo je vreme da se damo na posao – pa je posula strugotinu po dnu sanduka. Zatim je isekla traku folije s mehurićima i raširila je po stolu. Obazrivo je stavila posudu za četkice na nju i višestruko je uvila pre nego što ju je spustila u sanduk. Oko posude je sipala još strugotine, pa preko nje, i na kraju stavila poklopac na sanduk. Kad ga je zatvorila, poklopac je prišrafila šakom tankih šrafova.

– Evo, spremna je za bezbedno putovanje do Pariza – rekla je.

A u vili, kad je Gabi pošla kod Kolet, Elodi je krenula na plivanje, a Harijet se istuširala pa sišla spremna da prošeta Lulu pre nego što se dâ na slikanje. Izgleda da je preuzela ulogu glavnog šetača, što joj nije smetalo, jer je obožavala to psetance. Kad se sagnula da stavi Lulu ogrlicu, Elodi je ušla s terase. Uvijena u peškir živo je pričala na telefon.

– Ne, ubeđena sam da će biti u redu. Videćemo se uskoro – pa je prekinula razgovor i pogledala Harijet.

– Bio je to Džek. Obe smo pozvane danas na ručak s njim. Prihvatila sam i u tvoje ime. Danas ne radiš u galeriji, jel' tako?

– Ne, ali... – pobunila se Harijet.

– Izgleda da Džek misli da ga izbegavaš? – kazala je Elodi. – Rekao je i kako je vreme da nas troje kao porodica zajedno ručamo. Tako da treba da se nađemo s njim u dvanaest u *brasserie*[33] u Žuanu. Ja ću svakako danas pre podne biti u gradu, treba da dođem do nekih obaveštenja za članak, tako da ćemo se naći tamo. – Pošla je gore, ali je stala na prvom stepeniku i okrenula se prema Harijet. – Ako ne možeš ili ne želiš da ideš, samo ga pozovi i reci mu – s tim rečima Elodi je odskakutala uza stepenice.

---

[33] Fr.: pivnica. (Prim. prev.)

Harijet je duboko udahnula. Nije namerno izbegavala Džeka, jednostavno im se putevi nisu ukrstili od ručka u *Lepim obalama*. To ne znači da joj nije bio stalno u mislima. Bio je. Samo što nije to nameravala nikome da prizna, a to znači ni samom Džeku.

Osim toga, on se nije potrudio da kontaktira s njom pre ovog poziva na ručak nalik zahtevu da se pojavi. Razmatrala je da li da isključi telefon i jednostavno se ne pojavi u *brasserie*. Tad bi imao valjan razlog da je optuži za izbegavanje. Harijet se osmehnula. Neće mu pružiti tu satisfakciju. Prošetaće Lulu, vratiti se kući, presvući i odšetati u grad da ruča s bivšim dečkom i zajedničkom ćerkom.

Dva sata kasnije, dok je prilazila pivnici, Harijet je videla Džeka kako sâm sedi za stolom. Dođavola, nadala se da je Elodi već stigla.

Džek ju je ugledao i ustao da je pozdravi, što je učinio poljupcima u obraz, koje opet nije bila dovoljno hitra da izbegne. Zaverenički joj se široko smešio.

– Drago mi je što si došla – rekao je. – I drago mi je što još nema Elodi. To mi daje malo vremena da porazgovaram s tobom i pokušam da nas dovedem u red.

– Nema tog nas – rekla je Harijet i sela na stolicu koju joj je pridržao.

– Nekad je bilo, i verujem da može opet da bude. Harijet, i dalje gajim snažna osećanja prema tebi.

Harijet je zaustila da progovori, ali je zatvorila usta jer je konobar naišao s bocom rozea u kibli pa im nasuo u čaše.

– *Merci* – rekao je Džek.

Pre nego što je uspeo da nastavi razgovor, stigla je Elodi. Prišla je pravo Džeku koji je ustao i radosno prihvatila njegove poljupce u obraz. – Zdravo, Džek. – Spremala se da sedne kad je zastala i prišla Harijet, pa je nespretno poljubila u obraz. – Zdravo, Harijet.

Harijet je od iznenađenja iskolačila oči. Dotad se nikad nije dogodilo da se njih dve poljube.

– Zdravo. Jesi li imala uspešno prepodne? – upitala ju je pokušavajući da prikrije zaprepašćenost.

– Aha. A videla sam se i s Gazom na desetak minuta pre nego što sam došla ovamo. Umalo ga nisam pozvala da nam se pridruži, ali onda sam se setila da si kazao samo nas troje. Porodični ručak – rekla je Elodi Džeku. – Tako da ga nisam pozvala.

Džek joj je sipao čašu vina. – *Santé.*

– Još mi sasvim ne ide u glavu to što ručam sa oba svoja roditelja – kazala je Elodi. – Ko bi pomislio da će se to ikad desiti?

– Možemo samo da ti se izvinimo što si tako dugo čekala na to – rekao je Džek. – Ali uveravam te da je ovo prvi od mnogih porodičnih ručkova koje ćemo nas troje imati ubuduće. Jel' tako, Harijet?

– Kako ti kažeš, Džek – rekla je Harijet rešena da učestvuje u njegovoj verziji „srećne porodice" u budućnosti.

Konobar se vratio s notesom u ruci, spreman da primi narudžbinu. Harijet je brzo uzela jelovnik. Znala je da će Džek uzeti neko jelo s mesom, Elodi će se opredeliti za dagnje i pomfrit a ona će uzeti... – Nica salatu, molim vas – kazala je i osmehnula se konobaru.

Kad je konobar zapisao narudžbine i otišao, Harijet se zavalila i pijuckala vino slušajući veselu raspravu između Džeka i Elodi. Bilo joj je drago što su njih dvoje već uspostavili prijateljski odnos.

– A šta ti misliš, Harijet? – pitao je Džek.

Začuvši svoje ime, shvatila je da je u mislima odlutala od njihovog razgovora. – Izvini, zamislila sam se. Šta mislim o čemu?

– Da nas dve posetimo Džeka u Americi ove jeseni – smešila se Elodi. – Moglo bi da bude zabavno, nas dve zajedno, još malo povezivanja majke i ćerke.

Harijet je iznenađeno pogledala Elodi. Da li ona to ozbiljno nudi maslinovu grančicu? Zamisao je bila lepa, ali onda se Harijet setila izložbe i slika koje treba da dovrši pa je zavrtela glavom. – Žao mi je, neće moći. Obavezala sam se za izložbu. Ali tebe ništa ne sprečava da odeš.

Odmah je zažalila što je to rekla videvši razočaranje na Elodinom licu. – Možda nas dve možemo da odemo neki drugi put? Čula sam da je proleće u Njujorku divno.

40.

Nedelju dana kasnije Gabi i Filip su srkali kafu posle ručka u Gabinom omiljenom restoranu u Žuan le Penu. Onom u koji ju je Filip odveo prvi put na ručak prošlog Božića i gde je za Novu godinu organizovao proslavu njenog sedamdesetog rođendana. Zidovi restorana bili su prekriveni crno-belim fotografijama Žuan le Pena iz razdoblja od tridesetih do šezdesetih godina dvadesetog veka. Među njima je bilo i nekoliko slika hotela *Provansal* iz vremena kad je bio jedan od najpoznatijih hotela na Francuskoj rivijeri.

Samo što je Gabi popila kafu i spustila šoljicu na tacnu, zvrcnuo joj je telefon s porukom od Kolet.

– Izvini, ovo treba da pročitam – rekla je. – Važno je. – Tog dana je na aukciji u Parizu bila i posuda za četkice. Nije pričala Filipu o aukciji, a Kolet je obećala da će joj javiti čim se posuda proda. Nameravala je da preko interneta uživo prati aukciju.

Gabi je kratko uzdahnula kad je pročitala poruku:

Prodata za dva miliona evra više od procene

S mukom je obuzdavala emocije, a telefon joj se tresao u ruci.

– Jesi li dobro? – zabrinuto je upitao Filip. – Prebledela si.

– Dobro mi je – drhtavim glasom je rekla Gabi. – Kasnije treba da pričam s tobom o nečemu što se dogodilo. – Nasmešila mu se. – Radi se o nečemu dobrom, zapravo veoma dobrom, zato se ne brini.

– Sigurna si da ne treba da se brinem?

– Dobro je, zato se, molim te, ne brini. – Gabi je ustala i duboko udahnula jer je morala da se spusti na zemlju. – Osećam se veoma posebno zato što mogu da pogledam izloženi stan u *Provansalu*

– rekla je. – Znam da si mi rekao da je broj ulaznica ograničen, a imaš li pojma koliko će ljudi danas biti na prvoj otvorenoj poseti?

Filip je zavrteo glavom. – Nemam. Jel' to važno? Hajde, platio sam račun, idemo.

Gabi ga je pogledala. Zvučao je malo razdražljivo, Filip je obično smiren. – Sad je na mene red da pitam jesi li dobro? Izgledaš napeto.

– Dobro sam. Samo želim da stignemo tamo na vreme.

Gabi se nešto kasnije iznenadila kad je, umesto da krenu prema glavnom ulazu, Filip otvorio bočna vrata zgrade i uveo je. Gledala ga je upitno.

– Ovo je kancelarija investitora. Ovde se prijavljujemo, pa će nas odvesti u stanove.

Kancelarija s debelim tepihom i uglačanim stolom na čijoj je sredini stajao *epl* računar, a pored njega glinena saksija s bananom, Gabi je pre ličila na radnu sobu veoma uspešne osobe. Žena za stolom je podigla pogled kad su ušli i odmah skočila na noge da ih dočeka.

– *Bonjour.* Mesje Vensan i madam Žak?

– Da, to smo mi.

– Mesje Rože će odmah doći – rekla je i pritisnula dugme skriveno pod stolom. Nekoliko sekundi kasnije iza nje su se otvorila vrata i ušao je lepo odeven sredovečni muškarac. Pošto su se rukovali, on je uzeo dve brošure sa stola i poveo ih prema onim vratima. Tada je, prvi put posle četrdeset godina, Gabi opet ušla u zgradu koja je, iako to nije znala, odigrala važnu ulogu u njenom životu.

Ostala je bez daha kad je ušla na glavni ulaz *Provansala*. Sve je bilo izvorno očuvano i najboljeg kvaliteta. Luster iznad prijemnog pulta bio je zaslepljujuće blistav. Mermerni pod, kožna česterfild fotelja postavljena pod uglom uz veoma uglačan hrastov sto s još jednim vrlo modernim računarom i mnoštvom blistavih brošura na radnoj površini, i još jednom recepcionerkom, koja ih je sa osmehom dočekivala iza njega.

Gabi se vratila u one davne dane kad je ona stajala u foajeu ofucanog hotela kao niži recepcioner i dočekivala goste koji su ipak dolazili da odsednu na tom čuvenom mestu. S godinama su mnoge poznate ličnosti boravile u *Provansalu*, a njihove upisane prijave ličile su na *Ko je ko* među političarima, glumcima, pevačima, džez muzičarima i bogatašima. Sad to više nije bio hotel već zgrada s luksuznim stanovima i nekoliko butika visoke klase u prizemlju. Kad svi stanovi budu zauzeti, za onim hrastovim stolom sedeće stalno zaposlen *concierge*,[34] a ne recepcionerka, i pomagaće stanarima u svemu što im bude potrebno.

Mesje Rože ih je uveo u prostran lift koji ih je čekao, a kad je pritisnuo dugme za sedmi sprat, Gabi se zagledala u svoj odraz u ogledalima poređanim uokolo.

Zatim se okrenula i pogledala Filipa. – Očekivala sam da će stan za prikazivanje biti na nižem spratu. A izgleda i da niko više ne razgleda. Mislila sam da će biti gužva.

Mesje Rože je zbunjeno pogledao Filipa. – Stan za prikazivanje je na prvom spratu, madam, ali vi i gospodin Vensan ste rezervisali da vidite jedan prazan i neopremljen.

Kad se lift nečujno zaustavio i vrata se otvorila, kročili su u hodnik sa otvorenim vratima praznog stana.

Gabi je otišla pravo do prozora. – O, kakav pogled! Dok sam radila ovde nikad nisam došla na ovaj sprat. To je bilo strogo zabranjeno.

Gospodin Rože se vidno trgnuo. – Madam Žak, znali ste stari *Provansal*?

– Da, u mladosti sam ovde bila recepcionerka, krajem šezdesetih i početkom sedamdesetih godina.

– Mogu li da pitam – zastao je – da li se slučajno sećate žene po imenu Anjes Rože? Radila je u isto to vreme – tiho je pitao čovek.

Gabi ga je pogledala i osmehnula se. – Da, dobro je se sećam. Anjes je bila veoma dobra prema meni u teškom trenutku u mom životu. Imala je sina koji je subotom radio kao sobar. Mislim da se zvao Klovis. – Gabi je ućutala kad je videla da se osmeh širi na čovekovom licu. – To ste vi?

– Da.

---

[34] Fr.: vratar, portir. (Prim. prev.)

– Radili ste sa Starim Anrijem, za koga sam mislila da je najstariji portir u svojoj branši.

Klovis se nasmejao. – Zaista sam mnogo naučio od Starog Anrija. Samo da znate, nešto od toga je takve prirode da moja majka ne bi htela da saznam.

– Pa kako ste završili ovde?

– Duga je to priča. Otišao sam u Pariz, učio za arhitektu. Gde sve nisam radio, a na kraju se našao sa investitorima koji su kupili ovo mesto, i evo me.

Filip se nakašljao.

– Izvini, Filipe, za šetnju kroz uspomene, ali zar nije sjajno što je Klovis i dalje povezan sa ovim mestom?

Filip je klimnuo glavom i osmehnuo se.

Klovis im je pružio brošure. – Ove možete sačuvati. Molim vas samo polako razgledajte. Videćemo se u foajeu kad završite.

Gabi je otvorila brošuru sa zadivljujućim slikama u boji opremljenog stana za prikazivanje i elektronski stvorene slike kako će deo s bazenom i baštama izgledati kad bude gotov. – Jesi li znao da će biti i bazen? – pitala je dok je išla iz prostorije u prostoriju. – Ovo je veliki stan. Kuhinja je odlične veličine, kupatilo i prostorija s tušem, dve spavaće sobe, radna soba i ovaj divni dnevni boravak. Zamišljam ga opremljenog, ali zazirem od toga koliko će koštati.

– Gabrijela? Treba nešto da ti priznam.

Nešto u tonu Filipovog glasa navelo je Gabi da se okrene i pogleda ga.

– Ne postoji otvoren dan za meštane. Ovde sam – ovde smo – kao mogući kupci. – Duboko je udahnuo. – Šta bi rekla kad bih te pitao misliš li da bi mogla da živiš u ovom stanu sa mnom?

Gabi je stajala zabezeknuta. – Ozbiljno pitaš?

– Nikad nisam bio ozbiljniji.

– Možeš da kupiš ovako nešto?

Filip se zagonetno osmehnuo. – Da, mogu, ali ne bih ga kupovao ukoliko ti ne želiš da ga deliš sa mnom.

– Zaprepašćena sam. – Gabi je vrtela glavom. – Mogu li da razmislim o tome? Možemo li kasnije ljudski da popričamo o tome?

– Naravno.

Gabi je opet pošla po stanu i razgledala kupatilo u mermeru i sa zlatnim slavinama, kuhinju s ručno rađenim elementima. – Ovo je zaista prelep stan – rekla je. – Čak na tavanici ima i nekoliko art deko detalja iz stare zgrade. – Pogledavši sve još jednom, Gabi je završila obilazak stana. – Mislim da sam dovoljno videla – rekla je. – Sad bih volela da odemo i negde sednemo pa ozbiljno porazgovaramo.

– *D'accord.*

Ćutke su se spustili liftom u foaje. Gabi se javila Klovisu osmehom i rasejanim pokretom ruke, a Filip je prišao recepcionerskom pultu.

– Javiću se. Hvala.

Kad su izašli polako su pošli prema Pinedu, gde je Gabi otišla do klupe u hladovini bora. Bilo joj je potrebno da sedne i pribere misli.

Filip je seo pored nje pa su neko vreme sedeli i ćutali zadubljeni u misli sve dok Filip nije duboko udahnuo. – Gabrijela, ima još jedno pitanje koje sam hteo da ti postavim tamo u *Provansalu*, pitanje koje sam nameravao da postavim prvo, ali sam bio uzbuđen zbog toga što ti se stan dopao pa sam pogrešio redosled. – Uzeo ju je za ruku. – Žudim da zajedno živimo u stanu u *Provansalu*, ali želim kao muž i žena. Gabrijela Žak, hoćeš li se, molim te, udati za mene?

41.

Gabi je zapanjeno pogledala Filipa. – Hoćeš da se oženiš mnome?

– Da, nemoj biti tako iznenađena, *ma cherie*. Mora da znaš šta osećam prema tebi. A mislim da sam i ja tebi sasvim drag?

Gabi je klimnula glavom. – Da, naravno da jesi, ali nisam ni sanjala... – Zavrtela je glavom. – Misliš da u našim godinama nije...

– Šta nije, Gabrijela? Nije moguće ponovo naći ljubav? Život je onakav kakvim ga stvoriš, a ti si me za ovih godinu dana učinila srećnijim nego što sam dugo bio. Želim da nas dvoje budemo zajedno srećni. I da, volim te. Veoma.

– Pre nego što ti odgovorim, moram ti nešto reći – kazala je Gabi. – Ona poruka odranije? Bila je od Kolet. Pre deset dana poslala je onu posudu za četkice aukcijskoj kući u Parizu. Sećaš li se da se pre godinu-dve pojavila stara japanska vaza nađena na tavanu u Bretanji, pa se ispostavilo da ima religijski značaj i prodata je za milione?

Filip je klimnuo glavom.

– E pa, ispostavilo se da je moja stara kineska posuda za četkice, iako nema religijski značaj, veoma redak primerak. Danas je na aukciji prodata za dva miliona preko procenjene vrednosti. – Gabi je šakom protrljala lice. – Još ne mogu da poverujem.

– Planiraš li nešto s tim novcem? – tiho je pitao Filip.

– Ništa određeno, ali svakako će Harijet i Elodi imati koristi i razmišljala sam da osnujem nekakvu dobrotvornu fondaciju, ali... – slegnula je ramenima. – Nemam predstavu kakvu. Prvo sve treba da mi se slegne. Neću ni početi da donosim odluku još nedelju-dve.

– Zašto si htela da to čujem pre nego što mi odgovoriš? – pitao je Filip.

– Uglavnom zato što želim da budem otvorena i iskrena prema tebi o svemu, pa sam mislila da bi trebalo da saznaš za ovo važno dešavanje. Toliki novac mora da promeni naš život – to je kao dobitak na lutriji.

– Dakle, rekla si mi. Spremni smo da nam se život promeni. Sad mi, molim te, reci – hoćeš li se udati za mene? I hoćemo li živeti u *Provansalu*? Ili bi više volela negde gde nema uspomena?

– Postoji samo jedan odgovor koji mogu da dam na oba pitanja, a to je *da*. – Tad se Gabi srećno pomerila u Filipov zagrljaj, a on ju je stegao uza se.

– Hvala ti, draga. To me čini veoma srećnim. – Filip je ustao. – Dođi, u frižideru imam bocu šampanjca. Treba da proslavimo, pa idemo da biramo prsten, važi?

Gabi je kiptela od želje da svima ispriča novosti, ali morala je da se strpi do posle večere, kad su njih tri konačno sedele na terasi i slušale kako se zrika u vrtu sve više utišava i na kraju je potpuno utihnula.

Gabi je duboko udahnula želeći da privuče njihovu punu pažnju. – Imam novosti. Važne novosti.

Harijet i Elodi su je gledale i čekale.

– Filip me je zaprosio. Pristala sam, i živećemo u *Provansalu* kad se stanovi završe.

Elodi je skočila sa stolice i čvrsto zagrlila babu. – Gabi, tako mi je drago i srećna sam zbog tebe. Filip je divan. A ti još kako zaslužuješ da budeš srećna.

Ustala je i Harijet i zagrlila majku. – Čestitam. Kao što Elodi kaže, zaslužuješ da budeš srećna.

– Kad ćete proslaviti veridbu? – pitala je Elodi.

Gabi je zavrtela glavom. – O, ne znam ni da nam je potrebna proslava.

– Naravno da je potrebna – kazala je Elodi. – Smislićemo datum i prirediti je ovde. Mi ćemo je organizovati, jel' tako, Harijet?

– Svakako – smejući se pristala je Harijet.

– Hvala vam – kazala je Gabi. – Ali imam još novosti. Sledeća je još neverovatnija. Posuda za četkice je danas prodata na aukciji u Parizu i donela je prilično mnogo novca. – Harijet i Elodi su se zapanjile kad im je rekla koliko novca, pa su brzo sele. – Naravno, svaka od vas će dobiti velik deo, a zatim želim da smislite kojoj dobrotvornoj stvari možemo da pomognemo. Da osnujemo fondaciju ili tako nešto. Elodi, s tobom moram da razgovaram i o vili. Postoji nešto što ti nisam rekla. Čekala sam pravi trenutak, a ovo mi se čini da je upravo to. Kad sam je pre deset godina nasledila, prepisala sam je na tebe. Ti si vlasnica *Vile nade*, nisam ja. Uopšte nisam očekivala da ću doći i ikada više živeti ovde, ali sam oduvek nameravala da je ti naslediš. – Gabi je pogledala Harijet. – Tvoje nasledstvo je kuća u Dartmutu. Pošto smo je prodale i preselile se ovamo, novac je investiran u tvoje ime.

– Mama, nemam reči – kazala je Harijet. – Ovo je gotovo previše da mogu podneti.

– Znam kako se osećaš – rekla je Gabi. – Ali sve je to prilično divno, zar ne? – Radosno im se osmehnula.

42.

Nekoliko dana kasnije, kad je Elodi otišla da prošeta Lulu, a Gabi otišla s Filipom po verenički prsten koji je odabrala a trebalo ga je suziti, Harijet je bila sama kod kuće i pokušavala da slika. Prethodne subote, kad ju je Igo pitao koliko je slika moguće da pripremi za decembarsku izložbu, bilo ju je sramota da mu kaže kako je bedno malo dotad uspela da ih završi. Imala je mnogo sreće što je upoznala Igoa. Drugi slikari su se mučili da nađu nekog ko je voljan da prikaže njihove radove, a eto ona vrda. Ako će se ta izložba dogoditi, ona mora da slika. Nije joj od pomoći ni to što se istovremeno trudila da shvati događaje od poslednjih nekoliko dana, da sredi svoje misli i osećanja.

Sad kad su se Džek i Elodi upoznali, sve što će se dešavati u budućnosti zavisi od njih. Oboje su odrasli; mogu sve da se dogovore. Nema potrebe da ona učestvuje, ali nije mogla da prestane da razmišlja o Džekovoj zdravici na ručku ujedinjene porodice. Koliko ujedinjenu porodicu je imao na umu?

Rasejano je pogledala svoj najnoviji trud na štafelaju, završen prethodnog dana. Na ispustu štafelaja stajala je fotografija koju je koristila kao inspiraciju. Stara drvena vrata uglavljena u prastari kameni zid, u jednoj od uskih ulica starog grada Antiba, stajala su otvorena pod čudnim uglom, donekle spala sa šarki, a njihova maslinastozelena boja bila je izbledela i oljuštena. Po zidu i pored vrata pružao se bujan, rascvetali plavi plumbago.

Stojeći tako i poredeći sliku s fotografijom, bila je srećna jer je pogodila svetlo i senke i stvorila prozračnu i nostalgičnu sliku. Sad da je bezbedno odloži i počne da radi na novoj – onoj koja će na izložbu otići kao već prodata.

Harijet je unapred rešila da će ta slika, slika hotela *Provansal*, kako je prikazan na razglednici koju su našle u kutiji iz podruma, biti više nego prikladan svadbeni poklon za Gabi i Filipa.

Trgla se na zvono s kapije. Preko interfona se začuo Džekov glas.

– Zdravo, ovde Džek. Mogu li da uđem? Hteo bih da razgovaram s Harijet.

Harijet se kratko dvoumila da li da ćuti i pusti Džeka da pomisli kako nema nikog kod kuće. Međutim, on bi se opet vratio. Biće lakše da ga vidi bez drugog društva.

Spustila je četkicu pa polako otišla do predsoblja i pritisnula dugme. Čekala je uz ulazna vrata da se kapija zatvori iza Džeka.

– Zdravo, Džek. Nisam sigurna o čemu je još ostalo da se priča sad kad si upoznao Elodi i kad ste oboje srećni što imate jedno drugo u životu. – Harijet mu se osmehnula nadajući se da će shvatiti da je zadovoljna zbog njih dvoje.

– Elodi i ja smo samo jedan deo jednačine – ti i ja smo drugi – rekao je Džek. – Treba da razgovaramo. Nema Elodi? Ni Gabi? – pitao je osvrćući se.

– Sama sam kod kuće i trebalo bi da slikam. Može li to što imaš da kažeš da sačeka nekoliko dana?

Džek je odmahnuo glavom. – Ne. Želim da nas dvoje iskreno i otvoreno porazgovaramo. Da čestito prodiskutujemo o onome što se dogodilo u prošlosti – o onom što se događa sada i šta će biti u budućnosti.

Harijet je duboko udahnula pre nego što se okrenula i vratila kroz kuću na verandu gde je stajao štafelaj. Džek je išao za njom, a ona mu je pokazala da sedne za sto pa sela prekoputa njega.

– Ovde je divno – rekao je on gledajući po vrtu. – Bazen deluje privlačno jer je prilično vruće.

– Džek! Pređi na ono zbog čega si došao – ili ću te gurnuti u bazen! Nemoj da misliš da se šalim.

Nastala je stanka dok ju je gledao. – Ti i ja imamo nedovršen posao. – Podigao je ruku kad je Harijet htela nešto da kaže, a oči je prikovao za njene. – To je istina, i ti to znaš. Mi – i da ne zaboravimo našu divnu ćerku – svi smo propustili poslednje dvadeset četiri godine. Budućnost će obuhvatati nas troje, i s vremenom se nadam i molim boga da ćemo zaista postati porodica kakva je i trebalo da budemo.

Harijet je osećala da se ispumpava. Znala je da je to istina, ali bilo je teško to priznati.

– Onda kad smo zajedno večerali na plaži bilo je kao u stara vremena. Bilo je tako dobro što sam opet s tobom. A ručak pre neki dan, samo ti i ja sa svojom ćerkom, svakako je bio poseban porodični trenutak i za tebe. Za mene je bio. – Zastao je. – Voleo bih da vidimo da li je ljubav koju smo delili pre mnogo godina i dalje ovde, je li samo bila pohranjena zbog razdvojenosti. – Džek ju je gledao. – Sa svoje strane, osećam da jeste, ali nisam siguran da li ti osećaš isto.

Harijet je bespomoćno mrdnula ramenima. – Kako da ne osećam? Ono što smo u prošlosti imali bilo je predivno. Ali sad smo drugačiji ljudi. Život nas je oboje povredio. A za to, veruj mi, krivim samo sebe, nikog drugog.

Džek ju je uhvatio za ruku. – Ali negde duboko nas dvoje smo i dalje ono dvoje klinaca koji su se upoznali, zaljubili i koji se, slutim, verujem čak, nikad nisu odljubili jedno od drugog. Život nas je na raskršću odvukao različitim putevima, ali sad imamo drugu priliku da se ti naši životi ponovo povežu. A ovoga puta imamo i Elodi. Možemo biti prava porodica. Znam da moja osećanja odbijaju da ostanu pohranjena sad kad sam te ponovo sreo.

Harijet je duboko udahnula. – Slažem se sa svim što si upravo rekao, ali nije to tako lako. Oh, znam da smo oboje sami i da će nas Elodi zauvek povezivati, ali pre svega ti živiš u Americi a ja živim ovde, u Francuskoj. Gde žive i Gabi i Elodi. Ne mogu da ostavim ni jednu ni drugu. Nisu dugo ponovo u mom životu. A oboje znamo da su veze na daljinu teške.

– Već sam razmišljao o tome. Kupiću nešto ovde i Francuska će nam biti baza – naš dom. Možemo veći deo vremena provoditi ovde, a u Ameriku ići kad god želimo ili kad je potrebno. Sledeći problem?

Harijet je progutala knedlu. Džek je očigledno predvideo njenu reakciju na ono što će reći, imao već spremno rešenje i čekao.

– Ta izložba koju mi Igo priređuje krajem godine, to bi za mene mogao biti početak konačnog pronalaženja svog mesta u svetu umetnosti – slegnula je ramenima. – S druge strane, mogla bi da bude i potpuni promašaj. Ja samo moram da dam sve od sebe i jednom za svagda saznam jesam li dovoljno dobra i drugim ljudima.

– Neće biti promašaj. Slike su ti odlične. Kuća koju ćemo kupiti imaće, naravno, i atelje za tebe. – Džek ju je pogledao. – Taj Igo, treba da znam, gajiš li neka osećanja prema njemu?

– Već sam ti rekla da je Igo prijatelj, dobar prijatelj. Nismo, niti smo ikad bili u emotivnoj vezi, mada mislim da se Igo tako nečemu nadao pre... – ućutala je.

– Pre nego što sam se ja pojavio – rekao je Džek sa osmehom. – Znači da zaista nema ničeg što bi nas sprečilo da se opet zbližimo.

Harijet ga je pogledala i nasmejala se. – Bože, isti si kao i nekad. Smisliš nešto i želiš to istog trena, pa i brže. Tako si nestrpljiv.

– Moguće – rekao je Džek ozbiljnog izraza lica. – Samo da te upozorim, ovoga puta te neću izgubiti. Trebalo je da budemo zajedno poslednje dvadeset četiri godine – rešen sam da narednih četvrt veka, zapravo ostatak života, provedem s tobom. A za to imam najbolji razlog od svih.

– Stvarno? A koji je to razlog?

– Taj što sam bio i uvek ću biti snažno zaljubljen u tebe.

Pre nego što je zaprepašćena Harijet uspela da reaguje na njegove reči, privukao ju je u zagrljaj, stegao čvrsto kao da je nikad neće pustiti i ljubio tako da nije mogla uopšte da posumnja u to koliko je voli.

43.

Kad je Džek otišao, Harijet je poslala poruku Žesiki i pozvala je da se nađu na ručku. Trebalo je s nekim da razgovara. Gabi i Elodi su bile suviše blizu, bio joj je potreban neko ko bi nepristrasno sagledao situaciju. Minut kasnije zazvonio joj je telefon.

– Zdravo. Ručak zvuči divno. Sto godina nismo pričale. Naći ćemo se za deset minuta kod kazina – rekla je Žesika. – Možemo otići u restoran pored.

Žesika ju je čekala pa su prijateljice brzo našle sto i naručile dagnje s pomfritom i bocu rozea.

– Hajde, ispljuni novosti – rekla je Žesika i sipala im vino.

– Prvo, žao mi je što se nismo mnogo viđale posle zabave. Leto kao da brzo prolazi. Život je izgleda postao užurban i donekle komplikovan, a meni je potreban nepristrasan savet.

– Ništa se ne brini, leto je ovde uvek u jeku, a ove godine sam zauzeta izdavanjem smeštaja što, da budem iskrena, nisam sigurna da vredi gnjavaže. Bilo kako bilo, Igo mi kaže da opet slikaš i da se sprema izložba?

– Da, tako je. Užasno kasnim sa slikama, ali ipak ima još nekoliko nedelja do decembra. Nego, jedna od komplikacija koje imam jeste to što se pojavio Elodin otac.

Žesika ju je pogledala iskolačenih očiju. – Igo mi je rekao da se pojavio bivši dečko, ali to je sve. Neverovatno mi je da mi to ranije nisi rekla.

– Da, izvini zbog toga. Život je baš u punom zamahu. Džek se, razumljivo, ljutio na mene kad je saznao za Elodi. A Elodi... – Harijet je uzdahnula. – E pa njoj je trebalo dosta vremena da se sretne s njim, i to je bilo stresno, ali taj deo priče je sada u redu.

– Pa za šta onda tražiš savet?

– Džek je, kao i ja, imao nesrećan brak, sad je razveden i kaže da me nikad nije zaboravio. Želi da opet budemo zajedno.

– Jesi li ti zaboravila njega?

– Nisam – bez oklevanja je rekla Harijet i dotakla srebrnu narukvicu koju joj je Džek poklonio.

– U čemu je onda problem?

– On je Amerikanac i tamo živi. Ja živim u Francuskoj. Pun je planova da se preseli, da živi delom ovde, delom u Americi. Izgleda da zaboravlja kako sam se tek ponovo sjedinila s Gabi i Elodi. Ne mogu naprasno opet da ih napustim.

– Ne zvuči mi kao da on traži da to uradiš – polako je rekla Žesika. – Svejedno, Elodi sad ima Gaza – uzgred mnogo je volim, savršena je za mog sina – a Filip je upravo zaprosio Gabi, ne vidim ni tu nikakav problem.

U tom trenutku su stigle njihove dagnje i pomfrit, pa su navalile. Tek kad su umakale baget u kremasti sos Harijet je pogledala Žesiku.

– Samo postavljam prepreke, jelda?

Žesika je klimnula glavom. – Mislim da se plašiš da to ne pođe naopako i drugi put. Ali prema onome što si mi ispričala, nije ni pošlo naopako osim što si ti pre mnogo godina donela lošu odluku i krenula pogrešnim putem. Ako želiš moj savet – idi tamo kuda te srce vodi.

– Kad pričate ti ili Džek sve zvuči lako.

– Lako je. Samo kaži *da* i uradi to.

Harijet se posle ručka rastala od Žesike, a obe su obećale da će se češće viđati, pa je pošla kući kad joj se na telefonu začula poruka od Igoa:

Zaista bi mi značilo da dođeš posle podne, ako je moguće. Ceo svet se sjatio u galeriju.

Harijet mu je brzo odgovorila.

U gradu sam. Stižem za pet minuta.

Galerija je bila krcata s više ljudi nego što je Harijet ikad videla. Ostavila je tašnu u kancelariji, pa otišla za pult da pomogne Igou. Još čitav sat je prošao pre nego što se sve stišalo i vratilo u normalno stanje.

– Odakle su se svi oni stvorili? – pitala je Harijet.

– Mislim da je danas u grad stiglo nekoliko turističkih autobusa – rekao je Igo. – Očigledno punih ljubitelja umetnosti. Hvala ti na pomoći. – Zastao je i pogledao je. – Nego, kako ide sa Džekom?

– Srećom smiruje se. Jesi li čuo novost o Gabi i Filipu? – pitala je Harijet, jer nije bila spremna da priča Igou o pravcu u kom sve izgleda da ide sa Džekom. – Venčaće se. Sutra uveče je zabava povodom veridbe, pa ako želiš da dođeš, više si nego dobrodošao. Neće biti velika zabava, samo porodica, Vensanovi i Džek s majkom.

Igo je izvio obrvu. – S majkom?

– Da, ona je divna žena. Zapravo je i naša mušterija, tako da će ti se sigurno dopasti. Postaraću se da čuje ko si ti.

– Hvala, doći ću. Ah, evo opet kreće – promrsio je kad su se vrata otvorila i u galeriju ušlo petoro-šestoro ljudi.

– Smeškaj se i misli na novac koji će potrošiti – rekla je Harijet.

44.

Pošto su navalile da Gabi i Filip imaju vereničku zabavu, Harijet i Elodi su sve zajedno organizovale. S obzirom na to da dolazi samo dvanaestoro ljudi, nije bilo mnogo posla. Opet je najlakše bilo da posluže hranu koja se jede prstima iz supermarketa i pekare – parčad bageta s krem-sirom, šunkom ili dimljenim lososom, slana peciva, čips, punjeno pecivo i masline. Zatim izbor minijaturnih poslastica – tartova s kremom od limuna, puslica i tartova sa zapečenim jabukama.

U pola osam te večeri kad se održavala zabava, na sto na terasi su poređane hrana i čaše za šampanjac. U frižideru su bile dve boce šampanjca iz podruma, ali i tri ružičastog šampanjca za slučaj da onaj stari nije za piće. Lulu je zatvorena u Harijetinu sobu dok svi gosti ne stignu, kad će je Harijet pustiti, i sad su i Harijet i Elodi bile na terasi i čekale da im se Gabi pridruži.

– Ne misliš da smo nešto zaboravile? Ne treba nam muzika do kasnije, jelda? – pitala je Elodi.

Harijet je odmahnula glavom. – Ne. Sad je samo potrebno da Gabi siđe, pa da stignu Filip i ostali.

– Evo me – rekla je Gabi. – Sve izgleda fantastično. Mnogo vam hvala. Dođite ovamo da vas zagrlim.

Njih dve su joj prišle pa ih je Gabi zagrlila, a one su rukama obavile nju i jedna drugu. Gabi je od sreće uzdahnula. Pravi grupni porodični zagrljaj.

– To što stojim ovde u vrtu *Vile nade* sa ćerkom i unukom pred proslavu svoje veridbe nešto je mimo mojih najluđih snova – rekla je drhtavim glasom. – Tako sam srećna što vas obe imam – pa je poljubila Harijet u čelo, a onda i Elodi.

Dok su se razdvajale prsten na njenoj ruci je blesnuo na kasnim zracima sunca. Harijet ju je uhvatila za ruku.

– Prsten je prelep, mama. – Prsten s dva dijamanta i nekoliko manjih uglavljenih u platinu bio je zapanjujućeg dizajna.

Gabi se ugrizla za usnu. – Jelda da je prelep? Nisam želela moderan, a oboje smo se zaljubili u ovaj starinski čim smo ga videli. A to što je u potvrdi o poreklu opisan kao art deko čini ga savršenim u ovim okolnostima, zar i ti ne misliš tako?

– Potpuno – rekla je Harijet.

– Prelep je. Otvoriću šampanjac, pa da privatno nazdravimo pre nego što ostali stignu – rekla je Elodi pa otišla u kuhinju po bocu. – Donela sam onu iz podruma jer je i taj šampanjac starinski – primetila je pa pažljivo stavila salvet preko čepa i krenula da ga okreće i vadi. Trajalo je čitav minut dok nije uspela da ga oslobodi uz zadovoljavajući „pop", pa je sipala piće u čaše.

Tri čaše su zvecnule jedna o drugu.

– Čestitamo – rekle su Elodi i Harijet pre nego što su otpile gutljaj. Ućutale su se i pogledale jedna drugu.

Harijet je prva progovorila. – Nikad nisam okusila ovakav šampanjac. Predivan je.

– Nadajmo se da su i ostale flaše takve – rekla je Gabi i nasmejala se.

Tad se začulo zvono s kapije.

– Počinje zabava – rekla je Elodi. – Otići ću da pustim goste.

Filip, Mikael, Žesika i Gaz su došli zajedno, a nekoliko minuta kasnije stigli su Džek i Marta. Kad su stigli Igo, Kolet i Lijana, morala je da se otvori i druga boca šampanjca.

Elodi je otišla do stola da uzme tacnu sa slanim tartovima i posluži ih kad joj je Harijet šapnula na uvo: – Nešto smo zaboravile.

– Šta?

– Treba neko da održi zdravicu za srećan par.

– O, to možeš ti – kazala je Elodi.

– Jesi li sigurna da ne želiš ti?

Elodi je zavrtela glavom. – Ne bih imala ništa protiv, ali mislim da ti to treba da uradiš. Mislim da bi savršen trenutak bio za desetak minuta.

– Dobro. – Harijet je uzela bocu šampanjca pa obišla krug i nasula svima da imaju za zdravicu. Kad se uverila da svi imaju piće, pljesnula je rukama.

– Zdravica! Želim samo da kažem kako smo srećne što proslavljamo veridbu s vama. Mama, želim da ti kažem da sam lično presrećna što si našla nekog koga voliš i ko očigledno tebe voli. Molim vas, dignite čaše za Gabrijelu i Filipa. Čestitamo!

– Na tebe je red, tata. Hoćemo govor! – doviknuo je Mikael.

Filip koji je stajao pored Gabi, uzeo ju je za ruku. – Hvala vam svima što ste došli da slavite s nama večeras. Uz to, hvala Harijet i Elodi što su sve organizovale. I Gabrijela i ja smo neverovatno srećni što smo se upoznali u ovoj fazi života, ali kad vas zadesi *coup de coeur*,[35] nema bežanja, ma koliko stari bili. Neki od vas su me pitali kada će venčanje. E pa, ono je već zakazano za tri sata trideset prvog decembra – na Novu godinu i Gabrijelin rođendan. Stoga imam samo jedan datum da pamtim za obe važne *anniversaires*. Naravno, svi ste pozvani. Hvala vam.

Kako je mrak padao, a mesec se pojavio nalik srebrnoj lopti na nebu i solarne lampe se popalile u vrtu, Harijet je prišla otvorenim vratima verande. Bilo je vreme za muziku. Ranije je pripremila laptop, pa je sad samo pritisnula dugme za listu pesama koje je odabrala. Namerno se opredelila za Elu Ficdžerald i Frenka Sinatru znajući da Gabi voli tu muziku. Dok se Elin glas u pesmi „Begin the Beguine“ širio večernjim vazduhom, videla je kako je Gabi kliznula u Filipov zagrljaj i kako se njih dvoje njišu.

– E to je dobra ideja – začula je glas pored sebe, a pre nego što je i shvatila šta se dešava, Džek ju je zagrlio pa su se i njih dvoje kretali uz muziku. Znajući da nema svrhe da negoduje, a i ne želeći to, Harijet se prepustila i drage volje ostala u Džekovom naručju.

Elodi, koja je igrala s Gazom uz bazen, podigla je pogled i videla zagrljene roditelje. Hoće li se ono nezamislivo zapravo dogoditi? Da li će ona najzad, sa skoro dvadeset pet godina, imati prave roditelje?

---

[35] Fr.: zaljubljenost. (Prim. prev.)

Kad je malo kasnije, pošto se muzika promenila, ponovo pogledala, njih dvoje su se razdvojili i jednostavno stajali i gledali se, pa onda krenuli nazad u društvo držeći se za ruke.

Kolet i Lijana su se u jedanaest sati prve oprostile od Gabi i ostalih. Kad ih je Harijet ispratila i za njima zatvorila kapiju, pored nje se pojavio Igo.

– Vreme je da i ja krenem. Hvala na divnoj večeri – rekao je. – Gabi i Filip su sjajan par. A bila si u pravu, Marta je divna žena.

– Vidiš, rekla sam da će ti se dopasti – kazala je Harijet smešeći mu se.

– Dopada mi se i njen sin – tiho je kazao Igo. – Večeras sam nešto shvatio, i to me je rastužilo, ali moram to da prihvatim kao činjenicu. Ti i ja možemo da budemo samo prijatelji, koliko god bih ja želeo nešto više.

– Igo, i meni je žao. Zaista mi se sviđaš, ali...

– Ali Džeka voliš više. – Uzdahnuo je. – Tako je kako je. Videćemo se kao i obično u subotu. Budi srećna.

45.

Sutradan ujutru su sve tri bile kod kuće. Gabi se muvala po kući i ponešto radila čekajući Filipa, Harijet se spremala da prošeta Lulu a Elodi je bila u svojoj sobi i pisala članak za nedeljni časopis kad je uzrujani Džek zazvonio na kapiji. Harijet je stajala pored interfona i kačila Lulu povodac, pa se javila.

– Harijet, moram hitno da razgovaram s tobom, nasamo ako je moguće – rekao je.

– Krećem da šetam Lulu, hoćeš li sa mnom?

– Da, to bi bilo savršeno.

Jedva su izašli iz uličice kad joj je Džek rekao novosti.

– Moram da se vratim u Ameriku. Iskrslo je nešto što Nejtan ne može da reši, a ja to ne mogu da uradim na daljinu. Moram lično da budem tamo. Da li bi pošla sa mnom? Na tri-četiri dana, najviše jednu nedelju.

– Ne. Ne mogu, ovde se trenutno mnogo toga događa – smesta je odgovorila Harijet.

– Molim te, Harijet, bar razmisli o tome. Siguran sam da Gabi i Elodi mogu bez tebe tako kratko. Možeš biti u mojoj kući, a ja ću ti pokazati malo okolinu pa ćemo se zajedno vratiti.

– Ne, nemoguće je. Ne mogu da ne slikam nedelju dana. Već mnogo zaostajem za izložbu. Ali uveravam te da ću biti ovde i čekati te da se vratiš.

Džek je povio ramena. – Ako si sigurna da ne mogu da te ubedim, onda ću se vratiti u hotel. Treba još nešto da sredim. Nisam dobio direktan let iz Nice u Ameriku. Idem za Pariz večeras u deset. Ujutru ću uhvatiti vezu za Njujork.

– Ispratiću te – rekla je Harijet teška srca što on odlazi.

Kad su stigli do Pined Goulda, Džek ju je povukao u stranu gde su bili skriveni od pogleda velikim žbunom pa ju je zagrlio. – Harijet, volim te, uvek sam te voleo i uvek ću te voleti. Ali ti meni nisi rekla te dve reči koje žudim da čujem. Moram da znam pre nego što ovog puta odem: da li ti osećaš isto prema meni?

Harijet se propela na prste i poljubila ga tako da nije bilo mesta sumnji šta oseća. Kad su se razdvojili rekla je: – I ja sam tebe uvek volela, i uvek ću te voleti.

– Konačno odgovor koji sam čeznuo da čujem. Videćemo se sledeće nedelje – rekao je Džek kad ju je pustio. – A onda ćemo isplanirati budućnost u kojoj ćemo sve vreme biti zajedno.

Pošto je ostavila Džeka kod hotela, Harijet je polako krenula kući s Lulu, pa otišla pravo u svoju sobu. Nije želela da joj Elodi ili Gabi postavljaju pitanja, naprosto je htela da bude sama. Rastanak sa Džekom ispred hotela, i to što je shvatila koliko ga i dalje voli naveli su je da se u mislima vrati na vreme kad je on prethodni put bio hitno pozvan kući.

To što nije otišla s njim potpuno je promenilo pravac njenog života – nagore. Razum joj je govorio da to što te večeri ne kreće s njim neće imati isti ishod. Pre svega, sad nije trudna; njegov otac je već umro; nema razloga da se on ne vrati. A Marta je i dalje ovde. Uostalom, zaista je tačno da mora da naslika bar tri slike te nedelje kako bi i dalje imala šanse da bude spremna za izložbu. Ipak je osećala gubitak zato što će on biti hiljadama kilometara daleko.

Uzela je telefon i dokono razgledala fotografije svojih slika koje je htela da pokaže Igou. Videla je da su dobre, da joj se vraća samopouzdanje. Uskoro će proći letnja sezona i sve će se smiriti, imaće vremena da radi više, da nadoknadi. Nedelju dana pauze zaista ne bi predstavljalo problem. Problem je ona sama. Setila se šta joj je Freja rekla onda na večeri – *Ne ukazuje se svima druga prilika, treba je ščepati obema rukama.* A onda su joj na pamet pale reči koje je Žesika izgovorila: *Samo kaži* da *i uradi to.*

Harijet je sišla na ručak kad ju je Elodi pozvala i rekla da je gotov. Osetila je da se njih dve ophode pažljivo prema njoj i njenim osećanjima, pa je ručak bio prilično tih. Filip je došao da pliva s

Gabi tog poslepodneva i doneo olakšanje, ali Harijet se uskoro opet povukla u svoju sobu.

U pola sedam je konačno podlegla osećanjima. Otvorila je laptop i stranicu aerodroma u Nici. Htela je samo da proveri da li je let za Pariz u deset pun. To hoće li biti pun ili ne, za nju će biti znak.

Harijet je zurila u ekran. Bila su slobodna još tri mesta. Dohvatila je kreditnu karticu iz tašne i počela da kuca svoje podatke. Kad je sve popunila i čekala potvrdu, čula je dole Filipa pa je otvorila vrata i doviknula mu: – Filipe, možeš li nešto da mi učiniš? Možeš li, molim te, da me odmah odvezeš na aerodrom u Nici? Džek večeras leti za Pariz – a potrebno je da i ja uhvatim taj let.

– Naravno – stigao je odgovor.

Žurno je potrpala u mali kofer nešto odeće, veša i cipela. Sve što joj bude potrebno kupiće u Americi. Setila se da iz plakara uzme mantil – u Njujorku će biti hladnije nego na jugu Francuske – pa proverila da li je ponela telefon i pasoš i strčala dole. Ovoga puta neće dozvoliti Džeku da ode bez nje.

Dole je zatekla Elodi i Gabi kako je čekaju s Filipom. – Idemo i mi. Za svaki slučaj – rekla je Gabi. Harijet nije pitala za kakav to slučaj, znala je. Ako propusti let, biće očajna.

Filip je krenuo na auto-put A8, pa su požurili prema aerodromu. U pola devet, posle pola sata, skoro su stigli tamo. Filip ju je dovezao tačno do ulaza za odlaske.

– Gabi i ja ćemo se parkirati, a ti idi s mamom, Elodi, pa ćemo se tamo naći. – Okrenuo se da pogleda Harijet i nasmešio joj se. – *Bon chance.*[36] Radiš ono što treba.

Elodi je izašla iz kola pa pošla napred. – Čekiraj se, a ja ću videti mogu li da nađem Džeka.

Nekoliko minuta kasnije, ugledala ga je u redu za odlaske. – Tata – viknula je. Prema njoj su se okrenule mnoge glave, pa i Džekova. Vikala je: – Čekaj! – i mahnito mahala.

Harijet je tad stigla do nje. Bez reči su se pogledale pa se čvrsto zagrlile.

---

[36] Fr.: srećno. (Prim. prev.)

– Hajde, mama, tata te čeka – rekla je Elodi kad su se razdvojile i Harijet pošla prema Džeku.

Elodi je zadržala dah. Upravo ih je savršeno prirodno nazvala mamom i tatom, čak i ne razmišljajući o tome. Stajala je i gledala kako njen tata širi ruke, a njena mama se gubi u njegovom zagrljaju.

Neposredno pre nego što su ušli na vrata salona za odlaske, Džek i Harijet su se okrenuli, mahnuli joj i nemo izgovorili *volimo te*. Mahala je i ona, otirala suze sa obraza i nemo govorila: *Mama i tata– i ja vas volim.*

Epilog

31. DECEMBAR

Posle proslave veridbe Gabi i Filip su imali izuzetno mnogo posla. Oboje su želeli malo, intimno venčanje, ali vrlo brzo je Gabi otkrila kako čak i sasvim mali događaj iziskuje veliku organizaciju. Neizmerno im je laknulo kad je Filip predložio da unajme planera za venčanja. I ne samo da je to predložio već je našao sjajnu planerku, i otad je Amelija bila zadužena za sve. Organizovala je Gabi, Harijet i Elodi probe haljina, fotografa, cveće, automobile – za sve se pobrinula. Posle građanske ceremonije u Antibu biće prijem u *Lepim obalama*, a zatim ceo mesec bračnog putovanja po Italiji.

Kupovina stana u *Provansalu* je pokrenuta, ali proći će još nekoliko meseci pre nego što budu mogli da se usele. Kad se vrate s bračnog putovanja Filip će se useliti u *Vilu nade* dok se kupovina ne okonča. Stigao je dan Gabinog rođendana i njihovog venčanja...

Za Harijet i Džeka je život isto tako postao izuzetno užurban pošto su se vratili s prvog zajedničkog putovanja u Ameriku. Harijet je, zaprepašćena time koliko je uživala u Njujorku, s radošću pristala da dele vreme između Francuske i Amerike. Džek je kuću tamo stavio na prodaju, pa su gledali nešto na obali s pogledom na okean. U Francuskoj se Harijet oduševila kad je pronašla divnu vilu sa ateljeom na brdima iznad Kana, nedaleko od Mužena, sela koje joj se mnogo dopalo kad ju je Igo tamo odveo. Upoznala je Nejtana i

Keli, njegovu ženu, i lepo se slagala s njima, nasuprot Džekovoj bivšoj ženi Sabrini, koja je s prezirom reagovala na činjenicu da je Harijet slikarka. Doduše Marta je rekla Harijet da je ignoriše. – Džek je drugi čovek otkad si se vratila u njegov život, i ona je ljubomorna.

Više puta su porodično izašli sa Elodi i Gazom, i radosno su se snašli u ulozi roditelja odrasle žene.

Decembarska izložba u Igoovoj galeriji bila je uspešna, mnogo slika je prodato i Harijet je prihvatila nekoliko narudžbina za sledeću godinu. A danas će prisustvovati majčinoj udaji za Filipa...

Nekoliko Elodinih članaka objavljeno je neposredno pred Božić i izdavači su počeli da joj se obraćaju. Gazova prva sezona na plaži bila je dobra i radovao se sledećoj. Njega je vest da vila pripada Elodi zapanjila, ali je s radošću prihvatio da se useli kod nje kad se konačno posle Nove godine Gabi i Filip presele u stan u *Provansalu*. A danas je Elodi bila prava deveruša, iako u Francuskoj deveruša zapravo nije bilo...

Na stepeništu Gradske većnice Antiba Gabi je stajala zvanično znana kao madam Gabrijela Vensan i držala za ruku svog novopečenog supruga srećno se smešeći dok su svatovi na njih bacali ružine latice. Povratak u Francusku bila je njena najbolja odluka. Rasturena porodica ponovo je postala cela jer su Harijet i Elodi opet zajedno, a Francuska joj je podarila i divnog muža.

Nova godina, koju će u ponoć oglasiti zvona, obećavala je da će biti ispunjena s mnogo ljubavi i sreće uz Filipa pored nje. Zajedno su se spustili stepeništem do automobila, koji je čekao ukrašen trakama i balonima. Filip joj je pomogao pre nego što je i sâm ušao i čvrsto je držao za ruku kad su krenuli prema Žuan le Penu i *Lepim obalama*. Svadbena povorka je krenula ulicama uz kakofoniju truba, a Gabi je zadovoljno uzdahnula. Život je divan.

Izjave zahvalnosti

Mnogim ljudima treba da se zahvalim. Timu u *Boldvudu*, koji je fenomenalan i zahvaljujem im na veri u mene i moje priče. Velika hvala mom izdavaču Karolin, kao i Džejd i Rouz – sve tri ste divne. Ovoga puta moram da zahvalim i *Codvel investmentsu*, investitorima hotela *Provansal*, posebno Franku Žirkeu, koji je strpljivo odgovarao na moja pitanja. Ogromnu pomoć sam imala i od svog supruga, koji je bio odbor za sondiranje i tehnički savetnik. Velika hvala mora ići Rejčel Gilbi i svim blogerima koji umnogome pomažu piscima. Na kraju, mada nikako ne i najmanje, ogromna hvala mojim čitaocima zbog kojih i vredi pisati. Nadam se da ste uživali u ovoj.

Voli vas Dženi

xx

Beleška o autoru

Dženifer Bonet je autorka preko četrnaest bestselera, među kojima su i *Villa of Sun and Secrets* i *The Little Kiosk by the Sea*. Poreklom je sa zapada Engleske, ali sad živi u divljinama seoske Bretanje u Francuskoj.

www.ingramcontent.com/pod-product-compliance
Lightning Source LLC
Chambersburg PA
CBHW060758310726
48980CB00002B/139

* 9 7 8 8 6 6 1 4 2 1 4 9 5 *